講談社文庫

大翔製菓広報宣伝部

おい！　山田

安藤祐介

講談社

大翔製菓広報宣伝部　おい！山田

第一章　ゆるキャラ山田、はじめました。

♥

全社員向け掲示板にこんな記事が現れたら、誰だって悪戯《いたずら》だと思うだろう。

題名：ゆるキャラ山田《やまだ》、はじめました
本日より大翔製菓《たいしょうせいか》のゆるキャラに起用されました、山田と申します。
よろしくお願いします！

ご丁寧に携帯で自分撮りした顔写真まで添付してある。

怒っている間もなくまた電話が鳴る。私は指で髪を耳の後ろにかけ、受話器をひったくった。

〈もしもし、イントラに変な書き込みがあるけど、まずいんじゃないの？〉

「すみません、すぐに削除させますので」

滅茶苦茶だ。あんなに期待していた新プロジェクトが、今日異動してきたばかりのアラサー男によって滅茶苦茶にされようとしている。

私は受話器を置き、対面に座る山田に「今すぐ消してください」と言った。

「まずかったでしょうか……。なにはともあれ自己紹介を、と思ったのですが」

山田はのんきに微笑んでいる。こんな騒動を起こしておきながら、ずっと笑顔だ。

また内線電話が鳴った。市村《いちむら》さんが「はい広報宣伝部です♪」と歌うように応答。

「山田！　やってくれたなあ」

琴平《ことひら》部長が戻ってきた。社内の騒ぎを聞き付けたらしい。

「部長、他の部署からクレームが入っています。書き込みを消さないと……」

私の言葉を遮り琴平部長は「消さなくていい」と言う。

「ちょうどいい。これで後には引けなくなった。山田のマネジメントは水嶋《みずしま》に任せる」

「え？　私ですか。そんな……」

「新プロジェクトにご執心だったろう。もう新しいことに挑むのが、怖くなったか」

席に着いたばかりの部長は、もうパソコンの画面を睨《にら》んでキーボードを叩いている。

「分かりました、私が山田さんをプロデュースします」

……意地になって言い返してしまった。

♠

大阪の物流部から東京の広報宣伝部に異動してきたばかりの今日。ぼくは琴平部長から新しい名刺を手渡された。

〈株式会社大翔製菓　ゆるキャラ　山田〉

これが〝ゆるキャラ担当〟ならまだしも〝ゆるキャラそのもの〟だという。

東京に戻ってきて、ぼくはゆるキャラにされてしまった。もちろん戸惑っている。

「打ち合わせしましょう」

水嶋さんが言った。

怒っている。今朝ぼくが初めてこの部屋に来た時からずっと。

打ち合わせテーブルについたのは三人。水嶋さんとぼくと琴平部長。

「はい広報宣伝部です♪」

後ろで市村さんが電話を取った。

すぐにまた別の電話が鳴った。市村さんは応対中。他の人は外に出払っている。

「ぼく、電話取ります」

「取らなくていい」

琴平部長に止められた。

「どうせ他部署からの苦情だ。キリがない」

電話が鳴り続ける中、打ち合わせ開始。

「まず確認ですが、普通は企業のキャラクターを『ゆ、ゆ、ゆるキャラ』とは呼びません」

「そうなんですか……？」

そんなことも知らずにぼくは大翔製菓のゆるキャラになってしまった。驚くぼくをよそに、水嶋さんは琴平部長に向かって言った。

「それでも『ゆ、ゆ、ゆるキャラ』を名乗るんですか」

「そういう脇の甘さも含めてゆるキャラ。ご当地キャラもとい、ご当社キャラだ」

琴平部長は言い切った。水嶋さんは諦めたような表情で「では」と話題を移す。

「参考までに、競合他社のマスコットキャラクターです」

水嶋さんは打ち合わせテーブルの上に分厚いファイルを差し出した。

「すごい……。これ、水嶋さんが作ったんですか」

各キャラの生い立ちや歴史、水嶋さんの考察が書き込まれている。

「平安《へいあん》製菓のかるさくおじさん、秋永《あきなが》製菓のギョロちゃん。私たちが生まれる前から愛されているキャラクターがたくさんいます」

「確かに、ぼくらの小さな頃から馴染みのあるキャラクターばかりですね」

「この中に割って入らなければいけません。どうすればいいでしょう」

「変身キャラなんてどうでしょう。戦隊ものみたいに変身ベルトでゆるキャラ山田に変身」

我ながらくだらない。思い付いたことをすぐ口にしてしまう。悪い癖だ。

水嶋さんは呆れたように少し目を閉じた。

「すみません……。すぐには思い付きません」

「私も、今日言われたばかりのことでまだアイデアを持ち合わせていません。ただ確実に言えることは、キャラクターには会社や商品のイメージを背負う使命があるということです。しかも今度の場合、生身の人間が」

水嶋さんはぼくと琴平部長を交互に見た。

琴平部長は正面を睨んだまま腕組みし、黙って聞いている。

「山田さんにその覚悟はありますか」

「大丈夫です」

即答してしまった。

何も考えずひょいひょいと行動してしまうぼくの〝キャラ〟だ。

「では、まずは私が広報計画のたたき台を作ります」

水嶋さんは真剣な表情で言った。さっきぼくに〝覚悟〟を迫ったのは、脅しでも誇張でもないのだろう。言葉の端々《はしばし》から一生懸命さが感じられる。

そんな彼女の目に、新参者《しんざんもの》の軽はずみな行動はどんな風に映っただろうか。

ぼくは今、水嶋さんを傷付けているのかもしれない。

♥

「年度アタマから面白いもの見せてもらったわ」

同期入社の理沙子《りさこ》は苛立《いらだ》つ私をよそに、笑いながらシーフードピザを頬張った。

「ちょっと、他人事だと思って笑わないでよ」

午後は理沙子のいる総務部も、山田の書き込みで騒然となったらしい。その後に琴平部長が補足説明を書きこみ、また騒然。

「でも里美《さとみ》はやってみたかったんでしょう？　キャラクター戦略プロジェクト。あれ？　ゆるキャラ山田さんは里美のアイデアじゃないんだ？」

理沙子が私をからかう。

「はいはい、私の企画書は三秒でボツにされましたよ……。あんなこと考える人は一人しかいないでしょ。ホント、あり得ない」

「だね。やっぱり琴平部長の考えることは斬新《ざんしん》！　と言いたいところだけど、さすがに今回ばかりはみんな呆れてると思うよ」

「できることなら私も呆れるだけで済ませたいよ」

私はグラスの赤ワインを飲み干した。それから理沙子に尋ねた。

「山田さんって、大阪ではどんな感じだったの？」

「何？　興味あるんだ？」理沙子はニヤリと笑って茶化す。

「そうじゃなくて、恐ろしいのよ。いきなりあんなことをしでかすような人でしょう。前の部署ではどんな風に仕事してたのか教えてほしいと思って」

「そうねえ、アタシが物流部にいたのは最初の一年だけだからそんなによく知っているわけではないけど、そういえば、いつも笑ってたなあ」

「笑ってる！　何なんだろう、あの笑顔。これまで一度も悩んだことありません、ていうか何も考えてません、みたいな」

どうしても苛立ちの矛先《ほこさき》が山田に向いてしまう。嫌だ。もしかしたら山田も……山田さんも内心大変なのかもしれないのに。

「悪い人ではないと思うよ。物流部って年配の人が多いから山田さんはいつもパソコンの操作を教えてあげてた。聞きやすいからみんな山田さんに聞いてたなあ」

「若手社員が陥りやすいパターーン」

「パソコンの他にもやたらと頼まれごとが多かったね。トイレが詰まったのを直したり、伸びすぎた植木を枝切りばさみで切ってくれたり、すぐに動いてくれるし、しかも嫌な顔しないからまた頼まれるの」

「そんなことばっかりして、自分の仕事が進まなかったら元も子もないでしょう」

「いや、とにかく仕事が早いのよ。ルーチンワークはいつの間にか終わってる感じ」

「え……それって要するに、できる男っていうこと？」

「う〜ん、できる男っていう感じとは違うんだよなあ。決定的に何かが足りない。でもいかにもできる人っていうタイプよりアタシは楽しいと思うよ。いつも笑顔だし人の悪口とか言わないし」

「なんだ、全体的にいい印象じゃん」

「なにがっかりしてんのよ」と理沙子が突っ込む。

まったくだ。嫌な話を期待していたのか、私。最低だ……。

「あとはね……。あ、蜂《はち》の巣だ！」

「は？　蜂の巣？」

「倉庫の軒下《のきした》にスズメバチが巣を作ってたことがあって、アタシが見つけたの。それで冗談で『山田さん、取ってくださいよ〜』って言ったら本当に取っちゃった」

「嘘？　刺されたら死んじゃう可能性もあるでしょう」

「それが次の日の朝、軍手とフルフェイスのヘルメットを持って来て、傘で叩き落としちゃったの。物流部は大パニックで、山田さんは顔中スズメバチだらけ。スズメバチボールって感じ」

理沙子は思い出し笑いでプッと噴き出し、それから大笑いし始めた。

「スズメバチボール……。壮絶な光景だね」

想像してしまった。笑ったら負けのような気がして、ぐっとこらえた。そして彼は本当に何も考えずに行動してしまう人なのではないかと不安になった。

「色々思い出してきた。山田さん、いい人だよ。ていうかむしろ好きかも！」

「なにコクってんのよ」

まだ思い出し笑いが止まらない理沙子に、今度は私が突っ込んだ。

「私が仕事の上で求めるのは、仲良しの友達ではなく戦友みたいなものなの」

「また〝戦友〟とか言ってるし。暑苦しいこと言ってると、男に逃げられるよ」

「余計なお世話です」

「冗談はさておき里美さん、大変だね。でもアタシは応援してるよ」

「ありがとう。ああ、なんか今日はワインより焼酎《しょうちゅう》でも飲みたい気分だなあ……」

「いいよ。いつものところにお店替えようか？　付き合うよ」

そう言って理沙子はピザの最後の一切れをむしゃむしゃと食べた。戦友の前に、持つべきものは同期の友だ。

♠

ぼくは話を聞き逃すまいと、テーブルの中央へ顔を近付けた。

「そもそも事の発端《ほったん》は、お偉いさんたちの思い付きらしいのよ」

新橋《しんばし》駅前の居酒屋の喧騒《けんそう》の中、市村さんが声を潜める。おばちゃんトーク全開だ。

「最近ゆるキャラっていうのが流行ってるでしょ。それで役員さんたちが大翔製菓もマスコットを作って売り出せって言い出して、琴平さんに丸投げしたんだって」

それを聞いて部長補佐の峰大二郎《みねだいじろう》さんがぼくの隣で溜息《ためいき》をついた。

「端的《たんてき》に言うとそんなことだろうと思った」

端的に言うとキャラクターの育成には初期投資と運用コストが云々《うんぬん》。端的に言うとうちの経営陣は損益分岐点までのリスクを云々。

峰さんの口から言葉がとめどなく溢《あふ》れてくる。

「そうね、そうね、端的に言うと峰ちゃんの言う通り」

止まらない話に市村さんが割って入った。

二年前、犬本《いぬもと》市のゆるキャラ『ワンタン』から商品とのタイアップの提案を受けたが、大翔製菓はそれを断った。その一年後、ギャリコ製菓が『ワンタン』のパッケージで売り出したチョコレートが大ヒット。

　大翔製菓はキャラクター戦略で乗り遅れた。しかし今更自治体の人気キャラに頼るのはプライドが許さない。だから自前で作れ、という話になったらしい。

「で、琴平さんは真っ向から反対したのよ。今の大翔製菓にそんな余裕はないって。あ、おにいさん、ウーロンハイひとつ！」

「金出さず、人出さず、成果出せ」

　ぼくの斜向《はすむ》かいに座るクリエイティブスタッフの柿崎《かきざき》由《ゆ》香《か》利《り》さんが、べっ甲《こう》のメガネを押し上げながらボソリ。とても端的だ。

「は～っ、いやだいやだ。飲まなきゃやってらんないよ」

　峰さんはまた溜息交じりに嘆《なげ》くと、粉の胃薬をビールで流し込んだ。端的に言うと、間違った飲み方だ。

「由香利ちゃんが言う通り、予算も人も付けてもらえない。だから公募のプロジェクトを立ててなんとか一人でも確保したかったんだって。で、山田君が応募してきた」

　市村さんの話にぼくは思わず身を乗り出した。

「どうして市村さんは、そんなに裏事情を知ってるんですか？」

　峰さんが「なんてったって『おばちゃん情報局』だから」と代わりに答えた。

「裏事情だなんて人聞き悪い。社内の動向を把握しておくのも、広報の仕事よ」

市村さんは悪戯っぽく笑った。

「どうしてぼくが……普通の一社員がゆるキャラに選ばれたんでしょう」

「そこがどうにも分からないのよ。私もみんなも、今日初めて聞かされたんだから」

当の琴平部長は入社式後の社長会見の立ち会いから記者との会食へと流れ、不参加。もっとも、下戸《げこ》なので普段から飲み会にはあまり顔を出さないそうだ。

「当初は普通にキャラクター戦略の立案をする予定だったはずなんだ。端的に言うとキャラクター戦略にはブリーダー的な資質と……」

また峰さんの話が止まらなくなってしまった。

その傍《かたわ》らで柿崎さんが「心配ないですよ」と呟いた。

「琴平部長には、いつも何か考えがあるので」

柿崎さんはそう言って、気だるそうに箸《はし》でイカの塩辛をつまんだ。

「まあ、心配事は後回しにして！　今日は山田君の歓迎会なんだからどんどん飲みましょう。お兄さん、生ビール三つ」

市村さんが空気を変える。

ここでぼくはもうひとつ、市村さんに聞いてみたかったことを切り出した。

「あの……水嶋さん、すごく怒ってますよね。どうしてなんでしょうか」

水嶋さんと話したかった。でも彼女は「予定がある」らしく帰ってしまった。

「言っちゃっていいのかな」

市村さんが峰さんと柿崎さんを見ながらニヤリと笑う。

「里美ちゃん、キャラクター戦略プロジェクトの企画書を作って、琴平さんに出したのよ。でも却下されちゃったの。だから色々と思うところがあるのよ」

「そうだったんですか……」

ぼくは水嶋さんに対してとても悪い事をしているような思いに囚われた。

「まあ、山田君の責任は重大っていうことで、胸にしまっておいて」

その時、店の入口の引き戸がガラガラと開いた。

「あら、里美ちゃんじゃないの！」

市村さんにつられて戸口のほうへ目を遣ると、水嶋さんともう一人見覚えのある女性の顔が。

ぼくは思い出して「あ！」と指差してしまった。

「あ、山田さん？」

「矢野《やの》理沙子さん……？」

矢野さんは一瞬びっくりしたような表情をして、また笑顔に戻った。

「覚えていてくれたんですか！　おひさしぶりです〜」

市村さんが「とりあえず二人とも上がって、上がって！」と促す。それから素早くぼくのほうへ顔を近付け「企画の話は禁句よ」とぬかりなく耳打ちする。

「お邪魔します、総務部の矢野です」

矢野さんはみんなに頭を下げてからぼくの隣に座った。

「里美とさっきまで別の店でちょうど山田さんの話をしてたんですよ！」

「え、ぼくの話？」

動揺するぼくをよそに、水嶋さんは素知らぬ顔で対面の柿崎さんの隣に座った。

それからしばらく、ぼくは矢野さんと大阪時代の話で盛り上がった。

向かいの席へチラリと目をやると、水嶋さんは笑顔で柿崎さんと何か話している。

思い切って話しかけてみよう。

「今日は……、すみませんでした」

「何がですか？」

笑顔だけど語気は冷たい。

斜向かいから市村さんがぼくに目配せする。企画の話は禁句だ。

「軽はずみなことをするなって、怒ってますよね」

「別に怒ってなんかいませんよ」

どうすればよいだろう。ぼくが謝っても水嶋さんの企画が採用されるわけではない。

「この仕事ができてよかったと思えるよう、お互い頑張りましょう」

勢いで言ってしまった。右手まで差し出して。

水嶋さんは困ったような苦笑いを浮かべて固まっている。微妙な空気が流れる。

「はい、仕事ですから、私も頑張らせていただきます」

水嶋さんは丁寧な口調で頭を下げた。あっさりと流されてしまった。でも、ぼくにできることは水嶋さんも「よかった」と思えるよう精一杯努めることだと思う。

「アンタも大変ね！　来て早々、こんな変なことに巻き込まれて」

市村さんが言った。

「まったくだ。あの部長、鬼だ！　とか思わないの？」

峰さんが少し絡み口調で言った。

「いいえ、これも何かの縁ですから。それに、部長の企画のおかげでみなさんと出会うことができました。ぼく、人にはいつも恵まれているんです」

本当だ。ぼくは子供の頃から人にだけは恵まれてきた。

だからぼくは、四月が大好きだ。四月はいつも新しい出会いを運んでくるから。

「アンタ見てるとなんだか元気が出るわ。もう一度、カンパーイ」

市村さんが今日五度目の「乾杯」を叫ぶ。

テーブルの中央でジョッキやグラスをぶつけ合った。

水嶋さんだけが、うかない顔をしていた。

第二章　フルスイング

♥

「分かりました、頑張ります！」

私の説明がひと区切りついてから三秒後、山田さんはもう受話器を上げていた。止める間もなく電話をかけ、話し始めてしまった。

「当社の水嶋よりお送りしましたプレスリリース、お手元に届きましたでしょうか。ええ、ええ。私、山田と申します。ええ、そうです」

先方の記者はもうプレスリリースを見てくれていた様子。すごく運がいい。

「はい、ゆるキャラ山田本人でございます！　ご挨拶《あいさつ》をと思いまして」

山田さんは何やら盛り上がっている。大丈夫だろうか……。

一般紙、業界紙誌、ビジネス雑誌から若者向け情報誌まで、私は三百社にゆるキャラ山田をPRするためのプレスリリースをまいた。写真を付けて、メールと封書の両方で。

見出しは『当社のゆるキャラ、山田です』。

私自身、こんなプレスリリースを書いたのはもちろん初めてだ。

「はい、今後ともよろしくお願いいたします。はい、頑張ります。失礼いたします～」

切っちゃった……。やっぱり何も考えていないのだろうか、この人は。

「山田さん、この電話の目的はなんでしょうか」

「記事にしてもらうこと……。あ！　かけ直します」

「待ってください。もう少し考えて仕事を進めていただけませんか？　今から私が電話をかけますから、横で聞いていてください」

プレスリリースはただ送っただけでは紙屑《かみくず》と一緒。送った後のフォローが重要だ。記者の興味を惹き、取材の時間や労力、記事のスペースをどれだけ割いてもらえるか。そういう面では営業のシェア争いにも似ている。

私は日頃から親しくさせてもらっている『製菓新報』の飯田《いいだ》記者へ電話をかけた。いつも通り、あっさりと取材のアポが取れた。

私の横で見ていた山田さんは「なるほど」と感心した様子で拍手する。

「水嶋さんは、すごいですね。新入社員の頃からプレス担当っていう重い責任を背負っている。会社の顔じゃないですか」

「プレス担当っていう響きだけで華やかに聞こえちゃうみたいですけど、実際は地味で地道な作業ですよ」

プレス担当＝華やかという誤解に対して、私はいつもこんな風に答える。

「記者さんと社内との橋渡し。取材の申し込みがあれば応対者を手配し、新商品の発表があれば担当部署と連絡を取り合ってプレスリリースの内容を調整。会社の顔というより、表舞台をセッティングして裏方で支える仕事です」

「そうなんですか。勝手な想像で華やかなイメージばかり抱いていました」

また感心した様子でぶんぶんと大きく頷《うなず》く。理沙子の言う通り、本当にいい人なのかもしれない。

「私、本当はものづくりに携わりたいんです」

少し油断したせいか、愚痴っぽい言葉がこぼれた。私はいつか商品開発をしたいという思いを抱きつつ、広報宣伝部のプレス担当のまま入社五年目を迎えている。

私の話を黙って聞いていた山田さんは「じゃあ」と前置きしてから言った。

「こう考えてみたらどうでしょう。広報や営業や総務や経理もみんなでものづくりを支えている。だから水嶋さんはものづくりに携わっている」

いつか琴平部長にも言われたことがある。広報もものづくりの一部だ、と。

私が商品開発をやりたいと訴えた時、まずは地に足を付けて目の前の仕事を全うしろと言われた。

分かっている。頭では分かっているつもりなのだ。

気持ちを切り替えて次の記者に電話をかけようと受話器に手を伸ばしたその時、内線電話が鳴った。

〈琴平だけど、今から山田と一緒に大会議室に来てくれ〉

今は部長会議の最中のはずだ。なぜ私と山田さんが呼ばれるのだろうか。

メモとペンだけを持って七階の大会議室へ同行すると、部長の皆々様方が大集合。副社長を議長として各部の部長が集まるこの会議。これだけの役職者が一堂に会すると迫力がある。

私たちは琴平部長に誘導されてロの字形に組まれた席の一番入口寄りに座った。

「ほな、再開しよか」

議長である副社長が〝再開〟を宣言した。

「君が噂のゆるキャラ山田か。いい笑顔だ、確かにゆる〜い感じだな」

営業部長の言葉に「ははは」と笑いが起こる。山田さんもつられて「ははは」と笑う。

「一生懸命もの作って、売って、我々はみんな真剣なんだよ。それなのにゆるキャラ？　山田？　なんだか、しらけちゃうよなあ」

商品開発部長が言った。

「大抜擢《だいばってき》された山田君。君がどう考えているのか、聞かせてもらえないか」

山田さんは「失礼します」と笑顔で立ち上がった。

「とても責任の重い仕事を任されてしまったというところが正直な印象です。初めは戸惑ったし、怖かったです。でも今は全力で頑張ろうと吹っ切れています」

「頑張ってもらっては困る、ということを君の部長さんにお話ししていたところだ」

商品開発部長がにこやかな表情で言った。

「上の方々の考えは、ぼくには分かりません。ただぼく自身はこれも何かの縁だと前向きに取り組んでいます」

「勝手に開き直るな」

営業部長の声のトーンが下がる。声の静かさとは逆に、威圧感が増した。

「それぞれ思うところはあるだろうが、このとおり山田自身にも今回の任務を全うしようとする覚悟はできている」

琴平部長が割って入った。

「覚悟の有無など問うていない。この特徴もない社員をマスコットにしてどうする?」

「特徴もない生身の社員をマスコットにすることこそ、このプロジェクトの特徴だ」

「ああ言えばこう言う! そもそもゆるキャラというのは自治体や地域おこしのキャ

ラクターだろう。ゆるキャラを名乗ること自体御門違《おかどちが》いだ。会社の恥だ」

「御門違いも会社の恥もありがたい褒め言葉だ。逆に全力でゆるさをアピールしているキャラクターより、こっちのほうがよっぽどゆるいと思うが」

琴平部長は何食わぬ顔で言い返す。その語尾にかぶせて商品開発部長が尋ねた。

「もう一度、根本的な話に戻る。普通の社員をマスコットにして何のメリットがある？」

「意外性だ。キャラクターを作って育てている余裕はない。だから意外性で一点突破する。それだけだ」

それだけだ。琴平部長には珍しく、語気が尻すぼみになった。

「安直《あんちょく》、ナンセンスだ。意外性の賞味期限は短いぞ。どうする」

商品開発部長が立ち上がった。

「キャラクター戦略は社長命令だ。広報宣伝部としては限られた予算と人員の範囲で最適な策を提案した。役員会の承諾も得てある。異議があるならば役員会に」

琴平部長は淡々とした口調で反論した。

「琴平、同期として忠告させてもらうけどな、お前、過去の実績でもてはやされすぎて、周りが見えんようになっとるんちゃうか？」

総務部長の小野田《おのだ》さんが諭《さと》すような口調で言った。

「今度ばかりは正気の沙汰やないで。なあ、敏腕広報宣伝部長さんよ」

敏腕。その言葉に対して琴平部長はあからさまに嫌な顔をした。

「では代案を出せ。その正気の頭で考えた代案を。予算の割り当ては二百万円。広報宣伝部の人員は五人、通常業務で手一杯。どうする」

「俺がお絵かきでもしたろか！　この山田君よりはなんぼかマシなもんができるわ」

情けないけれど、私の足は震えていた。

「これ、見さしてもろたけど、ほんま笑うで。当社のゆるキャラ、山田です」

総務部長は私のまいたプレスリリースを掲げ、見出しを大声で読み上げた。

「出オチの一発芸ならええねんけどな」

私はかーっと顔が熱くなり、何も言い返せない。

いまこの場で私は無力だ。

足の震えを止めようと、椅子の下で両足を床に突っ張った。

その時、隣で山田さんが手を挙げ、すっくと立ち上がった。

「信じていただきたいのですが、ふざけているとか、遊んでいるとか、そんな気持ちはまったくありません。もちろん琴平部長も水嶋さんも同じだと思います」

「琴平、えらい頼もしい部下やな」

総務部長が琴平部長に向かって皮肉交じりに言った。

「本当のところ、ぼくも怖いです。ぼくは絵や人形とは違って生身の人間です。こんな普通の人間が会社のマスコットになって一体どうするんだろうとか、何かの罰ゲームみたいだとか、何ができるのかって不安にもなります」

山田さんは穏やかな笑顔のまま、自分の言葉で語る。

「でも結局のところ、やってみなければ何も分からないと思うんです」

「やってもらっちゃ困ると言ってるのが分からんか！」

営業部長がいよいよ声を荒《あら》らげて山田さんを一喝した。これはあんまりだ。

山田さんは微笑んでいた。悲しそうに微笑んでいた。

結局その後は各部長からの集中砲火を琴平部長が淡々と撥ね付けるという展開で、険悪なムードのまま会議は終了した。

エレベーターを待つ間、琴平部長は眉間《みけん》にしわを寄せて階数表示のランプを睨《にら》んでいた。

「代案もなく批判する声の大きさだけは一流。あれが今の大翔製菓の実態だ。悔しかったら成果を上げて、あいつらを見返してやれ」

「はい」

私は大きくうなずいた。その隣で山田さんは首を傾《かし》げていた。

「なんだか『見返す』っていうのは少し違う気がします」

あれだけ言われて悔しくないのか。見直しかけたのに、また苛立ってしまう。

琴平部長は目を見開き、山田さんをギロリと睨んだ。

「立場や考え方は違っても、目指す方向は同じだと思うので。いいものを作り、多くの人に届け、喜ばれ、その結果利益を上げる。それをみんなで目指すのが会社なのではないかと思います」

「間違ってはいない。あくまでも理想としてはな」

琴平部長は突き放すように言った。心なしか寂しそうだった。

♠

ぼくはゆるキャラ山田である前に、広報宣伝部の一員だ。毎日水嶋さんに教わりながら少しずつ、ルーチンワークから覚えている。

水嶋さんはいつも少し怖いけれど丁寧に教えてくれる。彼女は自分の仕事をとてもよく理解しているのだと思う。だから説明も分かりやすい。

朝出勤すると、市村さんが新聞記事の切り抜きをしていた。

「ああ、市村さん、そんなことはぼくがやりますので」

「山田さん、待ってください」

水嶋さんが険しい口調でぼくを遮る。

「記事のクリッピングを『そんなこと』扱いしているうちは、やらないでください」

「え？　言い方が悪くてすみません。単純作業は新入りのぼくが引き受けたほうがいいと思っただけで……」

「だから、単純作業ではないんです。社内広報の一環ですから」

市村さんが「あら、おっかない」と肩をすくめ、マグカップを持って席を立った。

「社内広報？」

「外へ情報を発信するだけではなく、外の情報を取り込んで社員に対して発信するのも広報の仕事です。たとえば、外回りに忙しい営業マンが自分で拾いきれる情報は限られています。だから広報がたくさんの情報から選んで編集して、短時間でチェックできるようにする」

また水嶋さんに怒られた。

「里美ちゃん、朝からあんまり怒らないの。山田君だって悪気があって言ったわけじゃないんだから。ところで山田君、猫ちゃんは元気？」

市村さんがマグカップにコーヒーを注ぎながら唐突に訊いてきた。

「はい？　ぼく、猫は飼っていませんが……」

「あらいやだ、そうだっけ！　あはは、アタシ他の誰かのこととごっちゃにしちゃったみたい。たぶん山田君が優しそうでいかにも猫ちゃん飼ってそうだから」

それから市村さんの褒め殺しと質問の嵐。「一人暮らし？」「あら、そう。でもあなた一人でも部屋はちゃんとしてそうね」「自炊は？」「そっかそっか」。

水嶋さんがハンガーにスプリングコートをかけながらこちらを振り返った。

「そうやって市村さんに話してること、全部休憩室で女子社員に拡散してますから」

「え！　そうなんですか？」

これまでどんなことを訊かれたか、ぼくの胸にふと不安がよぎる。

「これもひとつの社内広報よ。まずいことは避けて喋ってるから大丈夫。あはは」

市村さんは悪《わる》びれもせず笑う。

「二十九歳、東京都練馬《ねりま》区出身、一人っ子、中学高校は野球部、趣味も野球、既婚かもしれないという情報はいま誤報と判明……」

柿崎さんが市村さんから聞いたらしき情報を列挙する。

「なんですか、その『既婚かもしれないという情報』って……」

「猫の話題はダミーです。山田さん、鎌を掛けられたんです」

「鎌を掛けたなんて、いやだわ、由香利ちゃん」

ペットに関する質問と思いきや本題は「一人暮らし？」「自炊は？」の部分だった。

恐るべし市村さん。でもひとまず安心した。ぼくはぼくで、知られたくないことは無意識のうちに避けて喋っているようだ。

「さ、はじめるわよ。今日は忙しいから、あんまり喋ってもいられないの」

峰さんがぼくらに向かって「やれやれ」と肩をすくめてみせた。

苦笑するみんなをよそに、市村さんは内線電話で他の部の人と雑談を始めた。

「市村さんは何をしているんですか？」

ぼくは小声で水嶋さんに聞いてみた。

「御用聞きです。ただお喋りしているように見えるかもしれませんけど、市村さんの御用聞きはすごいんです。私にはとても真似できません」

「御用聞き……ってどういうことですか」

「各部署から、広報できるネタを聞き出すんです。目玉の新商品やイベントであれば、担当部署から自発的に広報へ話を持ち込んできます。でもそれを待つばかりではなく他に発信すべき情報はないか常に気を配らなければいけません」

市村さんはお菓子博覧会に出すブースでのPR活動について話しているようだ。よく聞くと、雑談のように見えて色々な切り口で質問を投げかけている。

「そして俺は今日も、謝罪代行サービスへ」

峰さんがペットボトルのお茶で胃薬を流し込んだ。それからノートや分厚いファイルを抱えて打ち合わせへと出て行く。

「峰さんが必死になって道を平らにならしてくれるから、琴平部長は自分の考えを押しとおして進める。部長もたぶん分かってはいると思うんですが」

水嶋さんは、重い足取りで出掛けてゆく峰さんを見送りながら言った。

始業時間を迎えるとすぐに、ぼくの机の電話が鳴った。

〈まいど。またちょっと教えてくれへんか〉

四月下旬になるのに、いまだに大阪の物流部からぼくあての電話がかかってくる。

今朝の電話は物流部最年長、嘱託《しょくたく》社員の伊藤《いとう》さんから。

在庫管理システムの操作方法について訊かれ、少し説明すると難なく解決できた。

〈いやあ、助かった。さすが山田ヘルプデスクやな〉

「情報システム部のヘルプデスクがあるじゃないですか」と、一応言ってみる。

〈あいつら、いっつも忙しそうで聞きにくいねん〉

「ぼくだって別に、暇なわけではないですよ」

〈ゆるキャラのお仕事はどないや？　ちゅうか、一体何をしとんねん？〉

改めて聞かれてぼくは言葉に詰まった。

「う～ん、どんな仕事でしょう。そもそも、そこから考えなければならないところで」

〈そうか。まあ、お前はアホやから悩まんほうがええやろ〉

お互い「わはは」と笑って少し沈黙。それから伊藤さんがしんみりした調子で言った。

〈四の五の言わんでなんでもすぐやるところ。それがお前のええところや〉

「そんな……ありがとうございます」

急に褒められると、恐縮してしまう。

ほな、また電話するわ、と伊藤さん。なるべく電話が来ないことを願います、とぼく。

軽口を叩き合って電話を切った。

目の前のことを、すぐやる。特筆すべき能力もないぼくが心がけてきたことだ。でも今度の仕事で、そんな単純な心掛けが役に立つだろうか。

〈勝手に開き直るな〉

〈やってもらっちゃ困ると言ってるのが分からんか！〉

部長会議の場で言われたことが重くのしかかる。

今日は横浜《よこはま》工場へ出張。神奈川のケーブルテレビ局がビジネス番組で大翔製菓のゆるキャラプロジェクトを取り上げてくれるというので、横浜まで出向いて取材を受けるのだ。

「山田君、出張のお供にこれなんかどう？」

市村さんがぼくに一冊の古びたファイルを差し出してきた。

「市村芳子《よしこ》のオモシロ編集雑誌。まだ初々しい頃の琴平さんが載ってるわよ」

受け取ってパラパラとめくってみる。

〈ヒットメーカーたちの挑戦〉

写真付きの特集記事で、若い頃の琴平部長が商品のパッケージを手にして微笑んでいる。そのぎこちない笑顔から、取材を受けた時の緊張が伝わってくる。

「山田さん、そろそろ出掛けないと間に合わなくなります」

水嶋さんに促され、ファイルをバッグの中にしまった。

横浜工場へ向かう電車の中、ぼくは過去の記事を通して琴平部長の歴史を辿った。

中でも『チョコカプセル』発売のことを扱った記事が飛び抜けて多い。

チョコでできたカプセルの中におまけの玩具《がんぐ》を入れるというアイデアが、当時の若年層に受け入れられた。懐かしの鉄道車両、懐かしのアニメキャラなど〝懐かし〟をキーワードとしたおまけが多くの愛好家を生んで、ヒットに拍車をかけた。

「チョコカプセルって、琴平部長が宣伝担当だったんですね」

「はい。今で言う、ブランドマネージャーです。商品のイメージ作りを仕切る仕事です。部長はチョコカプセルのヒットで一目置かれてしまった」

水嶋さんは隣でビジネス雑誌に目を落としながら答えた。

「置かれて〝しまった〟というのは……？」

「部長は若い頃営業マンで、ずっと営業をやりたかったそうです。でも広報宣伝部に移されてチョコカプセルが大ヒットした後はその評価が付いて回って、営業には戻れなくなった」

「なるほど。水嶋さんも広報担当として評価されて異動させてもらえないのでは？」

「私はまだまだ。空回りしてばかりです」

ぼくは思わず「そんなことはないです」と言葉を返した。

「水嶋さんの仕事は丁寧で、緻密《ちみつ》で、安心感があります。あ、なんか偉そうな言い方ですけど、仕事を教わりながら思ったんですよ」

「丁寧とか緻密とか、自分のそういうところがあんまり好きじゃないんです」

水嶋さんは雑誌に目を落としたまま少し苛立たしそうに言った。

電車が川の鉄橋に差し掛かり、渡り切ったところで水嶋さんが再び口を開いた。

「山田さん、勇気ありますよね」

「どうして？」

「この間の会議でも、あんなメンバーの中で堂々と発言できるし、臆することなく自分の意見を言えるし。私は臆病《おくびょう》だから、あんなこととてもできません」

「ああ……。あの時は、ぼくも怖かったですよ」

「とてもそうは見えなかったですけど」

水嶋さんは呆れたような笑みを浮かべた。

でも本当に怖かったのだ。そして何も言わずただ座っているのは、もっと怖かった。

「ぼくの場合は何かしら動いていないと怖い。何もしないまま後悔するのが怖いから、とにかく身体が動いてしまう。そういう種類の臆病さなのかもしれません」

水嶋さんは「そうなんですか」と呟き、雑誌から目を離した。

「私が山田さんの立場なら、きっと逃げ出したくなると思います。いきなり『ゆるキャラになれ』なんて言われて怖くないんですか？」

「もちろん怖いし、不安です。でもぼくはただ、自分に課せられた仕事を、まずは四の五の言わずにやってみようっていつも思っています」

だからこそ失敗することもある。

「たとえその仕事が、こんな無茶ブリであっても？」

「そうですね……。これも縁ですから。時々思うんです。大翔製菓に入ったことはぼくにとって、就職というより就社だったんじゃないかって」

「就社……？」

水嶋さんは驚いたような、呆気にとられたような表情で首を傾げた。

「山田さん、その考え方はちょっと危険だと思います。今の時代、安泰な会社なんてないし、経営が危なくなれば社員は削られるじゃないですか」

確かに、会社にしがみつくなと言われる今日、あまり感心できる考え方ではないだろう。

「ぼくは就職活動の時、百社以上受けてことごとく『ご縁がありませんでした』だったんです。メールで『ご活躍をお祈りします』って、何回言われたことか」

「ああ『お祈りメール』ですね。私もたくさんもらいました」

「唯一ご縁があったのが、この大翔製菓です。まさにこれが『縁』なんだと思いましたね。ぼくはこの会社が好きだし、ここで出会った人との縁を大事にしたい」

だから大阪を離れる時は慣れ親しんだ人たちと別れるのが寂しかった。でもそれ以上に、ぼくはどうしても東京に戻ってきたかった。

戻ってきたかった理由をそのまま話したら水嶋さんはきっとまた怒るだろう。

そんなことを考えているうちに、電車は工場の最寄駅に到着した。

駅から歩くこと二十分。横浜工場が近付くにつれ、ほのかな甘い香りが風に乗って漂ってきた。ここに来るのは新入社員の頃に社内研修で見学して以来、二度目だ。

生産管理部の事務所に入り、応接室でケーブルテレビ局の取材を受けた。

取材班は女性インタビュアー一人と男性カメラマンが一人の最小構成。『地元企業最前線』という番組の中のコーナーで、横浜に工場を置くお菓子メーカーの珍しい取り組みとして紹介するという。

テレビカメラを向けられるのは生まれて初めてのことで緊張した。気持ちが上滑りしていて途中で何を話しているか分からなくなることもあった。

三十分程度のインタビューを終えてケーブルテレビの人たちを見送ると、水嶋さんは腕時計をチラリと見て言った。

「山田さん、ちょっと工場の中へ！」

連れていかれたのは工場の見学スペース。

ガラス張りの向こう、生産ラインが見渡せるようになっている。

「原《はら》さん、今終わったところです」

「里美、よかった！　間に合った」

原さんと呼ばれた先輩らしき白衣姿の女性が手招きする。

「これから何か始まるんですか？」

「今日はチューインフルーツの新商品『チューインメロン』の初生産なんです」

「あ、来た！」

原さんが生産ラインを指差して叫んだ。

チューインメロンのパッケージがベルトコンベアの上を続々と流れてくる。

「おめでとうございます……。原さん、頑張りましたね」

水嶋さんと原さんはハグをしながら涙ぐんでいた。

「いいなあ……。この瞬間、やっぱり感動的ですね」

ぼくは生まれてこのかた、こういう涙を流したことがない。だから人が嬉し泣きしたり感動して泣いたりするのを見ると、なんだか取り残されたような気持ちになる。

「あとこれ、チョコの新商品の試作品。美味しいんだよ、絶対売れる！」

原さんがポケットからビニール袋に入ったチョコレートを取り出した。

「これが噂の、夏でも溶けにくいチョコですか……」

「そう。この夏、堂々発売予定だからよろしく。どうぞ、どうぞ」

原さんはぼくにもサンプルを手渡してくれた。棒状のチョコレート菓子だ。

ひと口かじってみる。

ザクッと小気味のいい音がした。確かに、これは美味しい。

ココア風味のクランチをチョコでコーティングしたチョコバー。夏でも表面が溶けず清涼感が出せるのだと、原さんは自分のことのように語る。

「この製法、小杉《こすぎ》君っていう入社三年目の研究員がひとりで開発したの。あ、彼」

「三年目!?　すごいなあ……」

水嶋さんが感嘆する。

ガラス張りの向こう、白衣姿の小杉さんが生産ラインに視線を注いでいる。マスクと帽子をしているためあまり表情は見えないけれど、静かで鋭い目だ。

「すごいなあ……」

水嶋さんがもう一度、溜息交じりに呟いた。

♥

私たちが多摩川《たまがわ》の河川敷グラウンドに到着した時には、もう試合が始まっていた。同期の女子五人で会社の野球チーム『大翔ポテトフライズ』の練習試合を応援しにきた。

もっとも、私たちのお楽しみは試合の後のバーベキューなのだが。

一塁側の芝生《しばふ》に腰を下ろすなり、理沙子が私の肩をポンポンと叩いた。

「ちょっと、あれ」

理沙子の指差すほうを見た瞬間、私は思わず「げ！」と声を上げていた。

打席に入った敵チームのバッターが、山田さんだったのだ。

なぜ山田さんがこの場にいるのか。しかも、なぜ敵チームに？　三塁側の得点板を見ると敵チームの欄には『練馬フルスインガーズZ』と書かれている。

経緯は全く分からないが、とにかく今、大翔ポテトフライズのピッチャーが敵バッターの山田さんに向かってボールを投げ込んだ。

一球目。速球にフルスイング。空を切るバットの音がここまで聞こえてきそうだ。

二球目。ゆるやかな山なりのボールを再びフルスイング。タイミングが合わず山田さんはバットの遠心力で独楽《こま》のように回った。

「おい、ゆるキャラ！　五月からもう扇風機《せんぷうき》か」

一塁側ベンチから野次を飛ばすのは商品開発部の係長。山田さんは笑って応じた。

三球目。速球にまたまたフルスイング。

当たった。鋭い打球がショートの頭上を越えて外野の深いところへと飛んだ。

山田さんは一塁を蹴って二塁へ。外野手がボールに追いついた。

「よし、止まれ！」

敵チームのベンチから山田さんへ、二塁で止まるよう指示が飛ぶ。

外野手が三塁へ向かってボールを投げた。でも山田さんは迷わず二塁を蹴って猛然と三塁に向かって突進。

そして頭から三塁ベースめがけて飛び込んだ。

同時に、ワンバウンドしたボールが三塁手のグラブに収まる。タッチの差でアウト。

山田さんは「くそ〜っ」と笑いながら悔しがり、小走りでベンチへ戻ってゆく。その途中で私たちに気付いて立ち止まった。

「あ！　こんにちは〜」

理沙子と私に向かって大きく手を振ってくる。

私は立ち上がってちょこんと頭を下げた。その横で理沙子が座ったまま「ナイスバッティング！」と叫んで手を振った。

その後、山田さんは三連続三振の後、最後の打席でまた大きなヒットを打った。外野の守備では大暴投もあれば矢のような好返球もあり。類は友を呼ぶのか、チームメイトの人たちもみんな豪快《ごうかい》で思い切りがよい。

試合は七対三で山田さんたち『練馬フルスインガーズZ』の勝利に終わった。

試合終了後、お目当てのバーベキューが始まった。

「おお、ゆるキャラ、今日はありがとうな」

商品開発部の係長が山田さんに缶ビールを差し出し、乾杯。

大げさに言うと、ありえない光景だ。商品開発部と広報宣伝部は今まさに冷戦状態。その原因は他でもない、ゆるキャラプロジェクトなのに。

「昼から飲むビールは最高ですね」

山田さんはしみじみと呟いた。

あちこちから聞こえてくる話から、この試合が組まれたいきさつが分かってきた。

敵のチームは山田さんの地元の草野球チームらしい。大翔ポテトフライズは練習試合を組んだ相手チームから二日前にドタキャンを食らって途方に暮れていた。市村さんからそれを聞き付けた山田さんが、練習試合の相手を買って出たという。

飲みながら、山田さんの幼馴染と会社の人たちが入り乱れて談笑している。

「どうも、お疲れさまでした」

山田さんは缶ビールを持って屈託のない笑顔で私のほうへ寄ってきた。私はまたバツが悪く「お疲れさまでした」と畏《かしこ》まった応答。

それから私は、取り繕うように尋ねた。

「野球、昔からやってるんですか？」

「はい、中学・高校は野球漬けだったなあ。都大会ベスト十六。それが限界でした」

山田さんは遠い目をしてポツリと語る。

「こいつ、ちゃんと仕事してますか？　昔っから脳味噌すっかすかなんすよ」

山田さんの幼馴染たちが少し離れたところから声を掛けてくる。私は曖昧《あいまい》にちょこんと頭を下げてごまかした。

彼らは山田さんと二言三言悪態《あくたい》を吐《つ》き合い、離れていった。

「みなさんプレースタイルが似ていますね。ぶんぶん振り回して、思い切り走る」

すると山田さんは「アハハ、分かりますか」と笑った。

「リトルリーグの監督から『振らなきゃ当たらない、見逃し三振だけはするな』って教えられたんです。フルスイング。特にぼくは、そればかりを叩き込まれました」

あの思い切りのよいプレーと山田さんの性格が結びついた。

「高校を卒業してからもずっと続けてるんですか」

「はい。大学ではサークルで、社会人になってからはこうやって草野球で」

部活の話題を振ったあと、私はふと怖くなった。そして案の定、訊き返された。

「水嶋さんは、何かスポーツとかやってたんですか？」

「バレーボールを……少しばかり」

少しばかり。少しばかり、青春と呼ばれる時間の大半を捧げてしまった。そしてはっきりと挫折した。以来、バレーボールを観ることすら避けてきた。

「山田さん、大阪でも野球続けてたんですか？」

咄嗟《とっさ》に話を山田さんの話題へと戻す。

「地域の草野球チームに入れてもらって、続けてました。グラウンドに立つと、どこかの部長さんもぼくみたいなぺーぺーの社員も肩書を外して、みんな同じチームメイト。すごく不思議だけど、すごく当たり前のことなんだなあって思った」

この人はこの人なりに色々と考えているのだ。これもまた当たり前のことだけど。

「今日はポテトフライズの人たちと試合ができて楽しかった。こうやって同じ白球を追いかけるみたいに、部署や立場は違っても同じ目標を追いかけられるんじゃないかなあって、なんか元気が出てきました」

クーラーボックスの周りでは、山田さんを接点として繋《つな》がった人たちがやっぱり山田さんのことを話している。

「タスケがゆるキャラって、ネタじゃなかったんですか?」「そうなんだよ、滅茶苦茶だろう」「タスケの野郎、ヘラヘラしてるから冗談か本気か分からないんですよ」

「うちらも冗談で済めばありがたいんだけどね」。

タスケ、タスケ。友人たちが口々にそう言っている。

「タスケって、山田さんのことですか?」

「そうです。『助ける』の助と書いて『タスク』だから、みんな茶化して小さい頃からタスケ、タスケって呼ぶんです」

私は山田さんの名前を覚えていなかった。人の下の名前をあまり覚えなくなったのはいつからだろう。

「人を助けるような男になってほしい。そんな思いで父が付けたらしいんですけど、残念ながら人に助けられてばっかりです」

山田さんはそう言って、しみじみと幼馴染の輪を眺めた。

「いいですね、みんな仲良くて」

「リトルリーグ時代からの付き合いですから。大阪は楽しかったですけど、やっぱり東京に戻ってこられてよかった。東京支社でプロジェクトの公募をしてるって知った時、これだ、って思いました」

そう言ってから山田さんは一瞬はっとしたような表情をして、口をつぐんだ。

「じゃあプロジェクトに応募した動機は、東京に戻りたかったから……？」

問い詰めるような口調になった。

「すみません……。でも、ぼくにとっては大事なことなんです」

「大事なのは分かりますが、やっぱりそれとこれとは別物じゃないでしょうか」

公私混同だ、仕事を甘くみている、そんな説教じみた言葉が喉元まで出かかった。

でも本当はもっと漠然とした、感情的な理由で苛立っている。

山田さんはバツが悪そうに、でもやっぱり笑顔で缶ビールを呷《あお》った。

「里美、肉焼けてるよ～」

同期の呼ぶ声に救われ、私は芝生から腰を上げた。

「失礼します」

ひとまず同期たちの輪の中へ戻って、気持ちを鎮めて飲み直そう。

「はいはい、みんなこっち向いて」

理沙子がカメラを構えている。

缶ビールや紙皿を手にしてみんなでカメラに向かって微笑んだ。さりげなくバーベキューセットを中央にして。

私も携帯電話を手渡して、一枚撮ってもらった。

それからフェイスブックの画面を開く。ここにいる別の同期たちが同じような写真を既に何枚もアップしていた。

私も今撮った写真をツイッターやフェイスブックにアップすれば、充実した休日、一丁あがり。

お菓子メーカーでものづくりを夢見ながら今は広報の仕事に全力で取り組む二十七歳。休日は会社の仲間たちとバーベキューを楽しんだりしています。

こんなに充実した毎日。いつもフル回転。

本当だろうか。

全力で空回りしてはいないだろうか。

急にしらけた気持ちにとらわれて、フェイスブックの画面を閉じた。

理沙子がビールを持って山田さんと乾杯。すると山田さんの友達が寄ってきた。さすが同期の人気ナンバーワン。すごい引力だ。

携帯電話をポーチにしまいかけたところで新着メールが届いた。正樹《まさき》からだ。

〈久しぶり！　近いうちに、晩飯でもどう？〉

私はめんどくさ、と心の声で呟いてから携帯電話をポーチに突っ込む。

上の空でみんなと談笑しながら五分だけ間を空け、再び携帯電話を取り出した。

〈いいよ。近いうちにね〉

いつにする？　と書きかけて手を止める。文面を全部消して書き直す。

〈今日だったら空いてるよ〉

誰も見ていないのに面倒くさそうな仕草で送信ボタンを押した。

五月の太陽の下で飲むビールは妙に苦かった。

夕方、正樹に呼び出された私はのこのこと渋谷《しぶや》の街へ出掛けた。

チェーンのパスタ屋で悩めるチャラ男の話を聞くこと二時間。正樹は私の言葉に勇気づいたらしく、晴れ晴れとした表情で言った。

「よし、旅行にでも誘ってみるかな」

「もういい加減、次こそ最後のチャンスだよ」

年下の彼女に二度目の浮気がばれて修羅場《しゅらば》の真っただ中。

そういう悩み相談のために悪びれもせず元カノを呼び出す。

正樹はそういう男だ。

私は二度目まで我慢して、三度目で耐えきれずに別れた。

「マジありがとう。なんか別れてから気付いたんだけどさ、ヤバそうなことでも里美と話してると『大丈夫かな』って思えるんだよ。男女の友情ってあるんだな」

「お役に立てて光栄です。相談料もらってもいいかな」

「え〜っ？　友情じゃないのかよ」

あるのはただの〝情〟だと思う。三年間付き合ったことへの情を捨てきれず、時々呼び出されては悩み相談なんかに乗っている。

あんなに傷付いたのに、こうして会うと懐かしくてほっとしてしまう。

夜の八時過ぎ、誰もいない部屋に帰ってテレビを付けると、折悪しくバレーボール全日本女子の試合が流れていた。

セッターの上げたトスに合わせ、高校時代の同級生がしなやかに跳んだ。

まぶしい。

「古賀《こが》だ！　決めた〜！　なんと、この試合十八得点目」

スパイクを決めた有希《ゆき》、古賀有希が弾けるような笑顔でチームメイトたちとハイタッチを交わす。

〈なんで練習来んと？　アタシは里美のトスが一番打ちやすいっちゃけん〉

ドロップアウトした私を励ましてくれた彼女は今、世界を相手に戦っている。

まぶし過ぎて見ていられない。

咄嗟《とっさ》にチャンネルを換えてしまった自分の小ささに、溜息がこぼれた。

♠

日曜の朝、ぼくは大学のゼミ仲間だった井沢守《いざわまもる》からの電話で目覚めた。

〈お前、ゆるキャラ山田って正気か？　相変わらずヘラヘラしてんなあ〉

井沢は今横浜に住んでいて、たまたま『地元企業最前線』を見たらしい。ケーブルテレビでも意外と多くの人から見られているものだと驚いた。

電話を終えてユニホームに着替え、グラウンドまで走る。

グラウンドに着くと同じユニホームを着た子供たちがもう集まっていた。

練馬フルスインガーズ。ぼくの故郷だ。

この五月からコーチとして、他のOBたちと交代で練習を見ることになった。

バッティング練習の最中、太一《たいち》が不安げな表情でバッターボックスに立った。ぼくは太一に駆け寄り、言った。

「見逃しの三振だけはしない。そう心に決めてバットを振ってみよう」

太一は先週チームに入ったばかりの小学三年生。あの頃のぼくと同じ、バットを振れずにいた。ぼくには分かる。空振りするのが怖いのだ。

「振らなければ当たらない。でも、振れば当たるかもしれない」

太一は深くうなずくと、その後のバッティング練習では果敢《かかん》にバットを振り回した。重たいバットに振り回されながらも、段々と笑顔が見られるようになった。

子供たちとぼくの後ろ、大平《おおひら》監督が酒で淀《よど》んだ目を眩しそうに細めながら、グラウンドを見つめている。

二十一年前、このチームに入ったぼくはいつも見逃し三振ばかりしていた。

そんなぼくに大平監督がかけてくれた言葉。

〈まずはバットを振ってみろ。見逃しの三振と空振りの三振では、同じ三振でも大違いだから〉

酒臭い息、穏やかな声、眠そうな笑顔と一緒にはっきりと記憶に刻まれている。

その後ぼくはたくさんの空振り三振を重ねながら、だんだん打てるようになっていった。

たぶんあの時の大平監督の言葉が、よくも悪くも今のぼくを作っている。

三年前、休みを使って大阪から一時帰京したぼくに大平監督は言った。

いつか東京に戻って来られたらコーチを手伝ってほしい、と。その時から、ぼくはなんとか東京に戻りたいと思うようになった。

勤め人としてはけしからぬことでも、ぼくにとってはすごく大事なことなのだ。

「チビたちのフルスイングは、いつ見てもいいもんだな」

大平監督がいつの間にかぼくの隣に立っていた。

「はい、元気が出ますね」

フルスイングは大平監督の野球の信条。フルスインガーズというチーム名も、監督がつけたものだ。ぼくらはこのチーム名が少し恥ずかしくて、でも大好きだった。

「タスケ、太一に吹き込んだろう」

「はい、吹き込みました」

「俺はもう少しこのまま様子を見ようと思ってたが、相変わらずせっかちな野郎だ」

太一がでたらめに振り回した金属バットが鈍い音を響かせた。打球は一塁線をのろのろと転がり、塁の手前で止まった。ボテボテのファーストゴロだ。

でも太一はぼくに向かってガッツポーズをしてみせた。

「やった！」

ああ、今この子は変われたかもしれない。二十一年前の自分を思い出しながら、そんな手応えを感じた。

翌朝、出社するとぼくの机の上に記事のコピーが置かれていた。

「おはよう。参考までにゆるキャラ山田の掲載記事をまとめといたの」

市村さんが嬉しそうに言った。そして「なかなか男前に写ってるじゃないの」とからかう。

製菓業界紙と食品業界紙で合わせて七紙、ビジネス誌二誌、週刊誌一誌がゆるキャラ山田のことを取り上げてくれている。

「里美ちゃん、上々の滑り出しね！　もうちょっと喜んでもいいんじゃないの」

水嶋さんはパソコンから広報宣伝部のフェイスブックページを開き、お客さんからのコメントに返信を書きこんでいた。

市村さんの言う通り、喜んでもいいはずなのに水嶋さんはうかない表情だ。

「意外性だけで記事にしてもらえるのは最初だけです。早く次の手を打たないと、本当に出オチの一発芸で終わってしまいます」

意外性だけ、出オチの一発芸。部長会議で言われたことを気にしている。

「ゆるキャラグランプリにエントリーするなんてどう？　今年から企業枠っていうのができるって聞いたわよ」

「参加資格が着ぐるみを持ったキャラクターに限られています」

市村さんの提案に、水嶋さんが即答。

そこへ琴平部長と柿崎さんが会議から戻ってきた。

「山田さん、これ、プレゼントです」

柿崎さんから手渡されたのは白いゼッケンだ。前と後ろの両面に、ゴシック体の赤い文字がプリントされている。

〈当社のゆるキャラ、山田です〉

「ちょっと着てみてください」

ぼくは言われるがまま、スーツの上からゼッケンを着てみた。

「このゼッケンは、何ですか？」

「お前の衣装だ。今度、今持っているテレビCM枠をチューインフルーツから新商品の『ガリチョコバー』に差し替えることになった」

琴平部長が言った。

「ということは衣装って……、まさか！」峰さんが血相を変えて立ち上がった。

「山田を出演させる」

水嶋さんが「は？」と素《す》っ頓狂《とんきょう》な声を発した。

「助け舟だ。これでゆるキャラ山田は一気に全国区になる」

「琴平さん、それだけはちょっと……。端的に言うと大翔製菓のテレビ広告枠は週に五つしかなく現在のところはチューインフルーツの一点集中で展開しているわけであってこれは開発やマーケティングとの調整の末に決められた方針であり従って端的に言うとこれは……」

「ガリチョコバーもチューインフルーツもブランドマネージャーは俺、稟議《りんぎ》も副社長決裁で通してある。問題ない」

峰さんは真っ青な顔で頭を掻きむしった。

「何が問題ないんですか！　またそうやって上と勝手に話を進めて、今度ばかりは取り返しのつかないことになりますよ！」

「私も、峰さんのおっしゃる通りだと思います。それに……ゆるキャラ山田の担当は私です」

俯《うつむ》いていた水嶋さんが、顔を上げて言った。声が震えている。

「その通り。だから協力しようと言っている。山田には予算がないだろう。元からある宣伝費で新商品のお披露目《ひろめ》と山田のお披露目を一度に済ませる」

「今は社員をゆるキャラに起用するという試みを周知し始めたばかりなんです」

「スピードが命だ。時間をかけているうちに見向きもされなくなるぞ。今は物珍しさでなんとか記事になっているがな」

水嶋さんは何か言い返そうとして口をつぐんだ。抱いていた不安を言い当てられたのだ。

ぼくは全国ネットのテレビCMに姿をさらす『ゆるキャラ山田』を思い浮かべた。まさに晒《さら》しものだ。絶対に非難の嵐。会社の恥。ブラック任務ではないか。部長をパワハラで訴えたっていいぐらいだ。

やらない理由、できない理由が次々と浮かんでくる。

「もしかして、ガリチョコバーって、横浜工場の小杉さんが開発した商品のことですか？」

水嶋さんが琴平部長に尋ねた。

「そうだ。夏なのに食べたくなるチョコ、大翔製菓にとって勝負の新商品だ」

ぼくは小杉さんの鋭い眼差しや、サンプルの印象的な味や食感を思い浮かべた。

結果によっては、小杉さんの努力を踏みにじることになる。

その一方でどこか全く別の思いもある。

やってみなければ分からないじゃないか。

ガリチョコバーがヒットすれば水嶋さんも広報宣伝部のみんなも、このプロジェクトをやってよかったと思えるようになるのではないか。

〈見逃しの三振だけはしない。そう心に決めてバットを振ってみよう〉

昨日太一にかけた言葉がそのままぼく自身の胸に跳ね返ってくる。

「ぼくなら大丈夫です」

覚悟が決まらないうちに、言ってしまった。だから覚悟を決めるしかない。

いつもこうだ。

三日後の午前、本社の会議室で広告制作会社へのオリエンテーションが行われた。広告の趣旨や構想を説明するためのミーティングとのこと。ぼくは初めて参加した。

低予算かつB級感漂う宣伝で消費者に強烈な印象を残すのが大翔製菓の手法。

琴平マジックと呼ばれているらしい。

「山田の撮影についてはガリチョコバーをかじるカットのみでOKです。そこへ別撮りの背景を重ねる」

琴平部長は説明しながらA3の紙に画面構成のポンチ絵を描いた。

「シュールですねえ！」

「シンプルともいえますね。むしろビビッドで、面白いですよ」

制作会社の人たちが面白がる。

「さすがにちょっと、やり過ぎのような……」

ぼくの隣で柿崎さんがべっ甲のメガネを中指で押しあげながら呟いた。その声は制作会社の人たちの笑い声で掻き消されていた。

制作会社へのオリエンテーションを終え、午後は新商品発表会へ。

ここからは広報の担当業務だ。昨晩水嶋さんが中心となって一階ロビーに設営した会場には業界紙やビジネス誌など報道各社が集まっていた。

オリエンテーションが長引き、琴平部長とぼくは開始時刻ぎりぎりの到着。

水嶋さんが辺りをキョロキョロと見渡してぼくらの姿を探していた。

「水嶋さん、遅くなってすみません」

「もうギリギリですよ、すぐに山田さんの出番になります」

ぼくは水嶋さんや琴平部長と一緒に、仮設ステージの袖で待機した。パーティションで仕切られていて、表からは見えないようになっている。

ステージの上では外注の女性司会者がガリチョコバーの紹介を進めてゆく。淀みのないプロのトークを聞いているうちに、急に緊張感が高まる。

「山田さん、そろそろです」

水嶋さんが小声でぼくに耳打ちする。もう出るのか……。心の準備などあったものではない。ぼくは半ばヤケになってゆるキャラ山田のゼッケンを着た。

「それではここで、新商品『ガリチョコバー』のイメージキャラクターをご紹介致します」

「よし、山田、出ろ」

琴平部長がトンとぼくの背中を叩く。

「当社のゆるキャラ、山田です！」

舞台袖からえいやと壇上へ飛び乗ったぼくは、身も心も余りに無防備《むぼうび》過ぎた。ズラリと並ぶカメラのレンズが一斉にぼくを狙う。

次の瞬間、無数の音と光の中、ぼくの周りの世界がぐるりとひっくり返った。

第三章　ぼくたちにできること

♥

広い草原の真ん中、グレーのスーツを着た山田さんが棒立ちでたたずんでいる。

正面を見据え、いつも通りの笑みを浮かべたままの山田さん。

スーツの上には白いゼッケンを着けている。胸のあたりに赤字のゴシック体で『当社のゆるキャラ、山田です』という文字。

山田さんはズボンのポケットから棒状のチョコレートを取り出す。

そして袋を裂き、豪快にかぶりついた。

「ん？」という唯一のセリフの後、いかにも素人のリアクションでチョコレートに見入る。

同時に突然強い風が吹き始め、草木がざわざわと激しく揺れる。

〈山田も驚く新食感。大翔、ガリチョコバー〉

低音の渋みが利いたナレーションとともに、山田さんがもう一度ガリチョコバーにかぶりつく。

「やっちゃったわね、全国デビュー」

テレビ画面の前で市村さんが言った。

六月二十日午後五時半。テレビCM初放映のオンエアチェック終了。

「ホームページへのアクセスがすごいことになっています」

ウェブマスターの由香利ちゃんがパソコンの画面を睨みながら呟いた。

開いているのはアクセス解析の画面。ガリチョコバーの特設ページへの訪問履歴が表示されている。さっきのCMの後、訪問数が急激に跳ね上がった。

「ほとんどがCMの動画を見に来ているようですね」

山田さんは無言のまま、決算発表資料の校正を再開していた。

最大の当事者なのに、努めて他人事のように装っている感がある。

「水嶋さん、ここまで終わりました」

「ありがとうございます。大変なところ、すみません……」

「いえ、あれこれ心配しても始まりませんから。目の前の仕事のほうが大事です」

確かに目の前の仕事は待ってくれない。四日後には横浜工場で改良生産ライン竣工の記者発表がある。想定質問とその回答を生産管理部と詰めなければならない。

私も気持ちを切り替えようとしたその時、廊下からカンカンカンと床を叩くヒールの音。

隣のお客様相談室から権田《ごんだ》室長がやってきた。いや、乗り込んできた。

「琴平部長は？」

「今、会議に出ています。あの、何か問題が起きているのでしょうか……？」

私は権田室長に恐る恐る訊き返した。

「問い合わせやご意見が殺到《さっとう》してるわ。山田って何者ですかとか、訳の分からないものを流すなとか」

峰さんが揉み手をしながら権田室長の前へと歩み寄る。

「室長、申し訳ありません。いつもご迷惑ばかりかけてしまって。端的に言うと今回のCMは新商品と新キャラクターのリリースを同時に行うことによる相乗……」

「うちだけでは対応しきれないから、広報宣伝部にも電話を回します。あと、ネットの反応とかもちゃんとチェックしてる？」

私は慌ててフェイスブックにアクセスし、広報宣伝部のアカウントを開いてみた。

〈ガリチョコバーのCMがゆるすぎる。ていうか、山田って誰？〉

〈社員の方だそうです〉というコメントとともに過去のプレスリリースのURL。

商品のことより、ゆるキャラ山田の話題で持ちきりだった。

「新商品の宣伝が、キワモノみたいなゆるキャラの話題で塗りつぶされている。あなたたちは、貴重な宣伝費を無駄遣いしてるのよ」

山田さんが立ち上がった。何か言おうとした。

でも室長の言葉がそれを遮った。

「ふざけないで。こっちはお客様と直《じか》に向き合ってるの」

権田室長は踵《きびす》を返してカンカンカンと戻ってゆく。すぐに電話が鳴り始めた。

市村さんがかるたでも取るかのように素早く受話器を上げた。

「はい、広報宣伝部です♪」

私も続いて「広報宣伝部でございます」。

〈お問い合わせです、お願いします。いつもお電話をくださる年配女性の方です〉

電話の相手はお客様相談室の担当者からお客様へと切り替わる。

〈見ましたよ。なんですか、あのコマーシャルは。私はおたくの会社のお菓子が好きで子供の頃からずっと食べてるの〉

「いつもありがとうございます」

半分ご厚意の電話だ。安堵《あんど》しつつ周りを見渡す。市村さんは電話の前で頭を下げている。

また電話が鳴った。「まずい」と思ったがもう遅い。

山田さんが受話器を上げてしまった……。

♠

薄曇りの水曜の昼休み、ぼくは久しぶりに七階の社食で昼食をとっていた。

七月に入ってからも雨は降らない。

今年は空梅雨《からつゆ》のまま梅雨が明けてしまいそうだ。

そんなことを考えながら窓の外を眺めていると、四十代くらいの男性社員の一団が、トレーを持ってぼくの近くに座った。

「お、有名人がカレー食べてる」

「会社にファンレターとか来ちゃうんじゃないの」

ぼくはカレーを頬張ったまま、曖昧に笑ってごまかした。

「お、いい笑顔だね～。テレビに出ちゃうような男は素材が違う」

テレビCMが流れ始めて以降、ぼくはこんな風に色々な人から含みのある褒め言葉や皮肉《ひにく》などを言われるようになった。

一階のロビーやエレベーターホールなどで陰口を聞いてしまったこともある。

会社の恥とか、寒いとか、調子に乗ってるとか。

「すみません……」

「え？　あはは、謝ることなんてないじゃない」

ぼくは残ったカレーを掻き込んで、トレーを持ってそそくさと席を立った。

謝ってどうなることでもない。

でもやっぱりぼく個人としては、すみませんとしか言いようがない。

一生懸命仕事している他の社員の目にふざけていると映っているなら「自分なりに頑張っています」では済まされない話だと思う。

〈四の五の言わずにすぐやる〉

この心がけひとつで、若手としてはなんとかやってこられた。

でも三十歳を目前にして知った。ぼくは嫌われたり、陰口を言われたりすることに対して免疫がない。そういう災難をいつも避けてきたのだ。

今まで誰とも衝突しないよう、戦わないように生きてきたのではないか。「目指す方向はみんな同じ」なんて、琴平部長の言う通り理想に過ぎないのかもしれない。

午後は市村さんから頼まれた社内報の原稿チェックに始まり、広報連絡会議の資料作成など通常業務に追われた。

忙しく手を動かしていると、その間は苦しいことも少し忘れられる。

電話が鳴って市村さんが素早く受話器を取り「はい、広報宣伝部です♪」と応答。また水嶋さん宛ての電話。『製菓新報』の飯田記者からだ。

ゆるキャラプロジェクトは水嶋さんの仕事の中の一部にすぎない。

取材の想定問答作成、プレスリリースの配信、新商品発表会の準備。ただでさえ忙しいところに、ゆるキャラプロジェクトの負担が日に日に重くのしかかる。

「里美ちゃん、あなたちょっと無理し過ぎなんじゃない？」

電話を終えた水嶋さんに、市村さんが声をかけた。水嶋さんは「大丈夫です」と短く応じる。

「無理は身体に悪いだけじゃなく、組織にとってもよくない。端的に言うと労務管理的観点から仕事量と成果は一定のラインを超えると比例しないどころか反比例するものであって……」

「あ〜っ！」

峰さんの忠告の途中で、水嶋さんが叫んだ。

パソコンがフリーズしたらしい。水嶋さんは両手で頭を抱え、髪をかきむしった。

「自動バックアップ機能があるから、たぶん大丈夫ですよ」

柿崎さんが冷静にフォローすると水嶋さんは安堵のため息を吐いた。それから腕時計を見て言った。

「六時五十分……。山田さん、そろそろ出た方がいいんじゃないですか」

「でもまだ明日の準備が……」

「主役の山田さんがいないと、みんな始められませんよ」

「すみません、ではお先に。また後ほど」

後ほどとは言ったものの、今日の状況だとたぶん水嶋さんは来られないだろう。

出掛け際、廊下で市村さんに「ちょっと、ちょっと」と呼び止められた。立ち止まると市村さんは早足でぼくの側へ寄ってきて、なぜか小声で言った。

「今日の宴会、理沙子ちゃんも来るんでしょう？」

「はい」

「あの子、最近休憩室でよく一緒になって話すのよ。山田君、大阪で一緒だったでしょう。とってもいい子ね」

「ええ、はい……」

「よろしく言っておいてね。じゃあ、行ってらっしゃい」

なぜか最後まで小声で送り出された。

新橋の居酒屋で不定期に開かれている若手親睦会《しんぼくかい》。今日は同期の面々が言い出して、ゆるキャラ山田を囲む会という名目で集まることになった。

歳の近い先輩後輩も含め、大座敷に三十人以上が集う賑《にぎ》やかな宴会となった。

みんな励ましてくれて、心遣いが身にしみた。

でも社内の多くの人々の目、そしてお客様の目はシビアだ。

〈ふざけないで。こっちはお客様と直に向き合ってるの〉

お客様相談室の権田室長の言葉は、ぼくの仕事の結果そのものなのだと思う。ただのおふざけだと受け取られてしまえばそれまでだ。

「ごめん、楽しくて飲み過ぎた。ちょっと今日はお先に」

ぼくは腹をおさえながら立ち上がった。座敷の出入り口で同期たちに何度も礼を言い、なんとか店を出た。

途中で抜けたことを申し訳なく思う一方で、内心ほっとしていた。

なぜか励まされるほどにどんどん寂しくなっていった。やっぱり、この得体の知れない痛みを〝シェア〟できる仲間は一人しかいない。

向かいのビルの電光時計を見上げると、時刻は午後九時前。ビルに切り取られた四角い夜空は雲に覆われている。湿った空気が身体にまとわりつき、クールビズの半袖シャツがじんわりと汗ばんできた。

ぼくは会社に向かって歩き出した。

「おい、ゆるキャラ！　なんだかシケた顔してるなあ！」

背後から罵《のの》る女性の声がして、はっと振り向いた。矢野さんだった。

「なんてね」

「矢野さん、だいぶ飲んでますね」

彼女は隣の大テーブルで営業部の新人たちと日本酒の飲み比べをしていた。

「そう言う山田さんは、実はあんまり飲んでませんよね」

「いや、かなり飲んでます」

「嘘。ばればれですよ。私、ずっと見てましたから」

矢野さんは上目遣いで悪戯っぽく笑った。思わずドキリとする。

「もう少しだけ飲んでいきませんか？」

「申し訳ない。実は会社に戻ろうかと思って飲むのをセーブしていました。仕事が溜まってるのに、水嶋さんに任せっぱなしで申し訳ないので」

「だから、里美を呼び出すんですよ。無理にでも息抜きさせないと潰れちゃいますよ。広報宣伝部のダイヤルインって何番でしたっけ」

ぼくがダイヤルインの番号を告げると、矢野さんは携帯電話を操作し耳に当てた。

「お世話になっております、大翔製菓総務部の矢野と申します～」

〈ちょっと、酔っぱらってんの？　なんで会社の電話にかけてくるのよ！〉

怒ったような水嶋さんの声が受話器から漏れ聞こえる。

「これから山田さんと二軒目に行くから、いい加減に切り上げておいでよ。こうやって無理矢理にでも呼び出してやらないと、アンタ息抜きできないでしょう」

〈無理です。切るからね！〉

「山田さん、元気ないしアンタも色々大変でしょう。おいでよ。絶対だからね」

念を押す矢野さんの声と同時に、電話は切れた。

烏森《からすもり》通りを駅とは逆方向へ進み、小さなショットバーに入った。矢野さんはカウンター席に着くなりぼくを相手に絡み酒。

「二人とも大変かもしれませんが、アタシは同情したり慰めたりなんかしませんよ」

二人とも、とはぼくと水嶋さんのことだ。水嶋さんはまだ来ない。

話があちこちに飛ぶ矢野さん、備品管理の仕事の細かさについて語り始めた。

「付箋《ふせん》二個ひと組でひゃくよんじゅうななえん！　山田さん、知ってますか〜」

「結構高いんですね……。すみません、知りませんでした」

「そんなこと知らなくていいんです！」

「はい、分かりました、分かりましたからちょっと水でも飲んで……」

ぼくが水を勧めると矢野さんはそのグラスを手にとってひと口だけ飲んだ。それから正面を向いたまま、急に真顔になって言った。

「このままでいいのかなとか、この仕事は誰かの役に立ってるのかなとか、考えても仕方のないこと考えちゃうんですよね」

「絶対役に立ってます！　文房具とか紙とか、いつも当たり前のようにそこにあるのって、本当は当たり前じゃなくてすごいことなんだと思いますよ」

「そんなこと言ったら、ぼくなんて今は役に立つどころか……足を引っ張ってる」

「そうでしょうか」

「いいじゃないですか。贅沢ですよ。山田さんも里美も、会社のイメージを左右するような大きな仕事を担ってるんですから」

もしかすると、多くの人が同じことを感じながら仕事をしているのかもしれない。自分の仕事が何かの役に立っているだろうか、と。

考え始めるとキリがない。そんな時いつも思い出す小話がある。

「矢野さん、石田三成《いしだみつなり》って知ってますか？」

「はあ……一応。関ヶ原《せきがはら》の戦いで負けちゃったほうの人ですよね」

「ふと、昔おばあちゃんから聞いた、三成のお茶の話を思い出したんです」

三成は子供の頃、近江《おうみ》の国の寺の茶坊主だった。ある日、鷹狩りをしていた羽柴秀吉《はしばひでよし》が喉の渇きを潤すため、その寺に立ち寄った。茶坊主の三成は、早く喉の渇きを潤せるよう一服目はぬるめの湯で、二服目は渋みを味わえるよう熱めの湯でお茶を点《た》てた。

この気配りに感服した秀吉は、三成を部下として召し抱えた。

「もしその時に三成が普通にお茶を出していたら、ぼくらはみんなこの世に生まれていなかったかもしれない」

「え、どういうことですか？」

「三成が秀吉に仕えることもなく、関ヶ原の戦いもなく、世の中の移り変わりも全然違っていた。そしてぼくらも生まれていなかった」

　矢野さんは「なるほど」とすごく感心した様子で呟いた。

「でも、そのお茶がなければ三成は静かな生涯《しょうがい》を送っていたかもしれないですよね」

「そうですね。ただ、その時の三成はただいつも目の前のことに一生懸命なだけだったんだと思うんです。そんな毎日の中でたまたま秀吉に点てたお茶が幸か不幸か三成の人生を変え、ゆくゆくは世の中を変えることになった」

「目の前のことに全力を尽くす、ってことですか」

　そう言って矢野さんは「よし、三成のお茶精神で頑張りますか」と少し水を飲んだ。それから「ふーっ」と溜息を吐いて言った。

「他人の仕事が楽しそうに見えるのって、結局ないものねだりなんですね……」

「そういえば水嶋さんも言ってました。ものづくりがしたいって」

「里美は〝情熱〟とか〝憧れ〟で仕事をする人ですから。よく女は仕事にストーリーを求めるとか言うじゃないですか。里美はその最たる例ですね」

　子供の頃、卒業文集に書いた夢は「ケーキ屋さん」だった。そんなことなどすっかり忘れていた大学時代、特別講義で先代社長の話を聞いて感動。大翔製菓に入りたいと思った。ケーキ屋とは違うけれど、時を経てお菓子というキーワードで夢が繋がったのは偶然ではないと感じた。準大手ながらも国民的な名物商品を作り出すこのお菓子メーカーで商品開発に携わりたい。

矢野さん曰《いわ》く、それが水嶋さんの〝ストーリー〟なのだそうだ。

「プライベートでもあの人、信号機トラブルで止まった電車の中でたまたま隣に座ってた男と付き合っちゃったんですよ。いやあ、ストーリーですよねえ」

「それって、すごい縁ですね……」

「もう別れちゃいましたけど。その男、筋金入りの浮気者だったんです。それさえなければいい男だったんだけどなあ。かなりイケメンだし、面白いし」

矢野さんは「なんて、他人事だから羨ましい部分ばかり見てしまう」と笑う。

「ところで山田さん、さっきどうして元気なかったんですか」

「みんなに励まされるほど一人になってゆくような気がして」

「それで、会社に戻って里美に会いたくなったと」

「いえ、そういうわけでは……シェアっていうんでしょうか。今の不安や痛みを共有できるのは水嶋さんしかいないんです。戦友みたいなものかもしれません」

「戦友、ねえ……ふーん」

矢野さんは口をとがらせた。それから携帯電話を取り出して確認し「未だ戦友からの連絡はなし、薄情者め」と呟いた。

なんとなく重い沈黙が流れた。そこへふと、市村さんからの伝言を思い出した。

「そういえば市村さんが『よろしく言っておいて』って言ってました」

すると矢野さんはぽかんとした表情でぼくを見てから、プッと噴き出した。それから机を叩きながらの大笑い。

「よろしく言われて本当にそのままよろしく言う人、初めて見ました……」

「そんなに変ですか？」

「変ですよ。あ、四月に久しぶりに会ったとき私が『山田さん？』て言ったら山田さん『矢野理沙子さん』って、言ったでしょう。何気にあれ、衝撃的でした」

「ああ……たぶん大阪の頃の記憶を呼び起こしながら咄嗟に下の名前まで口に出てしまったんだと思います。すみません」

「いやいや、すごく変で違和感があったけど同じぐらい嬉しかったんです。会社でフルネームで呼ばれることなんてまずないでしょう。なのに四年ぶりに会った山田さんからいきなり『矢野理沙子さん』って呼ばれて、そうだアタシは『矢野理沙子』なんだ、って。あれ、何言ってんだろうアタシ。すみません、酔っぱらいのたわごとです」

それから矢野さんは、チラリと腕時計に目を遣った。

「まだ仕事してるんですかね、里美。一人で全部しょいこんだみたいな顔して」

「こんな時間だし、もう来られないかもしれないですね。そろそろ帰りますか」

「ですね。あ〜あ、今日は里美と山田さんを激励したかったんです。みんな大変だねとか、気にするなとか言うけど、私は違う。負けんなよ！　って」

　そろそろ帰りますかと言ってから、なんだかんだで一時間ぐらい飲んでしまった。あちこちに飛ぶ矢野さんの話に笑ったり驚いたりしながら。

　店を出たのは十一時半過ぎ。だいぶ酔った。矢野さんは輪をかけて酔っている。

「さあ、次行きますよ〜」

　よろめいた矢野さんがぼくの腕をつかんだ。

「いひひ、ゆるキャラと手をつないじゃった〜」

　まずい。最悪のタイミングでさっきの居酒屋の前に差し掛かった。もしも今、飲み終えた同期たちが店から出てきてしまったら大変。

「早くしないと電車なくなっちゃいますから。急ぎましょう」

「ははは、電車？　そんなの、なくなっちゃえ〜」

　手を引っ張って促し、なんとか居酒屋の前を通り過ぎた。電車を乗り継いで帰るには足元がおぼつかない。

　ぼくは通りかかったタクシーに手を振って停めた。

気が付けばもう十一時半。山田さんと理沙子はもう帰ってしまっただろうか。最後にほんの少しだけでも顔を出そうと、会社を出た。

でも何度電話しても理沙子は応答しない。たぶん酔っ払って電話に気付かないのだろう。

♥

途方に暮れ、山田さんの社用携帯に電話をかけようとしたちょうどその時、歩道の向こう側からスーツ姿の男女が手をつないで歩いてきた。

ずい分楽しそうにはしゃいでいる。

二人は居酒屋の明かりの前へと差し掛かった。

「いひひ、ゆるキャラと手をつないじゃった〜」

ゆるキャラ？

新橋の街を歩くスーツ姿のゆるキャラなんて、この世に二人以上いるはずがない。

立ち止まっているうちに理沙子の声がこちらへ近付いてくる。私は咄嗟に脇道へ逸れた。なんで私が隠れなければならないのだろう。

私は表通りに背を向けて携帯電話で話し込む振りをする。

「ははは、電車？　そんなの、なくなっちゃえ〜」

理沙子がはしゃいでいる。呂律《ろれつ》が回っていないぞ。

今すぐ表通りへ躍り出て突っ込んでやりたい衝動を抑える。

同時に、ダミーで耳に当てていた携帯電話へ本当に着信が入ってきた。誰からの電話か確認しないまま咄嗟に応答してしまった。

〈もしもし、里美〜。俺。まだ仕事中〜？〉

受話器から間延びした正樹の声。今日は酔っぱらいに電話で絡まれる運勢らしい。

「いま上がったところだけど」

〈頼む、少しだけ付き合って。新橋まで来たんだ。いまSL広場のとこ〉

「は？　ちょっと待って、来ちゃってるの？」

表通りからはしゃぐ理沙子の声と宥《なだ》める山田さんの声が聞こえ、遠ざかってゆく。

「はいはい、SL広場ね。取りあえず行きます」

私は精一杯面倒くさそうな声で電話を切った。

ご機嫌な二人は手をつないだまま駅のほうへ向かって歩いてゆく。私は回り道をしてSL広場へ向かった。

水曜夜の新橋駅前はこんな時間になっても賑やかだ。飲み終えた人たちの流れが、街から駅へ向かって続いてゆく。

ライトアップされたSLの周りではほろ酔いの勤め人たちがテレビ局のクルーからインタビューを受けていた。新橋の街ではお決まりの光景だ。

うちの会社からもこれまでたくさんの社員が各局の番組に〝出演〟している。社内のおじさんたちの間では「最近テレビ出たか？」などという冗談も飛び交う。

ニュース番組に狙われるのはデキそうな人、バラエティ番組に狙われるのはデキ上がった人。

そんな中、正樹が携帯をいじりながらポツンと立っていた。Yシャツのボタンを胸まで開け、ガムを噛んでいる。

「大江戸《おおえど》テレビですが、ちょっとお時間よろしいでしょうか」

街頭インタビューを装ったつもりで声を掛けた。

「おお、来てくれたんだ」

顔を上げた正樹は、珍しく弱々しい声で答えた。

正樹が歌いたいというのでカラオケボックスに入った。正樹はいつにも増してハイテンションで三曲立て続けに歌った。

曲が途切れたところで正樹は私にタッチパネルを手渡してきた。

「里美、歌わないの？」

「いいよ私は。聞いてるから」

正樹は煙草に火を点け、ポツリと言った。

「俺、フラれちった」

「そっか」

私は気のない返事をしてみせる。

「ま、自業自得ってとこかな」

正樹は苦笑いし、それから煙草の煙をふーっと吐きだす。

「そういえば見たよ、最近。里美の会社のCM。ゆるキャラ山田です、だっけ?」

「うん。私は広報だから、宣伝は担当外だけどね」

「そうか、よかった。里美が考えたやつだったらどうしようかと思った。あれ、ガチで痛過ぎるね。ちょっと調子こき過ぎちゃった感じ」

「あれでも一生懸命やってるの。山田さんも、部のみんなも」

自分の語気の強さに驚いた。

正樹が「あ、ごめん。別に深い意味はないけど」と謝る。

煙草の臭いが染み付いた安っぽいソファに二人並んで座ったまま、モニターに映し出されたアイドルユニットのプロモーション映像を眺める。

「初めて会った時、ちょうどこんな感じだったな。ぼーっと並んで座ってたっけ」

「そんなずっと前のこと、忘れちゃったよ」

会社に入って間もない初夏の仕事帰りの夜、信号機トラブルで止まった山手線車内でのことだった。酔った客を乗せた満員の車内は、静かに殺気立っていた。状況を知らせる車内放送が流れる度に舌打ちや低い唸り声が聞こえた。

そんな中、たまたま座っていた私は疲れてうとうとと眠りかけていた。

すると隣の男に「ついてないっすね。これからどこ行くんすか」と話しかけられて驚いた。終電間際の電車だ。私は「家です」と即答した。

これが正樹と最初に交わした言葉だ。「ですよね」とお互いに笑った。

それから正樹は唐突に私に向かって携帯電話の画面を見せてきた。

〈信号機トラブルで山手線の恵比寿《えびす》と渋谷の間で足止め食ってます。同じ人いますか？〉

彼はこの文面をツイッターに投稿した。

私は、正樹に続いて〈います。七両目です〉と書き込んだ。

その後、乗り合わせた人たちからの投稿が続いた。私は何両目にいるとか、ついてませんねとか。

それを見て正樹がはしゃぐと、車内のあちこちでポケットから携帯電話を取り出す人が出始めた。車内が奇妙な連帯感に包まれた。

電車が動き出した時には、もう少し止まっていてくれてもよかったのにと思った。

何かの縁だからと連絡先の交換を申し出られ、何の警戒もなく応じた。

見ず知らずの人とその場で連絡先を交換するなど、初めてのことだった。

「憶えてるんだ、正樹は」

久しぶりに名前を呼んだ。正樹は「当たり前だろ」と呆れたように、照れたように笑う。

「よし、もう少し歌っていくか」

正樹はグレープフルーツサワーを飲み干し、タッチパネルで曲を入れた。間もなく、いつもよく歌っているパンク調のラブソングが始まった。タンバリンを手渡され、渋々のふりをして叩いた。

間奏に入り、私はタンバリンを膝の上に置いた。すると正樹が両腕を広げて横から覆いかぶさってきた。

「なに……」

してんのよ、と言う間もなく唇で唇を塞がれた。グレープフルーツの甘味の後、煙草の風味が口の中に広がる。懐かしさに飲み込まれそうになる。

ありったけの力で押しのけてソファから立ち上がった。

「ふざけないでよ！　酔っぱらい！」

財布から無造作に紙幣を出して投げつけた。あろうことか一万円札がふわりと勢いなくテーブルに舞い落ちる。しまったと後悔しながら、そのまま部屋を飛び出した。

何やってるんだろう、私。

家に着いて間もなく、正樹から長い長いお詫びのメールが届いた。最後に一万円のことが恐る恐るの言葉遣いで書いてあった。どうしようか？　と。

手切れ金だ、と言ってしまえるなら私は一歩前進できるのかもしれない。でもまた前には進めなかった。

〈お釣りはちゃんと返してよ〉。送信。

ベッドに身体を横たえてはみたけれど眠りが浅く、何度も目覚めた。

結局、変に目が冴《さ》えてほとんど眠れないまま朝を迎えた。

出社すると、山田さんが「昨日はすみませんでした」と謝ってくる。

「こちらこそ行けなくてすみませんでした。理沙子には何度も電話したんですけど」

「そうだったんですか……。矢野さん、最後のほうは相当酔っぱらってたみたいで」

そこまでは知っています。あの後どうしたんですか？

なんて訊くことはできない。

朝一番で社長インタビューに立ち会い、その報告をまとめた。

そして昼休み、社員食堂で理沙子と会った。

「おつかれ」

声を掛けると理沙子はぶっきらぼうに「おつかれ」と答えた。

「何度も電話したのに、どうせまた酔っぱらってたんでしょう」

私は笑いながら言った。昨晩行けなかった申し訳なさと、道で見かけたのに隠れてしまったことへのなんともいえぬ後ろめたさが入り混じる。

「電話、気付いてたけど無視したの」

「は？」

「多忙な仕事をやりくりして最後だけ顔を出してやりましたよっていう感じで来られてもムカつくから」

「そんな言い方しなくても……」

「里美、山田さんとちゃんと話したことある？」

「普段から嫌っていうほど話してるわよ」

「ふーん。山田さん、飲み会の間ずーっと上の空で、具合悪いふりして途中で抜けて会社に戻ろうとしてた」

「どうしてそんなことを」

「アンタに仕事を任せっぱなしで申し訳ないからとか言ってたけど、よくよく聞いてみると今の不安や悩みを共有できるのは水嶋さんだけ、戦友みたいなものだって」

「戦友……」

「みんなに励まされてありがたかったけど、励まされるほど一人になるって。そりゃそうだと思うよ。仕事の内容も悩みも特殊すぎて、他人には分かりっこない」

私は返す言葉もなく、理沙子の顔を見ることもできず俯いた。

「言ってたよね。仕事で求めるのは仲良しの友達よりも戦友みたいなものだって」

確かに言った。何度となく言ったことがある。

「ま、お忙しいところお呼び立てしてしまったアタシが悪かったわ」

理沙子は味噌汁を飲み干し、乱暴に椅子を引いて席を立った。

午後一番、私はゆるキャラ山田への取材に立ち会った。

若いサラリーマンを主な読者層とするサブカル系雑誌『ＯＡＳＩＳ』の中の『熱すぎるＣＭ特集』という企画ものから取材の申し入れを受けたのだ。

私は訪ねてきた男性のライターを広報宣伝部の応接スペースへ案内し、名刺を交換した。

〈フリーライター　島野《しまの》博文《ひろふみ》〉

四十代半ばぐらいだろうか。かなりベテランのライターだろう。

島野さんはソファに腰掛け開口一番、山田さんをまじまじと見ながら言った。

「いやあ、山田さん、いい笑顔ですね」

「すみません」

「いやいや、謝ることないじゃないですか」

島野さんも笑う。

「直らないんです。小学生の頃、通ってた散髪屋のおばちゃんに『男なんだからヘラヘラしないで顔を引き締めんか！』って言われて、髪を切りながら鏡に向かって怖い顔をしてみたりしたんですが、結局直りませんでした」

宣伝効果はどうだといったビジネス的な視点よりもネットの一部で話題のゆるキャラ山田とは何者か、という視点からの質問が多くなる。

「今日から会社のゆるキャラだ、と言われてから山田さんの中で一番大きく変わったところってどんなところですか？」

島野さんの質問に、山田さんは「変わったところ、ですか……」と呟いて考える。

「変わったというより、もう一人の自分ができて勝手に一人歩きしている感じです」

「ほお……。分身ができちゃった、みたいなイメージ？」

「いや、分身とも違うんですよね。例えば島野さんにもあるんじゃないでしょうか？今はライターの島野博文さん、ある時は誰かの友達の島野博文さん、とか」

「人は場面ごとに別の顔を持っていて、自然と使い分けているみたいな」

「それに近いかもしれません。ただ、使い分けることができないんですよね……。あのゆるキャラ山田という人は自分なのに自分ではない。自分が何をどう頑張ればいいか分からなくて、もどかしいです」

山田さんの口から、初めて聞く話がポロポロとこぼれてくる。

理沙子に言われたとおりだ。私は山田さんときちんと話していなかった。

山田さんが何を考えているか、知ろうともしていなかった。

インタビューは三十分ほどで終了した。エレベーターホールでエレベーターを待つ間、島野さんが山田さんに訊いた。

「いやあ、それにしても家族の方とかもびっくりされたでしょう」

「いえ、特に」

「そうですか？　でも内心はびっくりしてると思いますよ、お菓子メーカーで働いている息子がいきなりテレビＣＭに出てくるんですから」

少しの間の後、山田さんは笑顔のまま答えた。

「家族は、いませんので」

すぐに下りエレベーターの扉が開いた。

島野さんを見送って、私と山田さんだけがエレベーターホールに残された。さっきの質問を続けることができるのは、私だけだ。

「ご家族は、どうされたんですか」

「ぼくが五歳の頃、両親とも交通事故で亡くなりました。その後はずっとおばあちゃんに大事に育ててもらって、そのおばあちゃんも五年前に亡くなりました」

何を言っても安い同情みたいになりそうで、返す言葉が見つからない。

「すみません。隠していた訳ではないのですが……でも、できればあまり話したくないですから」

「こちらこそすみません、辛い話をさせてしまって……」

「いいえ、話すのが辛いとかではなく話した相手に気を遣わせてしまったりするのが嫌なんです。『家族がいない』って言った時の、あの空気が。水嶋さんも、咄嗟に思ったんじゃないでしょうか。『かわいそう』って」

「それは……かわいそうというか、大変だったろうなと思います」

「もちろん両親には生きていて欲しかったです。でもぼくはかわいそうな奴ではないんです。ぼくはずっと人には恵まれてきた。だから、出会った人との縁を大切にしたい。仕事で会った人との縁も、みんな」

そういうことだったのか……。

広報宣伝部に戻ると市村さんが「手応えはどうだった？」と私たちを出迎える。

山田さんが島野さんとのやりとりを嬉しそうに話す。

「島野博文さんというライターさんで……」

そうだ。山田さんは仕事で会った人の名前をフルネームで覚えている。あと、ことあるごとに「縁」という言葉を口にする。初めは変な癖だなと思ったし、少し気味悪くも感じた。でもそれは山田さんにとってごく自然なことだったのだ。

私は出会った人との縁を大切にできているだろうか。

忙しさにかまけて親友からの誘いを軽くあしらう。どっちつかずの気持ちで元カレとなんとなく会い続ける。昔のチームメイトが世界で活躍しているのを素直に喜べない。

不遜だ。だからいつも空回りしているのかもしれない。

宣伝会議に出ていた琴平部長と峰さんが戻ってきた。峰さんは眉間にしわを寄せ、いつにも増して真っ青な顔をしている。

「峰ちゃんどうしたの。ずいぶん長かったわね」

市村さんが声を掛けた。峰さんが「どうもこうもないですよ……」と説明しようとすると、琴平部長が言った。

「ガリチョコバーの発売半月時点の出荷数が当初目標の八割を切った」

「あんまり芳しくないとは聞いてたけど、八割切っちゃったか……」

市村さんが溜息を吐いた。お菓子のように店頭で気軽に買われる商品ではパッケージやキャッチコピー、そしてCMの効果が売上に直結する。

商品の敗北はすなわち、宣伝の敗北でもある。

「すみません……」

山田さんが呟いた。すると琴平部長が困惑したような笑みを浮かべた。

「なぜお前が謝る」

「ぼくが謝るのもおこがましいですが、やっぱり色々な人に申し訳ないです」

「ひとつひとつの仕事に責任を持つのは結構なことだ。しかし今回の宣伝効果の件でいくらお前が責任を感じたとしても、責任を取ることはできない」

「でも……」

「責任と権限は表裏一体。本当の意味で責任を取れるのは、権限を持った者だけだ」

琴平部長は山田さんに向かって言った。それから私にもちらりと目を向けた。

「だからお前たちは、ただ目の前のことを思い切ってやれ」

私は、心の奥底を見透かされたような空恐ろしさに駆られた。新人の頃、琴平部長は私によく言っていた。

〈思いだけで仕事をするな〉

この言葉の真意が今、少し分かったような気がした。

しょい込み過ぎるな。もっと軽やかにやってみろ。きっとそういうメッセージなのだ。

土曜の朝、ぼくは練習開始前のグラウンドに立っていた。子供たちが走り回ってはしゃいでいる。あいつは何組の誰が好きだ、などとはやし立てる。

笑い遊ぶ子供たちを眺めながら、頭の中で琴平部長の言葉が反響している。

〈だからお前たちは、ただ目の前のことを思い切ってやれ〉

会社でこんなことを言われたのは初めてだった。それなのにとても懐かしい響きがした。

さて、そろそろ準備体操を始めねばと腕時計に目を遣った時だった。

「タスケ」

振り向くと、大平監督がニヤリと笑ってポケットから何かを取り出した。

ガリチョコバーだ。

袋の端をつまんで縦に裂くと、ガリチョコバーが露わになる。

かぶり付いた大平監督の無精ひげに、チョコが付いた。

「山田も驚く新食感」

呂律が回っていない。それから大平監督は、口をもぐもぐさせながら言った。

「ちゃんとフルスイングできてるじゃねえか」

「ありがとうございます。酒のおつまみにはなりませんけど、時々買ってやってください」

「ああ、もうだいぶ買いこんであるぞ」

肩にかけていたボロボロのスポーツバッグを開け、さかさまにひっくり返した。

芝生の上にガリチョコバーの山ができた。

「おお、すげえ！　チョコだ！」

子供たちがぼくと監督の周りにぞろぞろと集まってきた。

「タスケの真似しようぜ」「山田も驚くシンショッカン」「ねえねえ、シンショッカンってなに？」「エロい言葉？」「あはは、エロい、エロい」「ねえねえ、タスケの名前って山田っていうの？」「何言ってんだよ、バカ、山田の名前がタスケだろう」「ねえねえ、タスケ！　シンショッカンやってよ」「やって、やって」。

シンショッカン、シンショッカン。シンショッカンコールが起こった。

ぼくは芝生からガリチョコバーを拾い上げて袋を開け、猛然とかぶりついた。

「山田も驚く、新食感！」

少し照れが入ってしまった。

「今のはフルスイングじゃねえな」

大平監督が悪戯っぽく笑った。

家族を失って〝ノンダクレ〟になってしまった弱くて優しい父親の顔になる。

ぼくらが子供の頃の大平監督は、近所の大人たちの話によると奥さんと幼い息子に逃げられた〝オトコヤモメ〟で、昼は〝マチコーバ〟で働いていて夜は〝アカチョーチン〟で酒を飲んでいた。

そして夕方や休日は時々、ぼくらの〝カントク〟だった。

翌日の日曜、ガリチョコバーの野外キャンペーンで早朝からお台場《だいば》へ出掛けた。

ショッピングモールのデッキに設けられたテントに着いた。

イメージカラーの黄色のTシャツを着た社員たちが慌ただしく準備を進める中、水嶋さんが所在なさそうにポツンと立っていた。

「おはようございます」

水嶋さんと挨拶を交わすと、周囲の視線が一斉に集まった。

「ゆるキャラさん、来たんだ。別に来てくれなくてもよかったのに」

販促部の女性社員がチクリとひと言。他のスタッフも冷たい視線を投げてくる。

「悪いね、みんな気が立ってるもんで。君らに辛く当たるのは違うって分かっててても、苛立ちのやり場がなくてああなっちゃうんだ」

商品開発部の係長がこっそりとフォローしてくれた。野球のよしみだ。でもその後、我慢しきれない様子で続ける。

「かく言う俺だって、琴平の奴をぶん殴ってやりたいぐらいだよ。あいつが全部好き勝手に決めた挙句、売れ行きはさっぱりだ。そもそも若い女性がターゲットなのにネーミングが『ガリチョコバー』って、滅茶苦茶だろう」

こんな風にあちこちで噴き出す怒りや苛立ちの炎を、普段は峰さんが鎮めて回っているると思うと本当に頭が下がる。

「CMだけが目立っちゃって、商品が印象に残らないっていうことがある。琴平が昔よくやらかした失敗パターンだよ。また同じ癖をぶり返しやがって」

「え、部長も昔はよく失敗してたんですか」

水嶋さんが身を乗り出すと係長は「そこに食いつくか」と苦笑い。

「まだ宣伝担当になって実績が上がり始めたぐらいの頃のことだ。たぶん制作会社も言うことを聞くようになって、大胆過ぎるCMを連発してなあ。例えば……」

練りラムネの『ラムネール』、さつまいもチップの『いもサック』など。

なるほど、確かにCMばかりが子供心に強く印象に残っている。今回のテレビCMもまた同じく、失敗だったのかもしれない。でも今は、今日この場でぼくにできることを考えよう。

イベント開始前のミーティングで、ぼくは真っ先に訴え出た。

「ぼく、客寄せパンダになります。たくさん人を集めてキャンペーンを盛り上げましょう」

しかし、今日の統轄を務める販促部の主任が言った。

「まあ、適当にサンプルを配っててよ。あとは司会者が盛り上げるから」

柔らかい物腰《ものごし》で、何も期待していないとはっきり言い渡された。

その時、水嶋さんがミーティングの輪の中央へ半歩だけ歩み出た。

「私たちも商品をたくさんの人に手に取ってもらいたいという気持ちは変わりません。目指す方向は同じです。色々な部署から今日こうして集まったのも、縁だと思います。だから、私たちもチームに加えてください」

「そうそう、今日はキャンペーンだ。お祭りだ。恨みっこなしで楽しくやろう」

商品開発部の係長がムードメーカーよろしく、パンパンと手を叩く。しかし、ぎくしゃくしたムードは変わらないまま、イベントは始まってしまった。

ぼくはゆるキャラ山田のゼッケンを着てサンプルを配りながら、改めて思った。

これは本当に自分なのだろうか。

テントの前に設置された液晶画面にガリチョコバーのCMが繰り返し流される。ぼくがその横に立ってサンプルを配っていると、びっくりするほど人が集まってきた。

「ヤバい、お菓子のゆるキャラの人！」

「マジ、ウケるんだけど」

「写真お願いします！」

学生風の男女五人が面白がってぼくを囲み、記念撮影を始めた。

人がたくさん集まっている割には商品そのものに興味を示す人はほとんどいない。

段々と、チームの足を引っ張っているような気がしてくる。

海の向こう、背の高い積乱雲《せきらんうん》が水平線から天に向かってぐんぐんと育っている。こちらへ流れて来て風を起こし、雨を降らせてほしい。そうすればとりあえず今日のこの場からは解放される。

でも雲は遠くの海上に留まったまま、最後まで雨は降らなかった。

夕方五時、撤収作業を終えて解散。ぼくも水嶋さんも、お台場海浜公園の駅へ向かって歩く足取りは重い。

二人で今日の〝反省会〟がてら、駅近くのカフェに入った。

クーラーのきいた涼しい店内は日曜日の賑わいで満席。結局西日の照りつけるテラス席へ通され、アイスコーヒーを注文した。

「なんだかんだ言って、盛況だったじゃないですか」

水嶋さんがアイスコーヒーをストローでかき混ぜる。

「確かに、人は集まりましたね」

「みんな売り上げの出足が悪いぐらいで、くよくよし過ぎです」

「水嶋さん、前向きですね」

「まあ、空元気ですけど。珍しく山田さんが落ち込んでるみたいだから」

「すみません。最近になって、仕事が怖くなってきたんです。今までなら何のためらいもなく、何も考えず目の前の仕事のためにホイホイ動いてたのに」

「こう考えたらどうでしょう。今の痛みは成長痛なんだ、って。向き合っている仕事のスケールや影響力が、今までよりもずっと大きい。だから痛みは避けられない」

「本当に痛いですね。色んな仲間の敵になっちゃいました。ぼく、昔から敵を作らないように生きてきたんです。戦うことから逃げてきた」

「そうなんでしょうか。戦いって、敵がいる戦いばかりとは限らないと思います。山田さんは、山田さんなりの戦い方で戦っているんだと思います」

「ぼくなりの戦い方、ですか？」

「山田さん、いつも言ってますよね。自分はずっと人には恵まれてきたって」

「はい。よく言ってるかもしれません。助けられてばかりですから」

「そう感じるのは、山田さんが出会った人にちゃんと感謝できているからだと思います。それが山田さんの戦い方なんだと、私は思います」

感謝と戦いというふたつの言葉が上手く結び付かず、ぼくは少し混乱した。

水嶋さんはアイスコーヒーをひと口飲んでから続けた。

「私も『自分は人に恵まれている、今の仕事は自分の全てをぶつけさせてくれる大切な場なんだ』って思えるようになったんです。だから、山田さんにもすごく感謝しています」
二つ隣のテーブルで、夏休みの大学生風男女六人が夏の陽射しにも負けずはしゃい
でいた。誰が一番はしゃげるか、競い合うかのように。
「自分にもあんな時代があったなんて、信じられないですね」
水嶋さんは溜息を吐きながらテーブルに頬づえを突いた。
「まだ昔を懐かしむのは早いですよ。水嶋さん、卒業してから五年も経ってないでし
よう」
「あの頃はまだ無限に選択肢があって何でもできるような錯覚があったと思うんで
す。でも就職活動が始まって、自分には何もできないんだと思い知らされた」
「いいじゃないですか。水嶋さんは先代社長の講演を聞いて、大翔製菓に入ろうって
決めてたんですよね。あ、市村さんから聞いたんですけど」
矢野さんから聞いた話なのに、なぜか咄嗟に市村さんからと言ってしまった。
「水嶋さんは憧れとかストーリーを持って仕事をする人だって聞きました」
「ストーリーに寄りかかっているのかもしれません。もしかしたら、なりたい私にな
れなかった私自身に対する言い訳なのかなあなんて思うことがあります」
「水嶋さん、結構面倒臭い人ですね」

口を衝《つ》いて出てしまった。水嶋さんは「は？」と咎《とが》めるような表情をしてから「よく言われます」と笑った。

それから突然「あ！」と小さく叫んだ。

水嶋さんの視線の方向へ目を遣ると、二つ隣の席に四人家族が座っていた。野球帽をかぶった小学校低学年くらいのお兄ちゃんと、二歳ぐらいの妹。

お兄ちゃんが、ガリチョコバーのサンプルを手に持ち、まさに封を開けたところだった。

そして、豪快にかぶりついた。

「山田も驚くシンショッカン！」

お兄ちゃんは得意げにテレビＣＭの真似をしてみせた。ベビーカーの中で妹が手足をばたつかせて笑う。それを見たお父さんとお母さんが手を叩いて笑った。

大翔製菓のお菓子とテレビＣＭで、ひとつの家族が笑顔になっている。

それを見て、水嶋さんもぼくも笑顔になった。

この会社にいるからこそできたことが、いま目の前にある。

第四章　ビジネスライク、ひゅーまんらいく

♥

午後六時、私は市村さんに急《せ》かされて仕方なく机の上を片付けた。

「はいはい、みなさん部長命令よ！　さっさと片付けて」

七月最終日の今日、ガリチョコバーのテレビＣＭの打ち切りが決まった。来週から元のチューインフルーツのＣＭに差し替えられる。

市村さんによれば、役員の誰かが大株主の手を借りて圧力をかけたという噂もあるらしい。

経緯の真相はともかく、ゆるキャラ山田はテレビから消えることになった。

山田さんは、心なしかほっとしたような表情をしている。

それにしても会社の外で反省会だなんて、琴平部長らしくない。

連れて来られたのは西新橋の海鮮料理屋。

掘りごたつ式の個室に通されると、テーブルの上には既に六人分の箸がセットされ

ていた。お通しのひじき煮と乾杯用の瓶ビールがテーブルに並べられるやいなや、琴平部長はいきなり切り出した。

「今回の敗因はどこにあると思う」

峰さんが琴平部長のコップにビールを注ぎながら、もどかしそうに顔をゆがめた。

「敗因……？　その前に山田ちゃんや水嶋ちゃんに掛けてやる言葉とかないんですか……」

琴平部長は乾杯もせずにビールを呷《あお》り、まずそうに顔をしかめた。

市村さんが「あ、とりあえずみなさん乾杯」と慌ててコップを掲げた。

「敗因は、ない。なぜならまだ負けてはいないからだ」

「部長、どうしたんですか……」

私は思わず呟いていた。おかしい。宣伝費と売上効果を純粋に見比べれば惨敗。普段の琴平部長なら、ドライに結果だけを見て次の策を考えるはずだ。

「山田ちゃんと水嶋ちゃんのいる前で言い辛いんですが、ここでリセットして新しくマスコットキャラを作って育ててみるのも手だと思うんですよ。端的に言うとそもそも本来マスコットキャラの確立は一朝一夕になしえるものでなく秋永製菓のギョロちゃんでさえ、何十年もかけて浸透してきたわけで……」

「ぼくも峰さんのおっしゃる通りだと思います」

山田さんが峰さんの止まらない話にするりと割って入った。

「これ以上色々な人に迷惑をかけるわけにはいかないと思うので。ガリチョコバーを開発した人たちのことを考えると、ぼくは……」

「迷惑をかけたまま終わる。そういうことになるな」

琴平部長に遮られ、山田さんは口ごもった。

「逃げるか？　本人が言うなら、仕方ない」

「いいえ、逃げたいわけではありません」

山田さんは珍しくムキになって言い返した。

「では今後も大翔製菓のゆるキャラは、山田でいく」

作務衣《さむえ》を着た若い男の店員さんが湯葉の豆腐をテーブルに並べて出て行った。

「柿崎、制作会社へのオリエンテーションの時、何か言いかけて止めたろう」

「はい。ゆるキャラ山田のプロモーションに偏っていて、商品のほうは大丈夫かなと……」

琴平部長から急に話を振られた由香利ちゃんは、戸惑いつつ答えた。

「なぜ言わなかった」

「え……？　それは、きっと部長には何か考えがあるはずだと思ったので」

「実はこれと言って考えもなかった。あったのは、根拠のない自信と意地だけだ」

琴平部長はコップに口をつけ、ひと息で飲み干した。市村さんがポカンとした表情で「あら飲んじゃった」と声を発した。

やはりおかしい。私は、琴平部長に疑問をぶつけてみた。

「部長は私にいつも言ってくださっていますよね？　思いばかりに流されて仕事をするなと」

「確かに、言い続けて五年目、未だに直っていないが」

「でも今回のことに限っていえば、思いみたいなものに囚われているのは部長のほうではないでしょうか。何か譲れない理由があるのなら、私たちに教えてください」

「何言ってんだ。俺はお前とは違う」

「思いで仕事をするのはいけないことでしょうか。毎日の大半を仕事に費やすなら、少しでも夢や思いみたいなものがあったほうが楽しいと思います」

「俺は上から丸投げされた任務を最善の形で進めようとしているだけだ」

コップ一杯のビールで琴平部長の顔は真っ赤。呼吸も荒く、苦しそうだ。

「ちょっと部長、大丈夫？」

市村さんが心配そうに尋ねる。

「そろそろ失礼する」

琴平部長はバッグから財布を取り出し、テーブルの上に一万円札を三枚置いた。私は、席を立とうとする琴平部長を引き留めた。

「待ってください。山田さんはテレビＣＭに出たことで大変な思いをして……」

「だから謝れと？」

「謝れなんて、そんなことは言っていません。ただ……」

ただ、このプロジェクトに秘めた思いがあるなら、せめて山田さんにはそれをもう少し話してあげてほしい。

私の口から言うのも違う気がして、言葉にならない。

琴平部長は畳に立ち膝をして、重たそうに席を立った。

「あいにく広報宣伝部長の頭は簡単に上げ下げできるほど軽くない。それに、謝るばかりが責任の取り方ではない」

そう言い残し、琴平部長は店を出て行った。

入れ違いで、店員さんが大皿に盛られた刺身の盛り合わせを運んできた。

「きっと心の中では謝ってるのよ。下戸なのにみんなを居酒屋に集めてごちそうしてくれてるんだから」

市村さんが飲み直しだとばかりにみんなのコップにビールを注ぎ足して回る。

「若い頃はあんな偏屈な男じゃなかったんだけどなあ」

峰さんが溜息交じりに言った。

「昔の琴平部長って想像も付かないですね。昔話とかしない人だから」

由香利ちゃんが刺身のつまを箸でまとめながら言った。

「熱血営業マンね。営業は天職だって公言してたけど、上の人からよく怒られてた」

市村さんは「あんまり喋ると怒られそうだけど……」と言いつつ語り出した。

担当するスーパーの売上を増やそうと、お菓子売り場以外のレイアウトにまで首を突っ込んで怒られた。接待の席で酒を勧められ、無理して飲んで救急車で運ばれた。

「すごく人間臭い若者だったわ。でも、それが自分の首をしめることになった……」

リベート。大口で商品を仕入れてもらう代わりに、利益の一部を還元する商習慣だ。経営の苦しかった都内の中堅スーパーに、大翔製菓の大キャンペーン展開と引き換えに限度を超えたリベートを約束してしまった。すぐ社内で発覚して営業部長が謝罪に出向く羽目になった。

「権限を超えた責任を勝手に引き受けちゃったのよね」

〈責任と権限は表裏一体〉

あの言葉は部長自身の体験から思い知ったものだったのか。

「そして琴平さんを拾ったのが当時広報宣伝部長だった、今の副社長」

宣伝担当として新商品のプロモーションに携わるようになってから、すぐに頭角を現し始めた。三年後、ブランドマネージャーとして手掛けたチョコカプセルが大ヒットレビジネスアイデア賞を受賞すると、製菓業界でも一目置かれる存在になった。

それ以来、広報宣伝部から出られなくなって現在に至る。

「敏腕だ風雲児だと持ち上げられて、天狗になってるとかワンマンだとかみんな好き勝手言うけど、一番うんざりしてるのは琴平さん本人よ」

「琴平部長も、自分のキャラに縛られているんですね……」

山田さんが力なく呟いた。疲れているせいか、山田さんの顔はさっき帰った琴平部長と同じくらい真っ赤になっていた。

♠

ぼくは〝キャラ〟という言葉を軽く考えていた。表面的で、作られたものだと。

でも最近、日常のそこかしこに〝キャラ〟を感じる。たとえばちょっとした仕事の電話のやりとりひとつにも。

「もう一度、御社名とお名前をお伺いしてよろしいでしょうか」

〈はい、わたくし東日本アドコミュニケーションのム・カ・イ・ダと申します〉

「それでは琴平が戻り次第、折り返しお電話差しあげるよう申し伝えます」

〈恐れ入ります。お手数をおかけ致しますが、よろしくお願い致します〉

先方の声色が極端に丁重なので、こちらも負けじと丁重になる。最後はお互い低姿勢を競い合うかのように「失礼致します」と電話を切った。

こんな電話のやりとりも、よくよく考えてみればとても滑稽だ。

もしぼくが幼馴染の野球仲間たちに対してこんな言葉遣いで喋り出したら、頭がおかしくなったと思われるだろう。

あんなに丁重で低姿勢な東日本アドコミュニケーションのムカイダさんだって、仕事から離れれば友達と冗談を言い合ったり、もしかすると下ネタで大盛り上がりしていたりするかもしれない。妻や子供がいて、家では強面《こわもて》のお父さんかもしれない。

みんな場面ごとに何かのキャラを演じている。いや、生きている。

仕事中であれば仕事中のキャラ。そういうものになりきって生きている。

ぼくらが何気なく口にしている〝キャラ〟とは、性格や個性というより、人との関わりの中での立場とか立ち位置のようなものではないかと思う。それが〝自分らしさ〟と深く関係しているような気がする。

だから〝自分らしさ〟はひとつではない。

立場がひとつ増えるとその分キャラが増え、自分を縛るものも増える。

ぼくはある日突然、生身の人間としては稀な〝ゆるキャラ〟という立場を与えられた。

何ができるのか分からないまま、未だにその立場から解放されずにいる。

〈山田さんは、山田さんなりの戦い方で戦っているんだと思います〉

水嶋さんに言われてからずっと考えている。ぼくなりの戦い方とは何だろうかと。

ただ、今は何をやっても間違いになるような気がして身体がすくんでしまう。その度に、苦笑いする大平監督の顔が目に浮かぶ。

〈タスケ、今のはフルスイングじゃねえな〉

♥

山田さんは出社早々、琴平部長の指示で東日本アドへ書類を届けに出掛けた。

ゆるキャラ山田は失業した。社内失業だ。

七月末をもってテレビCMは打ち切られ、メディアへの露出も〝当面の間〟控えることとなった。

琴平部長は山田さんが出掛けて行くのを確認してすぐ、私の席へ来た。

「水嶋、代わりにちょっと一緒に来てくれ」

代わりに？　同行した先は、役員応接室だった。

専務取締役営業本部長、室岡宏《むろおかひろし》。眼鏡の奥に神経質そうな細い眼が鈍く光っている。大翔製菓にもマスコットキャラクターが必要だと言い出したのはこの人だ。

「山田本人は出張中で不在のため、担当の水嶋を連れてきました」

琴平部長は特に急ぎでもない届け物をわざと山田さんに言いつけたのだった。

「琴平、今回の結果をどう受け止める？」

まるで他人事だ。琴平部長は何も答えない。

「私の言った通り最初からまともなマスコットを作ればこんなザマにはならなかった……」

予算も人も付けずに丸投げしておきながら、責任は全て琴平部長にあると言っているようなものだ。無言の抗議か、琴平部長は何も答えない。無表情のまま、ただ室岡専務の顔を凝視している。

室岡専務は呆れたような笑いを浮かべ、目を逸らす。それから私に言った。

「これからはあの山田を大人しくさせてくれないか」

穏やかな口調で言われたのに、殴られたような衝撃を受けた。

下っ端は余計なことをせず大人しくしていろ。たぶん私は、こういう空気の中で自分を飼い慣らしながら大人しく、お行儀よく仕事をしてきたのだ。

十分ぐらいの間、室岡専務の〝口頭注意〟を聞いていたはずだがほとんど覚えていない。私は呆然と応接室を出た。

「山田にはあんな腰抜けの小言を聞かせたくなかった。ゆるキャラに仕立て上げられた挙句、梯子《はしご》を外されたようなものだからな」

琴平部長の言葉に、悔しくてわなわなと唇が震えた。

広報宣伝部に戻ると、琴平部長はみんなを集めた。

「山田以外にはもう話さなければならなくなった」

そう切り出すと室岡専務に言われたことをみんなに話した。

「会社のマスコットを作れと言い出したのは、あの人たちじゃないの」

憤る市村さん。

「そもそもは他社に後れを取っていることが怖いという軟弱な動機から始まった話だ。だから俺は最初、真っ向から反対した」

琴平部長は裏で偉い人たちと戦っていたのだ。

「だが多勢に無勢で押し切られ、命令は全て広報宣伝部へ丸投げされた。そして俺は特にアイデアもないまま『キャラクター戦略プロジェクト』の社内公募をかけた」

選考面接には十人以上の応募があった。面接をしながらも、琴平部長自身このプロジェクトを前向きに進める気になれなかったという。

予算も人も付かない中、言われた通り真正直にマスコットキャラクターを作ったところで秋永製菓や平安製菓の老舗キャラに勝てるか？　自問し続けた。

「ところが山田が面接に現れた時、俺は全く別次元のキャラクターを作ろうと吹っ切れた」

「別次元って、端的に言うとどういうことですか？」

峰さんが尋ねた。

「生身の社員をマスコットキャラクターにするということだ。中途半端なものを作るより、この男をマスコットに仕立て上げたほうがずっと可能性があると思った」

「可能性……なになに、上の人を説得したんでしょう。そこのところを聞かせてくださいよ」

市村さんがいよいよテーブルの上に身を乗り出してくる。

「説得などしていない。刺し違えたようなものだ。広報宣伝部に丸投げしたからには責任と権限を両方与えていただきたいと、覚悟を迫った」

琴平部長は年度末も差し迫った頃の役員会で生身の社員をゆるキャラにするというプランを明かした。琴平部長の案は当然、非難を浴び失笑を買った。

そんな中で琴平部長は自らの覚悟と引き換えに、上の人たちにも覚悟を迫った。

「表向きには意外性を武器に短期間で他社の老舗キャラに対抗すると説明した。だが真の目的は、リーダーとしてのゆるキャラを作ることにある」

琴平部長の答えに私は戸惑った。「リーダー」と「ゆるキャラ」という言葉が頭の中でうまく繋がらない。

「ゆるキャラという特殊な立場を与えることで、二十代の一社員が会社の中でリーダーシップをとりうる。部署や上下関係を伴わない〝旗印〟としてのリーダーシップ。新しいリーダーシップの在り方だ」

以前、琴平部長は部長会議の席で生身の人間をゆるキャラにする意図について「意外性」と答えた。でもやっぱり別の意図があったのだ。

「しかし……ゆるキャラプロジェクトは今年度限りで打ち切る方向で話が進んでいる」

琴平部長は淡々とした口調で言った。

「ちょっと何よ、それ。まだ始まって四ヵ月よ?」

「室岡は既に年度末打ち切りを役員会で主張しているらしい。『琴平広報宣伝部長の暴走により継続不能になった』と」

「逆に、今すぐ打ち切りにしない理由って……」

由香利ちゃんが誰にともなく呟いた。

「室岡の本音は、今すぐ廃止したのでは格好が付かないからプロジェクトを凍結状態にして年度末まで据え置き、山田はその間広報宣伝部預かりで大人しくさせておけということだ」

みんな言葉を失った。峰さんが何かに気付いた様子で宙をにらみながら「なるほど、そういうことか」と呟いた。

「その前に奴らを黙らせるだけの実績を上げるしかない」

琴平部長は私に言った。

「実績を上げるって……」

「それを考えるのがゆるキャラ担当である水嶋、お前の仕事だ」

「でも仮に、今年度でプロジェクトがなくなってしまったら、山田さんはどうなるんですか」

他部署へ異動になるのだろうか。それともまさか大阪の物流部に戻るのだろうか。

「人事ばかりはなんともしがたいが、俺には生身の社員をゆるキャラに仕立て上げた責任がある。なんとかして広報宣伝部に残したい。それも視野に入れて、これまで以上に山田に広報の基本を教え込んでもらいたい」

「分かりました」

また私の大事な役目が増えた。

「PLAN、DO、CHECK、ACT。今の大翔製菓に最も欠けているのは何だ？」

「DO、でしょうか……」

私は直感で答えた。琴平部長はうなずいた。

「頭でっかちな計画を貧弱な行動力で中途半端に現場の者に押しつけ、チェックの段階になると俄然張り切る面々が現れ代案なき批判の嵐、そして結局何もしないという究極の改善案に着地する。これが今の大翔製菓のＰＤＣＡサイクルだ」

それから琴平部長は言った。

「このままでは大翔製菓はＰＬＡＮとＣＨＥＣＫばかりを繰り返す、何も生み出さない組織になり下がる。ゼロには百万をかけてもゼロだ。何かを起こすための〝一〟を生み出すには、行動あるのみ」

「その点、山田君は〝ＤＯ〟の塊ね。あの行動力にはおばちゃんも真っ青だわ」

市村さんが笑い、琴平部長がうなずいた。

「今必要なのは〝ＤＯ〟だ。ゆるキャラ山田は大翔製菓の〝ＤＯ〟になる」

琴平部長は私に目を向けながら言った。任されたのだと直感した。

「室岡の小言は無視していい。ただ、ゆるキャラプロジェクトに関してはタイムリミットを意識して動いてほしい。以上」

「ちょっと待ってください。今の話、山田さんには……」

「言うな。余計な気遣いをさせたら、あいつの持ち味を消すことになる」

そう言い残して琴平部長は部屋を出て行った。

席に戻ると、峰さんが「なんとなくからくりが見えてきたな……」と呟いた。

「室岡の狙いは琴平部長だ」

「どういうことですか……？」

「室岡さんって意外と気が小さいから。琴平さんが自分の地位を脅《おびや》かしかねないと思ってるのよ。もっとも、琴平さん自身は役員になんかなりたがってないけどね」

市村さんが言った。峰さんがそれに続く。

「自分は手を汚さずに『琴平が暴走して失敗した』という負の実績を作らせた。目的は達せられたからもうキャラクター戦略は必要ない。室岡はガリチョコバーのプロモーション失敗を以って〝勝ち逃げ〟しようとしているんだ」

「勝ち逃げ……。わざと会社の足を引っ張ることのどこが〝勝ち〟なんですか」

由香利ちゃんがうんざりしたような口調で言った。

「自分の地位を守るためには手段を選ばない。残念ながらそういう奴もいるんだ」

峰さんは溜息交じりに言った。

「水嶋ちゃん、この先はボトムアップの活動に切り替えたほうがいいかもしれない」

「え？　つまりは大人しくしていろということですか？」

峰さんがあごに手を当てながら言った。

「そうではなくて、やり方の問題だよ。今まではずっとトップダウンで動いていたでしょう。経営陣の肝煎りでプロジェクトが始まり、社内の反対も押し切ってテレビCM枠まで使ったもんだから反感が大きかった。いくらトップの意思決定があってのプロジェクトでも、社内の協力的な雰囲気がなければ孤立無援だ」

なるほど、根回しのプロである峰さんらしい見解だ。

しかし社内の協力を取りつけながら地道にこのゆるキャラプロジェクトの巻き返しを図るにはどうすればよいか、私は考えた。

ふと思いついたのはとても身近なアイデア。

ボトムアップ、かつ、広報担当者としての私ならではのやり方だ。

♠

東日本アドへの届け物を済ませて戻ってくると、水嶋さんに呼ばれた。

「山田さん、しばらくの間は通常業務に専念しましょう。私がサポートしますので」

水嶋さんに言われてぼくはほっとした。これで地に足がついた仕事に専念できる。

「よろしくお願いします！」

正直なところ「解放された」という心地がした。水嶋さんは話を続ける。

「まずは各部署への御用聞きから始めましょう。その中でゆるキャラ山田を活かせる案件を探すんです」

安堵の中うんうんと頷いていたぼくは「はて」と思い直した。

「しばらく活動自粛《じしゅく》ということではなかったでしょうか……」

「確かにメディアへの露出は自粛となっていますが、他に制限はないはずです」

「でもせめて少しの間は大人しくしていたほうが……」

ぼそぼそと反論しかけたが水嶋さんに「大人しくなんてダメです！」と遮られた。

「時間がありません。行動あるのみ。山田さんは大翔製菓の〝DO〟になるんです」

水嶋さんはそう言ってからはっと口をつぐんだ。時間がない？　ドゥになる？　どういうことだろう。ぼくが尋ねる間もなく水嶋さんが言葉を継ぐ。

「ゆるキャラ山田という立場だからこそできることがあると思います。そのひとつとして、色々な部署の一員になって貢献するというやり方もあるのではないでしょうか」

「里美ちゃん、それ面白そうね。そしたらアタシ、社内報にゆるキャラ山田の活動記録のコーナー作っちゃうわよ。ねえ、由香利ちゃん」

「はい。ホームページにも特集ページを作りましょう」

柿崎さんまで鼻息荒く意気込んでいる。

「それはさすがにまずいのでは……。ホームページも一種のメディアですよね……」

「大翔製菓のウェブマスターは私です。それにホームページの掲載内容は広報宣伝部長の権限で承認できますので」

柿崎さんはそう言ってべっ甲の眼鏡を中指で押し上げた。

「大丈夫！　少しぐらい無茶したって、謝罪代行サービスの峰がいるから」

峰さんは豪快に笑うと胃薬をペットボトルのお茶で流し込んだ。

どうしたのだろう、温かくも厳しいこの励ましの数々。ぼくはまだ〝ゆるキャラ山田〟という立場から解放されていないらしい。

「いい、山田君。御用聞きのテクニックなんかは場数を踏んで慣らしてゆくものだけど、基本は人とその人の仕事に『興味を持つこと』よ」

市村さんが言った。

「プレスリリースされている話題はほんの一握り。話を聞きに行くと各部署で未発表の面白い企画や案件を色々と持っているものよ」

「私がフォローしますので、まずは他の部署を回ってみましょう」

水嶋さんに同行してもらい、ぼくは初めての御用聞きへ出かけた。最初に訪ねたのは営業部。ほとんどの営業マンは外に出ているため、フロアはがらんとしている。たまたま席にいた白浜《しらはま》主任に「何か広報できそうな企画はありませんか」とぎこちなく尋ねてみた。

「どんな事でも結構です。例えば営業的な観点から店舗との販売提携の話とか」

水嶋さんが説明を補足すると白浜主任は引き出しからＡ４の冊子を取り出した。

「販売提携とまではいかないけれど、強いて言えばこういう話なら……」

冊子の表紙には大きくこう書かれていた。

〈大翔お菓子キャラバン〉

「ちょうど担当がいるから説明させるよ。おい根岸《ねぎし》、説明してやって」

白浜主任に呼ばれ、末席に座っていた根岸さんがやってきた。

根岸さんは入社三年目の営業マン。若手の飲み会で一度だけ話したことがあるけれど、温和で大人しい印象の人だ。

根岸さんは丸椅子を持ってきて腰掛け、ぼくらに企画の概要を説明してくれた。

スーパーの売り場の一角に大翔製菓の小さなワゴンを設け、営業部員が試食販売をする。その活動で都内の得意先を巡回するので〝キャラバン〟と名付けたという。

「要するに、得意先のスーパーで店頭販売をして回るという企画です。得意先との関係を深めるきっかけになると思いますし……売り場に立つのは楽しそうなので」

根岸さんは恐縮した表情で笑った。

市村さんの言った通りだ。話をしてみれば表に出ていない企画がまだまだある。だから御用聞きが必要なのだ。

「この企画、プレスリリースしませんか？」

水嶋さんが身を乗り出した。

「ルートセールスの強化を図る側面が強いので、地味な取り組みです。プレスリリースするようなものではないかと……」

「しましょう。こういう取り組みは、どんどん広報に教えてください」

水嶋さんが言うと、根岸さんは「ありがとうございます」と微笑んだ。

ここから、もうひとつの御用聞きだ。ぼくは勇気を出して切り出した。

「ぼくも……ゆるキャラ山田も同行させていただけないでしょうか」

すると白浜主任の表情が一変、硬くなった。

「例えば、まだテレビCMの記憶が新しい今、店頭で集客に貢献するとか……」

水嶋さんがフォローするが、白浜主任は明らかに不快な表情をしている。

「おい、そういう話なら勘弁してくれ。やるからには真面目にやりたいんだ」

「ぼくも真面目に、なんでもやります。お願いします」

「老婆心《ろうばしん》で一度だけ忠告するよ。ゆるキャラがどうだとかいう話をするために社内をうろついてたら、はた目には遊んでるようにしかみえないから止めておけ」

白浜主任に諭されて、ぼくは返す言葉を失った。

根岸さんがぼくに向かって気まずそうに頭を下げた。ぼくも目礼を返した。

「最近の広報宣伝部、冗談抜きで評判悪いぞ。琴平にもよく言っておけ」

白浜主任は水嶋さんに向かって小声で言った。

それから三日間、時間を見つけては水嶋さんと色々な部署を回ったが、どこもまともに相手をしてはくれなかった。

御用聞きを始めてから四日目の朝、ぼくは水嶋さんに尋ねた。

「ぼくが大翔製菓の〝DO〟になるって、どういうことですか？」

先日の言葉が胸に引っ掛かっていた。水嶋さんは少し考えてから答えた。

「端的に言うと、山田さんはそのままでいいっていうことです」

部長補佐席では峰さんが何やら険しい顔で受話器を耳に当て、頭を下げていた。

ぼくは峰さんが電話を終えたのを見計らって話しかけた。

「すみません。また何かご迷惑をかけてしまったでしょうか……」

「え？　山田ちゃん、なに気を遣ってんの。商品開発部の部長補佐の後藤田《ごとうだ》さんと飲みの約束してただけだよ。一つ上の先輩で新人の頃から世話になってるんだ」

笑う峰さんの顔は明らかにやつれている。最近、他部署のキーマンと毎晩飲んでいるらしい。火消しだ。ゆるキャラ山田が撒いた火種を消してくれている。

「さあ、仕切り直しましょう」

水嶋さんに促され、ぼくは市村さんの知恵を借りに行った。

「こういう時は組織図を広げてみるのよ。どこからネタを発掘しようか、と……」

市村さんは組織図を眺めながら腕を組んだ。すると水嶋さんが「あ」と小さく叫んだ。

「いいこと思い付いた！」

水嶋さんが指差したのは、意外な部署だった。横浜工場。

「工場……。改良生産ラインの竣工は発表したばかりだし、他にはどんなネタがあるかしら」

「工場見学ですよ」

「なるほど、工場見学って最近ブームだもんね」

大翔製菓も学校の社会科見学コースや、一般見学のファミリーコースなどを設けてホームページで見学を募集している。

「そこで、工場見学の案内役として『ゆるキャラ山田、いかがですか』と」

「でもぼくは工場の設備やお菓子の生産工程のこと、よく分かりませんが……」

「大丈夫です。お菓子の生産工程も工場の魅力も、私が伝授します」

水嶋さんのこのテンションの上がり方、一度横浜工場へ一緒に行った時と同じだ。

水嶋さんはすぐに横浜工場へ電話をかけ、工場見学係の落合《おちあい》さんにアポを取ってしまった。

柿崎さんと目が合った。彼女は「やれやれ」と言いたげな表情で肩をすくめた。

「私は生温かく見守ってますので」

柿崎さんはそう言って本当に生温かい眼差しで笑った。

♥

翌朝、私と山田さんは横浜工場近くのコンビニで待ち合わせて場内に入り、入口で工場見学係の落合さんを呼び出してもらった。

元研究員の落合さんは定年後、再雇用で工場見学を仕切っている。

落合さんは受付ロビーの待合せスペースまで出て来てくれた。

私が工場見学ナビゲーターの話をすると、落合さんは申し訳なさそうに白髪頭を掻いた。

「その話、個人的には面白いと思うんだけどやっぱり無理だなあ……」

「お願いします、知名度があるうちに試しに一度だけでも案内役を……」

「その知名度っていうのが尚更よくないんだよ……」

生産管理部では小杉君が開発した『ガリチョコバー』にロングセラー商品の夢を懸けていた。にもかかわらず広報宣伝部の〝暴走〟でプロモーションに大失敗した。

「特に生みの親の小杉ちゃんなんかガックリきちゃってさ。エースが元気なくして、みんな心配してんだよ」

今の横浜工場では「ゆるキャラ山田に見学ナビゲーターを任せる」なんてとても言い出せないという。

「工場のみんなさえよければ俺は歓迎なんだけど、そういう事情だから」

席を立って戻ってゆく落合さんを見送りながら、山田さんが言った。

「小杉さんに会いに行きましょう。ぼくは小杉さんと会って話をしたいんです」

山田さんの勢いに引っ張られ、二人で生産管理部のフロアを訪ねた。

「おはようございます、広報宣伝部の山田です」

戸口のところで山田さんが名乗った。みんなの視線が私たちに集まる。顔にははっきり「何をしにきた」と書いてある。

頼れる先輩、原さんが慌てて席を立って戸口まで来てくれた。

「里美、どうしたの。誰かと打ち合わせとか？」

「すみません、突然。小杉さんとお話をしたいのですが」

「小杉君は研究室に入ってるけど……約束は？」

私は首を横に振った。原さんは「うーん」と困った顔で唸った。

「一応呼んでみるから、奥で待ってて」

衝立《ついたて》で仕切られた打ち合わせスペースに通され、座って待った。

すると意外にも、小杉君はすぐに現れた。

衝立の向こうで生産管理部の人たちが「忙しそうだな」とか「大丈夫か」などと口々に声を掛けている。若きエース研究員としてみんなから大事にされているのがよく分かる。

小杉君は衝立のこちら側に姿を見せるなり開口一番、言った。

「広報宣伝部って暇なんですね」

白衣をまとったその身体は華奢《きゃしゃ》なのに、私にはなぜか大きく見えた。

「忙しいところすみません、どうしても小杉さんとお話をしたくて」

山田さんは一旦立ち上がり、四つ年下の小杉君に深々と頭を下げた。

「俺はあなたたちと話をするつもりなどありません。ただ伝えに来ました」

目の前の彼はとても物静かで、三年目の研究員とは思えない凄味が漂っている。

「命を削って作ったものを、ゆるキャラごっこの出汁《だし》に使われた。これが俺や、工場のみんなの気持ちです。そのことをもう一度、はっきりと伝えに来ました」

もう一度？　その言葉が私の胸の中で引っかかった。

「出汁だなんて、ぼくらは決してそんな風には思っていません……」

「思ってなくたって、結果が全てですよ。商品を多くのお客さんのもとに届けたかった。でもガリチョコバーは売れていない。ＣＭのお遊びだけが印象に残った」

小杉君は「他に何が残りましたか」と吐き捨てるように言った。

「まあ、人のせいにするのはよくないですね。売れていない最大の原因は俺の開発した製品に魅力が足りなかったということでしょう」

「いいえ、ガリチョコバーは間違いなく美味しいし新しいお菓子です。夏でも食べたくなるチョコという切り口で市場に風穴を開けようという意気込みを感じました。新食感です。あれは紛れもなく新食感ですよ」

私は熱くなって新食感というキーワードを繰り返してしまった。逆効果だ。

「そういう何の生産性もないフォローとか、止めていただけませんか。俺は、広報とか宣伝とかの力に頼らなくても自然と世の中で愛されるようなホンモノを作ろうと決めました。以上です、失礼します」

小杉君は淡々と、かつきっぱりと言い残し席を立った。

「ぼくも少しだけ、命を削りました……」

山田さんの言葉に、立ち去りかけた小杉君が立ち止まった。

「たとえばもし小杉さんが上司から『ガリチョコバーの新しいテレビCMを作るからお前出ろ』っていう命令を受けたらどう思いますか」

「絶対に嫌ですね。晒しものじゃ……」

言いかけて小杉君は口をつぐんだ。

「はい、小杉さんの言う通りです」

山田さんは笑顔のまま頷いた。

「でもぼくは、晒しものでもなんでもCMが話題になれば商品がヒットするかもしれないと思って、引き受けてしまいました」

「それで命を削った、だから少しは恩に着ろと言うわけですか」

「いいえ。目指す方向は同じだということだけは小杉さんに会って伝えたかった。それが伝えられただけでも今日はよかったです」

小杉君は「それが伝えられただけでも……」と繰り返し、それから言った。

「本当にみなさん、どれだけ暇なんですか？　部長自ら来たと思ったら、次はゆるキャラ山田さんご本人とその担当さん」

「部長って、うちの琴平部長ですか……？」

私は思わずテーブルに身を乗り出していた。

「そうですよ」

ガリチョコバーのCMが打ち切りになった直後、琴平部長がアポなしで訪ねてきたという。開発者の気持ちを踏みにじる結果になり、申し訳ないと謝った。

あのCMは全て自分が決めたことで、責任は全て自分にあると。

「俺みたいな下っ端に会いに来てる暇があるなら、もっと生産性のある時間の使い方があるんじゃないですか？　それにどうせ頭下げるんだったら、工場長あたりに会って謝り倒したほうがよっぽど効果的でしょう」

違う。私は琴平部長の言葉を思い出していた。

〈あいにく広報宣伝部長の頭は簡単に上げ下げできるほど軽くない〉

きっと琴平部長が頭を下げる相手は、小杉君でなければならなかったのだ。

横浜工場から戻ると、私は琴平部長に小杉君の話を伝えた。

琴平部長は苦々しい表情で舌打ちをした。そして私はストレートに聞いてみた。

「どうして直接頭を下げに行ったんですか」

「俺は小杉の大仕事に泥を塗ったからだ」

「でも部長はＣＭが打ち切りになった時、まだ負けていないとおっしゃいました」

「それはゆるキャラプロジェクトに限ってのことだ。小杉を援護するという点においては完全な敗北」

「小杉君を、援護する……？」

「お前らと小杉を、同時に助け舟に乗っけたつもりでいた。絶好のチャンスだったんだよ」

琴平部長はもどかしげに溜息を吐いた。やっぱり勝算よりも思いで動いている。

「小杉に会ってみて、どう感じた」

琴平部長は私に訊いた。

「早くも開発者としての凄みみたいなものを感じます。一人でガリチョコバーを開発したというのも納得でした。ただ、少しとっつきにくい感じがします」

「小杉に対する周りの扱いに、何か気付かなかったか」

「すごく大事にされている感じがしました」

「その通り。そして周囲の過度な期待が小杉を追い込んでいる。『しょいこみ病』だ。自分がやらねば、自分が、自分が、自分が」

琴平部長は小杉君の話を通して、自分自身のことも言っているのではないか。

「一人じゃないということ、一人でできることには限界があるということを早いうちに分からせないと、後が苦しくなる。若くて潜在能力のある奴ほど、尚更にな」

その時、山田さんがにこにこしながら言った。

「部長も、一人じゃないですよ」

「何言ってんだ、お前」

「一人で謝りに行って何も言わないなんて、水臭いじゃないですか」

「言ったはずだ。責任と権限は表裏一体。広報宣伝部を代表して小杉に頭を下げる権限も責任も、俺にある」

「部長補佐の峰さんにも、その権限はあります」

後ろで峰さんが「あ、山田ちゃん、呼んだ？」と悪戯っぽく笑った。

「それに、部長はぼくたちに仰いました。謝るばかりが責任の取り方ではないと」

「確か、そんなことも言ったか」

「小杉さんが作ったガリチョコバーを、ヒットさせましょう」

山田さんのこの嬉しそうな笑顔。

何かが起こりそうな、また不気味な予感がした。

それから三日後の昼休み、早くもその「何か」は起こった。

私は『製菓新報』の飯田記者とランチ会食の約束があり、オフィスを出た。駅へ向かって歩き、ＳＬ広場に差し掛かった時、私は目を疑った。

山田さんが弁当の売り子みたいに、平たい木製のケースを首から紐《ひも》でぶら下げて立っていた。

スーツの上から〈当社のゆるキャラ、山田です〉というゼッケンを着込んでいる。

「大翔製菓のガリチョコバーです、午後のオフィスのおやつにどうぞ」

声を張り上げる山田さんの隣には白い半袖のブラウスを着た女性がのぼりを持って立っている。過去にどこかの野外キャンペーンで使ったのぼりだろうか。大翔製菓のロゴがプリントされている。

のぼりが風になびく。隠れていた女性の顔が見えた時、私はもう一度目を疑った。

理沙子だ。どうして理沙子が一緒にいるのだろう。

「紅友《べにとも》ソリューションさん？　二つ隣のビルですよね！　今後ともよろしくお願いします」

理沙子はランチ帰りらしき男女四人組と親しげに言葉を交わしていた。

山田さんと目が合った。悪びれもせず向こうから声を掛けてきた。

「あ、水嶋さん、お疲れさまです」

「お疲れさまの前に……ここで何をしてるんですか」

咎めるような口調で言った後、理沙子と目が合った。私は咄嗟に目を逸らしてしまった。

「会社に残っていたガリチョコバーのサンプル百四個、配り切ったところです」

胸の前で小さくガッツポーズを作りながら答える山田さん。

「勝手にこんなことしたら、まずいじゃないですか」

注意する私の口調はまるで小姑《こじゅうと》みたいだ。脳裏には室岡専務の言葉が反響している。

〈山田を大人しくさせてくれないか〉

「ごめん。昼休み前に山田さんが総務部に相談に来て、アタシがこのケースとのぼりを貸したの」

理沙子が割って入ってきた。

「そうそう、備品でこういう感じの入れ物がないかって矢野さんに聞いてみたんです。そしたら、今年のお菓子博覧会で使ったこれがあったんですよ」

「だからって相談もなしにいきなり……」

「アタシが言ったの。『すぐにやりましょう』って」

理沙子が山田さんをかばう。

「これはガリチョコバーのリサーチです。オフィス街でどんな反応が返ってくるか、確かめていたんです。お台場のイベントの時と比べて反応はイマイチですね」

山田さんは顔から首にかけての汗をハンカチで拭きながら言った。

「大翔製菓の〝DO〟になる。そのために、今すぐできることをやってみました」

腕時計を見ると十二時五十分を回っていた。

「そろそろ行かなきゃ。とにかく何かやるときには部内の誰かに相談してください」

なんとなく逃げるような気持ちでその場を離れた。

ランチ会食の後に経済記者クラブへ顔を出し、懇意《こんい》の記者さん何人かと情報交換をした。そうこうしているうちに、夜もまた会食へ流れることになった。

遅くなったので会社には寄らず直帰した。お風呂から上がってタオルで髪を乾かしていると、二十三時のニュースが始まった。

ヘッドラインの後、八月に入ってからの円安と日経平均株価の上昇が報じられた。

私は冷蔵庫からペットボトルの緑茶を取り出し、コップに注いだ。

〈円安と株価上昇で景気は回復に向かうのか？　街のビジネスマンに訊いてみました〉

女性アナウンサーの前振りの後、街頭インタビューの映像が流れる。

ニュース番組に狙われるのはデキそうな人、バラエティ番組に狙われるのはデキ上がった人。

定石《じょうせき》どおり、賢そうなビジネスマンや役職者らしき貫禄《かんろく》の漂う年配男性がマイクを向けられ、考えを述べている。

景気回復の実感がない、給料が上がらず物価だけ上がると苦しくなりそう、住宅ローンの金利が心配。

みなよくまとまった言葉で質問に答えてゆく。

どの答えもおおむね、期待と不安が半々といったところだ。

次の画面に切り替わった瞬間、飲んでいた緑茶が気管《きかん》に入ってむせてしまった。

画面はSL広場へと移り、汗だくになりながらサンプルを配る山田さんの姿が映し出されたのだ。

咳き込みながらも私は座卓に手をついてテレビのほうへ顔を近付けた。

カメラが山田さんへと寄ってゆく。今までインタビューを受けた四人とは明らかに異質な雰囲気だ。

〈何をしてらっしゃるんですか？〉とインタビュアー。

カメラに気付いた山田さんは、通りかかった人にガリチョコバーを手渡しながら答えた。

〈チョコレートのサンプルを配っています。ガ……〉

商品名を口にしたようだが、編集で切られていた。ガリチョコバーのパッケージには、さりげなくぼかしがかかっている。

意図的なのか否か『当社のゆるキャラ、山田です』という文字は画面の下に隠れている。

質問に対して山田さんが「どうでしょう」と唸る。

〈すみません。正直なところ景気とかって、あんまり気にしていませんね〉

山田さんはいつもの笑顔のまま首を傾げながら言った。がっくり。どんなことを言うのか少し期待していた私は肩すかしを食らった。

その後、山田さんは淡々と続けた。

〈でも景気や世界はそう簡単に変えられませんけど、自分自身やその半径五メートルぐらいなら変えることができるかもしれないし、その積み重ねで何かしら道は開けるかもしれないと思っています〉

最後に一瞬、山田さんの隣でうなずく理沙子の顔がほんの一部だけ映った。

それからスタジオの映像に切り替わり、女性アナウンサーが笑顔でひと言添えた。

「前向きで、なんだか元気が出ますね」

山田さんのとった行動は的外れだったかもしれない。

それに景気を気にしていないなんて、ビジネスマンとしてはあまり感心できることではないような気もする。

でもインタビューを受けた五人のうち自力で何かを変えようとしているのはただ一人、山田さんだけだった。

♠

朝、ぼくが出勤すると社内は昨夜のニュース番組の件で大変な騒ぎになっていた。

というような事態を少しだけ恐れていたけれど、やっぱり取り越し苦労だった。

早く出勤していた柿崎さんがひと言、冷静に言った。

「山田さん、やっぱり持ってますね。広報宣伝部からもついにニュース出演者が出ました」

新橋の会社に勤めていると〝ビジネスマン枠〟でうっかりニュース番組のインタビ

ューに〝出演〟してしまうことは珍しくない。

問題は、昼休みに新商品のサンプルを配るというぼくの勝手な行動が公共の電波に乗ってしまったということだ。

メディア露出自粛の中、図らずも人気のニュース番組に〝出演〟してしまった。

また琴平部長や峰さんに迷惑をかけてしまうかもしれない。

新聞記事のクリッピングに取りかかると、横から市村さんが声を潜めて耳打ちしてきた。

「見たわよ、あなた理沙子ちゃんといいコンビじゃないの」

「矢野さんだって分かりましたか？」

思わず訊き返してしまった。ほんの一瞬だけ、顔の一部が映り込んだだけだ。

「あ、やっぱり理沙子ちゃんだったのね」

ニヤリとほくそ笑む市村さん。しまった、鎌をかけられた……。

「絶対に言わないでください」

「なに照れてんのよ」

「そうではなくて、ぼくの勝手な行動に手を貸したことがばれたら、矢野さんまでとばっちりを食うかもしれないので」

「大丈夫、こう見えてもアタシ、言っちゃいけないことは言わない主義だから」

市村さんは意味深な笑みを残し、コーヒーメーカーのほうへと歩いていった。

隣の席には既に水嶋さんが座っていて、ノートパソコンを起動させていた。ぎくりとしてぼくは背筋をピンと伸ばした。

「おはようございます」

水嶋さんは特に変わった様子もなく「おはようございます」と応えた。

色々と説明したり謝ったりしなければならないはずなのに、言葉がまとまらない。

「昨日はすみませんでした」

声を掛けたが水嶋さんは座ったまま、じっと前を見据えていた。そして言った。

「自分自身やその半径五メートルぐらいなら変えることができるかもしれない」

やっぱり水嶋さんも『ニュース二十三時』を見ていたのだ。

「これから営業部へ行ってみませんか。今なら信じてもらえるかもしれません」

「今なら信じてもらえる……？　どういうことですか？」

「山田さんはいつもどおり、行動あるのみ。あとは私がフォローします」

営業部へ行ってみたが広いフロア内は閑散としていた。ほとんどが外回りで出払っている。

白浜主任が近くの席から空いている椅子を持って来てくれた。

「見たぞ、昨日。お前、一人で何やってたんだよ」

「ターゲット層の人たちの反応を肌で感じようと思ってサンプルを配ってみました」

「草の根マーケティングか。無茶だろ。効率悪過ぎるぜ」

呆れた様子だけど、白浜主任の口調は前ほどトゲトゲしくない。

「白浜君、ちょっといいかな」

白浜主任が営業部長に呼ばれた。ぼくに「悪い、呼ばれちゃった」と言い残し、白浜主任は席を立った。

タイミングが悪かった。戻ろうと席を立ちかけた時、後ろから呼び止められた。

入社三年目の営業マン、根岸さんだ。ちょうど外回りへ出かけるところだった。

「見ましたよ。昨日のニュース二十三時」

「あ、すみません。うっかり映っちゃって」

「自分自身やその半径五メートルぐらいなら変えることができる。ですよね」

「なんか、偉そうなこと言ってましたね」

「ぼくもちょうど、同じような気持ちだったんです」

根岸さんは入社後すぐ営業部に配属され、今年で三年目。自分の性格上、営業に配属されるとは思っていなかった。地域型の中小スーパーへのルートセールスを任され、一年目は要領が悪くて得意先からよくクレームを受けた。

今では得意先の人たちとの信頼関係もでき、仕事もソツなく回るようになってきた。

「坂道をひとつ登りきってほっと一息ついた感じで、営業が楽しくなったんです」

でも今度は現状に満足してただ仕事をこなすだけになっていた。

「このままでいいのだろうかって疑問を抱き始めました。とにかく何か具体的に行動してみようと思って、お菓子キャラバンの企画をダメもとで出したんです。そうしたら白浜さんが『やってみろ』って言ってくれたんです」

白浜主任が営業部長と話し終え「ふーっ」と大きく息を吐きながら戻ってきた。根岸さんは意を決したように席を立った。

「お菓子キャラバン、一度山田さんに手伝っていただければと思うのですが」

根岸さんは白浜主任に切り出し、ぼくを店頭へ連れて行く意図を説明した。

「そうか……まあ、一回やってみてもらうぐらいならアリかな。でも大丈夫か？　自分とこの部署と全然関係ないことに首突っ込んで。琴平に怒られるんじゃないの？」

白浜主任はぼくらに尋ねた。

水嶋さんが「大丈夫です」と言いきった。

「琴平部長には私から話しておきます」

盆休み明けの火曜、雑司《ぞうし》が谷《や》の『スーパー稲穂屋《いなほや》』でのお菓子キャラバンに同行させてもらえることになった。

あっさりと話が決まってしまった。

営業部を出た後、ぼくは嬉しい半面、拍子抜けしたような気分で首を傾げた。

「なんだか白浜さんが急に好意的になったような気がするんですけど……」

「おそらくこれも〝広報〟の効果です」

広報の効果？　ぼくの反応を察してか、水嶋さんが補足する。

「これまで私たちは御用聞きをしながらも自らゆるキャラの売り込みに行っていました。これは宣伝のようなものです。でも昨日、白浜主任も根岸さんもニュース番組でたまたま山田さんの頑張っている姿を見かけた。これが報道を介した情報、つまり広報と同じ効果を生んだのだと思います」

「なるほど、たまたまニュース番組に映ったことが幸いしたんですね。運に助けられました」

「何もないところには運すら生まれないと思います。山田さんが起こした行動が運を引き寄せたんです」

廊下を歩いていると総務部のフロアからちょうど矢野さんが出てきた。

「見ましたよ。山田さん、とうとう出演しちゃいましたね」

「矢野さん、ありがとうございます。三成のお茶ですよ！」

「へ？」

ぼくは営業部での話を矢野さんに説明した。

矢野さんが日々、手を抜かずに備品の管理をしていたからこそ倉庫の奥に保管されていた小道具がすぐに出てきた。そして昼休みの新橋の街へ飛び出した。

矢野さんなくしては、あのニュース番組での〝出演〟はなかった。

「そういうことですか！　アタシ、三成のお茶しちゃったんですね」

「そうです、三成のお茶ですよ」

三成のお茶を連呼するぼくたちを、水嶋さんが不思議そうな表情で見ていた。

盆休みを挟んで、お菓子キャラバン初参戦の日。

ぼくは営業部の白浜主任、根岸さんと共に『スーパー稲穂屋』の売り場に立った。

残暑の厳しい昼下がりだ。

外から汗ばんだ顔で入ってきた人たちは、店内の冷気に触れるとほっと生き返ったような表情をする。

ぼくはグレーのスーツの上から『当社のゆるキャラ、山田です』というゼッケンを着込んでいる。いつもの〝衣装〟だ。

白浜主任と根岸さんは大翔製菓のイメージカラーである黄色のハッピを着て大張り切り。

大翔製菓の商品を並べた陳列台の側で、繰り返し声を張り上げる。

「大翔製菓のお菓子キャラバン、大翔製菓のチョコレート商品など全品一割引きでお届けしております！　どうぞお買い求めください」

ワゴンの上にタブレット端末を立てかけ、ガリチョコバーのＣＭをリピート再生している。

この店の今の時間帯は主婦層や年配の女性が多い。

買い物かごを下げた白髪の老婦人がこちらへ近付いてきて画面に顔を寄せた。

「ああ、これ見たことあるわ。あなた、このコマーシャルの人？」

「はい、そうです、いらっしゃいませ」

「当社のゆるキャラ、山田でございます」

隣から白浜主任が改めてぼくを紹介する。

「孫がこのコマーシャルの真似して遊んでたのよ」

「本当ですか？」

「あなた、最近テレビで見かけないと思ったらこんなところにいらしたの」

娘夫婦と同居しているこの老婦人には小学一年生の男の子の孫がいて、稲穂屋でよくお菓子を買ってあげるのだという。

「せっかくだから少し頂いて行こうかしら」

老婦人はガリチョコバーとチューインフルーツのレモン味を買い物かごに入れた。

「ありがとうございます！　お孫さんによろしくお伝えください」

昼前から店頭に立ち始めて三時間。お菓子は飛ぶように売れている……とまではいかないが、足を止めてくれる人は驚くほど多い。

老婦人と話している間に、テレビCMの映像の周りにお客さんが集まっていた。

「大翔製菓のお菓子キャラバンです、どうぞお買い求めください！」

根岸さんがはつらつとした声でアナウンスする。

楽しい。

でも楽しいあまり、今まで抱いたことのなかった感情が頭をもたげてきた。

この仕事を楽しんでいることが、なんとなく不謹慎に思えてしまう。おかしな言い方かもしれないけれど、やっぱり〝不謹慎〟としかたとえようがない。

そんな気持ちを振り払い、目の前のことに没頭するよう努めた。

「大翔さん、おつかれさまです」

稲穂屋の店長さんが売り場に出てきて、ぼくらに声を掛けた。

「結構人が集まるもんですね。またお願いしようかな」

根岸さんは「ぜひまたやらせてください」と満面の笑みで応える。

得意先との関係を深めるというこの企画の目的は今のところ達成できている。

夕方になって、水嶋さんが様子を見に立ち寄ってくれた。

「お疲れさまです。盛況のようですね」

ここのところ、ますます水嶋さんと行動を共にすることが多くなった。通常業務でも琴平部長に命じられ、水嶋さんに同行している。

「どうですか、ゆるキャラ山田効果のほどは？」

水嶋さんが根岸さんに尋ねた。

「すごいですよ山田さん、今日何度も囲まれて」

「すごいのはぼくではなく、全国ネットのＣＭですよ」

平凡な一社員であるぼくがこれほど集客に貢献できているのは〝ゆるキャラ山田〟という立場とあのテレビＣＭの効果があるからだ。

水嶋さんはしばらくの間お菓子キャラバンの様子をビデオカメラで撮影していた。

「おい、ゆるキャラ！　ひと息入れるか」

白浜主任が店舗の裏にぼくらを案内し、自販機で缶コーヒーを買ってくれた。全員で売り場を離れるわけにもいかず、根岸さんだけは売り場に残った。

「店で実際にお菓子を手に取ってくれるお客さんを間近に見ると、嬉しいですね」

ぼくは今日何度も感じたことを改めて口にせずにはいられなかった。

「だろ⁉　これを休みの日に近所の店で目撃したりすると、もっと嬉しいぞ。コンビニのお菓子売り場を眺めながらニヤニヤしちゃったりして、ちょっとした変質者だ」

「私もそれ、よくやってます……」

水嶋さんが恥ずかしそうに右手をちょこんと上げた。

「おお、ここにも変質者がいたか」

白浜主任は嬉しそうに笑い、ポケットから煙草と携帯灰皿を取り出した。それから「失礼」とひと言断り、煙草をくわえてライターで火を点けた。

「琴平は元気？」

「はい。元気というより、恐ろしいですね」

ぼくは親しみを込めたつもりで減らず口を叩いた。

「ははは、そうか。聞くまでもないか」

「琴平部長のこと、よくご存じなんですか」

水嶋さんが尋ねる。

「同期だよ。昔は営業部で一緒に仕事してた。今は俺よりだいぶ偉くなっちゃったけどね」

白浜さんは煙草をくわえ、上を向いてふーっと煙を吐き出した。

「お菓子キャラバン、楽しいか？」

「はい、こんなに楽しくていいんだろうかって思うぐらい」

「よかった。俺も楽しいよ。楽しいだけじゃダメなのは分かってるんだけどね」

根岸さんが企画したお菓子キャラバンは当初、費用対効果が低いという理由で営業部長の反対に遭っていた。

「この企画が今日明日中に会社の利益に直結するかと言われれば、それは無理な話だ。ただ、ジリ貧の今だからこそ、こういう遊び心も必要じゃないかとも思うし、思いたいんだよな」

白浜主任は「若手の力を活かすためにやらせて欲しい」と企画をごり押しした。最後は白浜主任と付き合いの長い営業部長がひとまず折れた。

「しかし年々窮屈になるよな。効率、コスト削減、費用対効果、確かに大事だ。でも無駄をそぎ落とすばかりで小さくまとまってるっていうか……」

「その感覚、すごく分かります！」

水嶋さんが膝を打って同意する。

「俺自身もそうだ。実際に山田が営業部にふらりと現れた時、追い返しただろう」

確かに言われた。遊んでるようにしかみえない、と。

「昔の話ばかりしたくはないけど、俺たちが入った頃はまだ人間臭い仕事のやり方が通用してた。得意先に入り込んで、そこの社員みたいに一緒に考えたり動いたりな」

白浜主任はしみじみと言った。

「琴平はその最たる例だった。あれはさすがにやりすぎだったけどね。お前はどこの社員だって部長によくどやされてたよ」

売り場レイアウトを一日がかりで手伝ったり、惣菜売り場のタイムサービスで呼び込みをしたり。得意先に深入りし過ぎて問題になっていたという。

「広報宣伝部に移ってから何かに魂を売ったみたいに人が変わっちゃったけど、あいつが一貫して捨てていないものが、ひとつだけある」

「それは何ですか？」

「遊び心だよ。会社中を敵に回すことさえ厭《いと》わない、筋金入りの遊び心だ」

白浜主任の言葉で、ぼくはさっきの罪悪感の正体を知ったような気がした。

仕事は苦しいことやいやなことに耐えながらやるものだという先入観が、仕事を楽しむことを拒もうとさせているのではないか。

遊び心を持ち続けるためには、そういう先入観に打ち勝たなければならない。

「でも今度のゆるキャラプロジェクトは、さすがの琴平も分が悪そうだな」

「いいえ、ゆるキャラプロジェクトは私と山田さんが必ず成功させます」

最近の水嶋さんは、前にも増してゆるキャラプロジェクトに力を注いでいる。

「お菓子キャラバンはもっと危ない。何でもいいから数字や目に見える形で結果を出さないと、企画は打ち切られるだろう」

「そんな……せっかくの根岸さんの初企画です。ひと暴れしましょう」

水嶋さんが意気込んで、缶コーヒーの残りをひと息に飲み干した。

「そうです。よかったら、しばらくの間ぼくにも手伝わせてください。この楽しい企画が続けられるように」

「ありがとう。どうせ人生の大半を費やす仕事なら、楽しいほうがいいもんな」

白浜主任は言いながら大きく息を吐いた。

「よし、そろそろ行くか」

売り場では根岸さんが活き活きとした表情で声を張り上げていた。

会社に戻るとみんながぼくらの帰りを待っていた。

「お疲れ様。里美ちゃん、いいの撮れた？」

市村さんがぼくらのほうへ寄ってくる。

「ばっちりです。由香利ちゃん、これよろしく」

水嶋さんがビデオカメラからSDカードを取り出し、柿崎さんに手渡した。

「それはひょっとして、さっき店で撮っていたものですか」

「今のうちから里美さんに動画と写真を撮り溜めておいてもらって、私が編集しておきます」

柿崎さんがべっ甲の眼鏡を指で押し上げながらニヤリと笑った。

「逆襲の準備だよ。コツコツとボトムアップの活動を記録しておいて、しかるべき時期がきたら、ドカンと公開しちゃえばいい。店や他の部署への許可は俺が根回ししておくからさ、そのためには端的に言うと社内での同意の空気を取り付けることが不可欠であって……」

峰さんが興奮気味にゆるキャラ山田の〝逆襲〟について語る。

みんなこんなに勢いづいて、どうしたのだろう。嬉しくもあり、不安でもある。

でもぼくはただ目の前のことに全力を尽くし、行動あるのみ。

ゆるキャラ山田は大翔製菓の〝ＤＯ〟になるのだから。

第五章　倒せ、永遠の敵を

その後、大翔お菓子キャラバンは日をあけず都内各地のスーパーで展開された。

山田さんは一時期の迷った素振《そぶ》りが嘘のように吹っ切れた。

私も時々ゆるキャラ山田の担当という立場で売り場に顔を出した。

不思議なものだ。山田さんの一見無鉄砲な行動に振り回され、気が付けば私は全く畑違いの仕事にまで首を突っ込むことになった。

営業という隣の芝生が青く見えるだけかもしれないけれど、お菓子を売る現場は楽しい。

そして私は売り場に立つ中で、ある仮説を頭に思い描き始めていた。

ガリチョコバーの購買層に、主婦層が多く隠れている。

なぜ『隠れている』と感じたかというと、本来ガリチョコバーは二十代〜三十代前半のOLをターゲットに売り出された商品だからだ。

実際に商品開発部はガリチョコバーの発売前に、二十代～三十代前半のＯＬを集めてグループインタビューやアンケート調査を繰り返し行っていた。夏でも溶けにくいという特徴やココアクランチの食感は好評で、多くの回答者から「買ってみたい」という評価を得ていた。

ただ、人が実際に店で百円、二百円のお菓子を買う時、多くの場合が〝衝動買い〟だ。お菓子売り場の前に来て、その時の気分で選んだ商品を買い物かごに放り込む。当然、家電製品や自動車のような高価な商品を買う時とは全く訳が違う。

安くて気軽に買えるものほど、買う時の気分に大きく左右される。

だからお菓子に限らず価格の安い商品は、事前のアンケートで評価が良くてもいざ発売してみたら思いのほか売れないということが多々ある。

売り場に立ち、私は思った。ガリチョコバーはその典型例ではないか？

私の専門分野は広報であり、商品開発や宣伝、マーケティングに関わることを素人判断で語るのはおこがましいと思っている。

でも素人だからこそ私は売り場を見て素朴な疑問を抱いた。

そして一方で、商品開発を志す者としての血が騒いでしまった。

生産中止までささやかれているガリチョコバーを、救えるかもしれない。そんな大それた考えも頭をもたげている。

ガリチョコバーは、メインターゲットである二十代〜三十代前半のＯＬに届いていない裏で、宛先を間違えた手紙みたいに主婦層へ届いているのではないだろうか。

それはあくまでも私の中に作り出された仮説にすぎなかった。

♠

ぼくが大平監督の礼服姿を見るのは、これで四回目だ。

残暑も衰えた九月最後の土曜、練馬フルスインガーズ六番・ショート今岡勇太《いまおかゆうた》の結婚式には、チームの同期が六人集まった。皆、中学高校の同級生であり、今は草野球のチームメイトだ。

監督を含めて七人が『胡蝶《こちょう》』という札の立てられた丸テーブルを囲んで座っていた。お互い、畏《かしこ》まったスーツ姿で集まるのはいつまで経っても違和感がある。

晴れの舞台に自分などが出るべきではないと嫌がる監督を、毎回みんなで強引に引っ張り出して出席してもらっている。

一張羅《いっちょうら》の礼服はみんなでプレゼントしたものだ。監督の分のご祝儀《しゅうぎ》は、ちょっと気が引けるけれど毎回みんなで出し合う。

「おい、勇太と嫁さんはまだか」

大平監督は披露宴会場に入る前に控室でウェルカムドリンクのスパークリングワインをたくさん飲んでしまったらしく、開宴前から早くも酔っぱらっている。

勇太の相手はこちらも高校時代の同級生、野本絵美《のもとえみ》さん。

自ずと披露宴会場は半《なか》ば高校の同窓会みたいになった。新婦側の席には野本さんと仲のよかった同級生女子たちが座っている。

「新郎新婦、ご入場です！」

大扉が開き、勇太と野本さんが腕を組んで会場に入ってきた。野本さんはドレス姿であることを差し引いても、十代の頃より一段と綺麗になっている。

「うひょ〜！　なんかすげえ奇妙な気分だな」

隣でキャッチャーの亮《りょう》が素っ頓狂な声を上げた。全く奇妙な気分だ。

ぼくら練馬フルスインガーズの同期にとっては、半分がチームの同窓会でもう半分は高校の同窓会ということになる。

そのせいか、ぼくらのテーブルはとてもそわそわしていた。少年野球時代からのチームメイト、高校の同級生という二つの立場から勇太の結婚式を祝っているような気になって、どことなく地に足が付かない。

「今岡君は営業部の若手リーダーとして、常に明るくすがすがしい男でありまして……」

勇太の上司のスピーチが長引いている。医療機器メーカーの取締役営業本部長という肩書を持つその人はしわひとつないスーツに身を包み、堂々としている。熱い話し方から、部下思いな人柄が伝わってくる。

一方、勇太の〝少年時代の恩師〟である大平監督は舟を漕いで居眠りを始めた。

「おい、始まったぞ」

監督の居眠りは想定の範囲内だ。ぼくらのテーブルは皆で目配せをし合って苦笑いする。

いびきでもかき始めたらさすがに起こさなければいけない。

企業で要職を担う〝今の上司〟と、酒浸りで子供に野球を教えながら生きる〝少年時代の恩師〟。ぼくらはチームメイトの誰かの結婚式の度にこうして、新郎の〝今の上司〟と〝少年時代の恩師〟を同時に見ることになる。

その度に人生の勝ち負けみたいなものを何か一つの物差しで決め付けることが、とてもバカげたことのように思えてくるのだ。

前菜の三点盛りが配られると、大平監督はもっそりと目を覚まし、ナイフを使わずそのままフォークで突き刺して食べた。

「いやあ、高級料理も監督の前に並ぶと酒のつまみにしか見えねえな」

ぼくの隣でファーストの大二郎《だいじろう》が小声でささやく。

「続きまして、新郎・勇太さんの少年時代の恩師、練馬フルスインガーズ監督の大平源三《げんぞう》様よりお祝いのお言葉を頂戴致します」

フラフラとマイクの前に歩み出た大平監督は、ポケットからクシャクシャの紙を出した。

でも泥酔状態で読めないらしく言葉が出て来ない。いつものことだ。

ようやくただひと言。

「勇太、嫁さんもらっても、フルスイングでいけ」

今回もまた、ひと言でスピーチを終えてしまった。

勇太は感極まってむせび泣いている。

偶然なのか、ぼくらの代は鍵っ子が多かった。

チームメイトの大半は親が共働きで、学童保育のような感覚で野球チームに預けられている節もあった。

子供の頃のぼくらにとって、監督は第二の親みたいなものだった。

両親のいなかったぼくにとっては尚更だ。

練馬フルスインガーズにはバントという戦術が存在しなかった。大平監督がぼくらにバントを教えなかったからだ。監督はぼくらがミスをしてもほとんど怒らなかったが、見逃し三振が続くと必ず「振らなきゃ当たんねえぞ」と静かなゲキを飛ばした。

中学の野球部でぼくらはバントを覚え、スクイズでホームを盗る術も覚えた。それから腐れ縁で多くが学区内の同じ都立高校に進み、引き続きチームメイトとして白球を追いかけた。でもぼくらの原点はフルスイング。その精神で都大会のベスト十六までは進むことができた。

「それではお二人のご結婚をお祝いしまして、乾杯！」

新婦・野本さんの大学時代のゼミの恩師が音頭を取り、シャンパンで乾杯する。歓談が始まると、ぼくらのテーブルは再びそわそわし始めた。

列席者が次々と新郎新婦の座る高砂《たかさご》席のほうへ集まり、祝福したり記念撮影をしたりしている。

会社の同期、先輩・後輩、大学のゼミ仲間、大学のサークル仲間。入れ替わり立ち替わり祝福に来る人たちを、勇太はそれぞれ違う顔で迎え、笑い合っている。

勇太と野本さんは一体、この一日でいくつの〝キャラ〟を生きるのだろうか。きっと今日は幸せな一方で大変な日でもあるだろう。

ぼんやりと、そんなことを思った。

多分、キャラというものは演じるものでも作るものでもない。人はその場その時に応じて色々なキャラを〝生きる〟のだと思う。

たとえばぼくはこの半年間、仕事で〝ゆるキャラ〟というキャラを生きている。

「まあ、うちらは最後のほうにボチボチ挨拶に行くか」

キャプテンの修平《しゅうへい》が言った。

幼馴染としての照れもある。最後のほうに「ほれ、来てやったぞ」という具合に寄ってゆくのが丁度よい。

そうこうしているうちに、高砂席には新婦の高校の同級生が集まり始めた。

大人になった〝女子たち〟を見ながら、だれそれちゃんはいついつに結婚したとか、どこに勤めているとかいう話で盛り上がり始める。

「タスケ、お前も浮いた話とかねえのかよ」

キャプテンの修平がぼくに話を振ってきた。

「いや、全くないね」

悪友たちはこれ見よがしに高砂席に集まった女子同級生のほうへ視線を向ける。

「千恵《ちえ》ちゃん、結婚はまだみたいだぜ」

「そうなんだ」

ぼくは気のない返事をした。

「さて、俺らもそろそろ行くか」

悪乗りした悪友たちが席を立ち、高砂席へと向かってゆく。

大平監督までフラフラと席を立った。ぼくだけ席に残るわけにもいかない。

高砂前に高校時代の男子女子が入り乱れる形になった。

クリーム色のパーティドレスを着ているのが彼女、喜多川《きたがわ》千恵さんだった。高校三年から四年間付き合って、その間ぼくは彼女のことをずっと「喜多川さん」と呼んでいた。

「タスケ、今だ！　行け」

悪友たちにけしかけられ、ぼくは恐る恐る近付いて声を掛けた。

「久しぶり」

喜多川さんの肩がびくりと震えた。それから振り向いた。

「あ、お久しぶり」

もうお互いバリアを張り巡らせている感じがする。

高校の三年間ずっとクラスメイトだった喜多川さんは、クールで物静かな女の子だった。

最初に二人でどこかへ行こうと誘われたのは高校三年の夏休み、部活を引退した直後のこと。女の子からそんなお誘いを受けたのは初めてだったから驚いた。その日は池袋の映画館で洋画のコメディを観た。それから近くのファミレスで長話をした。

喜多川さんは教室にいる時よりよく笑った。

好意を抱いてくれていることに気付き、ぼくはどうしたらよいか分からなかった。

その後、同じように喜多川さんのほうから誘われて何度か二人で会った。

ある日、喜多川さんのほうから「私たちって付き合ってるんだよね」と訊かれ、ぼくは成り行きに身を任せるかのようにうなずいた。

お互い別の大学に通いながら、ぼくと喜多川さんは大学四年の春まで付き合った。

ぼくらはとても仲がよかったし、一緒にいれば楽しかった。

ただその間、ぼくらは一度も喧嘩をしなかった。ぼくが徹底的に喧嘩を避けていたからだ。

喧嘩して別れてしまった時のことを想像すると恐ろしかった。端的に言うと、互いに傷付くのが何よりも嫌だったのだ。

でもそんなのはぼくの勝手な考えだった。

ぼくが大翔製菓からの内定をもらった日、喜多川さんからお別れを切り出された。

「この節目がいい機会かもしれない」と。

その時、喜多川さんは泣いていた。きっとぼくの及び腰な気持ちを察していたのだろう。

情けない話だ。最後の幕引きも、喜多川さんに任せてしまった。

そして最後の最後まで喧嘩せずじまいだった。

ぼくらが会うのは、別れたその日以来。七年半ぶりだ。

目の前の喜多川さんはあの頃より少し痩せたように見える。

ぼくは何か喋らねばと思い、苦し紛れに言った。

「いやあ、ホントに久しぶりだね」

何のひねりもない台詞が口を衝いた。

すると、喜多川さんは首をかしげながら急に笑顔になった。

「いや、そんなに久しぶりじゃない気がする」

ぼくは記憶を辿ってみた。同窓会かどこかで会っただろうか。一番大きな同窓会は二年前。その時、喜多川さんは来ていなかったはずだ。

「びっくりしたよ。助《たすく》くん、会社のゆるキャラなんでしょう?」

「ああ、そういうことか!」

喜多川さんにとっては久しぶりではなかったのだ。

「でもあれは、ぼくじゃなくて〝ゆるキャラ山田〟。喜多川さんが見たのは別人だね」

「なるほど。プロ意識だね」

それから喜多川さんは「そうだ」と呟いた。

「私も来月、結婚することになりました」

少し改まった口調で、頭をちょこんと下げた。とてもいい笑顔だ。

「おめでとう」

心から言えた。

「ありがとう」

さっきから後ろで少し離れて野次馬《やじうま》のように見ている悪友たちが「ガッツーン」とか叫んでいるのが聞こえる。

相手の人はきっとすごく喜多川さんのことを思ってくれる人で、時には喧嘩もしながら幸せな生活を送るのだろう。きっとそうだ。

「それでは皆様、ここで祝電のご紹介をさせていただきます」

司会者が告げた。このタイミングでぼくらは余興の準備に入ることになっている。

「これから余興の準備があるから。それじゃあ」

「そっか。ゆるキャラ山田、応援してるよ」

話しかけてみてよかった。

長くて遠い隔たりを経て、ちゃんと笑い合うことができた。

ちなみに喜多川さんと付き合い始める前までぼくは、いま新婦席に座っている野本さんに淡い思いを抱いていた。でもその思いを伝えることはなかった。

振られた後にぎくしゃくするのが怖かったし、何より今日新郎席に座っている勇太が当時から野本さんＬＯＶＥを公言していた。

と、こんな風に色々と言い訳をあげつらって、結局ぼくはいつも何も行動を起こさない。

三振が怖くてバットを振れないバッターみたいなものだ。いつも見逃し三振。奥手とか草食系とかいう次元ではなく、ほとんど病気なのではないかと思う。

結婚式の翌日は日曜日。雨のため練馬フルスインガーズの練習は休み。三次会まで参加したぼくにとっては正直、恵みの雨だった。

昼まで眠った後、二日酔いの身体に鞭を打って外へ出かけた。

銀座線に乗って外苑前駅で降りる。改札を出ると、矢野さんがこちらへ向かって手を振ってきた。

矢野さんの服装を見て驚いた。やる気満々だ。

「戦闘モードですよ、ほら」

下は動きやすいジーパンにスニーカー、上は大リーグのチーム名がプリントされた長袖Tシャツ。

「じゃあ、行きましょうか」

ぼくらは神宮外苑のバッティングセンターへ向かった。

神宮球場の近くにあるバッティングセンターは中高生や親子づれなどで賑わっていた。あちこちから快音が響く。

バッティングセンターに行きたい、バッティングを教えて欲しいと矢野さんに頼まれてここに来た。

大阪で一緒だったよしみとはいえ、休日に二人で会うのはまずいような気がする。会社の矢野さんファンを敵に回すことになるかもしれない。

矢野さんはぼくのそんな心配もどこ吹く風で、張り切っている。

「さあ、打ちまくりますよ～」

バッターボックスに入り、まずはグリップの持ち方やスイングの仕方などをひと通り教えてゆく。駆け足ではあるが、ぼくなりの打撃法を伝えた。

「よし、完璧！　打ちますよ」

コインを入れ、いよいよ第一球。矢野さんはおぼつかない構えで力一杯バットのグリップを握りしめている。

ピッチングマシーンからボールが繰り出された。

「ひゃあ」

矢野さんはバットを握りしめたまま肩をすくめた。

球速は一番遅い七十キロに設定してあるけれど、初心者には相当速く感じられるはずだ。

ぼくは「力を抜いて」とか「あごを引いて」とか「ボールをよく見て」などと声を掛けるが、一方でそう簡単でないこともよく分かっている。

五球、十球、矢野さんのバットはかすりもしない。ほとんどが振り遅れだ。最初は「バット重い！」とか「速過ぎる〜」とか笑っていたけれど、段々笑顔が消えてきた。

「ああ、だめだ〜」

天を仰ぐ矢野さんの前をボールが通り過ぎる。バットを構え直すも、気後れしたのか、もう一球見送ってしまった。

「諦めないで、フルスイング！」

結局ここに行き着く。矢野さんが振り向いた。

「ボールが手元に来る前に、とにかく振ってみて！」

うなずいた矢野さんはバットを構え直し、思い切り振り回した。今度はタイミングが早過ぎて、空を切ったバットよりも一瞬後にボールが通り過ぎた。

「その感じでもう一球！」

次の瞬間、ゆるやかに半円を描いたバットがボールの上のほうを叩いた。

「当たった！」

矢野さんはバットを足元に放り出し、両手を上げて叫んだ。緑の人工芝を白いボールがコロコロと転がってゆく。

二人で狂喜しながらハイタッチを交わした。

ピッチングマシーンは止まっていた。これが最後の一球だった。

自販機で飲み物を買って休憩用のベンチに並んで座った。ぼくらが使っていたバッターボックスには入れ替わりで野球少年たちが入っていた。

「最後に当たって、本当によかった……」

ぼくは缶のプルタブを開けてコーラを喉へ流し込んだ。

「山田さんの教え方が上手かったんですよ」

「すみません『とにかく振ってみて』なんて、いい加減な教え方で」

「嬉しかったですよ。『諦めないで、フルスイング！』って。山田さんに言われると、本当に当たりそうな気がしたんです。で、やっぱりちゃんと当たった」

矢野さんはペットボトルの緑茶をひと口飲んだ。

「もしかして私たち、付き合ったらうまくいくんじゃないですか？」

矢野さんは笑いながら言った。

「いやいや、ぼくなんか全然ダメでしょう」

ぼくも笑いながら答えた。

「いやいや、私は好きですよ」

矢野さんはまた笑いながら言った。それからもう一度、今度は笑わずに言った。

「好きです」

ピッチングマシンの音、打球の音が響いている。

矢野さんが隣でペットボトルを忙しなく何度も傾けているのを視界の隅に感じながら、ぼくは固まっていた。

「いま意外と重要なこと言っちゃったんですけど、聞こえてますか……」

「あ、はい。聞こえました……」

喜多川さん以来人生で二度目の衝撃。これほどストレートに言われたのは初めてだ。

しかも相手は社内で大人気の矢野さん。

どうしたらよいのだろう。混乱する。

「社内はまずいです……」

しまった。言ってからすぐに後悔した。

「そんな、社内なんていくらでもいるじゃないですか」

その通り。大翔製菓でも社内恋愛や社内結婚は多い。

「好きな人とかいるんですか？」

「はい……。いや、どうでしょう。まあ……いないこともないというか」

いないこともない。いる。

なぜだろう。「いないこともない」と口にした瞬間、心の中でその人の姿がはっきりと像を結んでしまった。そして、さっき言ったことをさらに後悔した。

その人が、社内どころか一番近くで一緒に仕事をしている人だったからだ。しかも矢野さんの親友……。

長い沈黙の中、打球の音ばかりが響く。ぼくらは間を持たせるように、忙しなく飲み物を口へ運んだ。

矢野さんは「あ〜あ」と溜息を吐きながら立ち上がった。

「残念、飲みにでも行きますか！」

ぼくも飲まないと収まりがつかない気分だった。

その夜、ワインのおいしい店で矢野さんはいつにも増してたくさん喋り、話題はとりとめもなくあちこちへと飛んだ。

♥

私は出来上がった記者発表資料を読み返していた。

〈弊社製品『チョコ麻呂』の自主回収について〉

見出しの一行から恐怖と緊張感が胸に迫ってくる。

「記者役十人、カメラマン役三人、なんとか手配できました」

電話を終えた峰さんが琴平部長に報告し「ふーっ」と息を吐いた。

夜八時の広報宣伝部、半年に一度の〝メディアトレーニング〟を三日後に控え、準備が大詰めを迎えていた。

「社長、副社長、専務のスケジュールも確認済み。人は揃った。内容を詰めるぞ」

メディアトレーニングは、経営陣の報道対応訓練。

今回は主力商品『チョコ麻呂』から異臭がするという苦情が相次ぎ、記者会見を開いて謝罪し現状と今後の対応を説明するという想定でシミュレーションを行う。

私はダミーの記者発表資料を作り終え、これから想定問答の作成に取り掛かる。

シミュレーションとはいえ、本番さながらの緊張感で臨まなければならない。

記者役として参加する山田さんは、プログラムに目を通していた。

「入場時の歩き方、姿勢、表情、話すテンポ……。こんなところまでチェックするんですね」

「細かいところではなく、大事なところです。言葉に詰まって目が泳いだりすれば、謝罪会見は総崩れになります」

山田さんにとって初めてのメディアトレーニング。戸惑うことも多いのは分かる。

でも今日の山田さんはどこか上の空な感じがする。

「もっと危機感を持ってやっていただけますか」

山田さんとの温度差に苛立ち、つい言い方がきつくなってしまう。

「企業がトップニュースを飾る方法は主に二つあります。ひとつは商品の大ヒットなど目立った業績を上げること。もうひとつは、不祥事の対応を誤ることです」

当然、不祥事や危機対応なんて無いほうがよいのだが、そういった局面にこそ広報の心構えが詰まっている。

山田さんが広報宣伝部で仕事を続ける上で押さえておかねばならないポイントだ。

「リメンバー・スノークッキー」

由香利ちゃんが呟いた。大翔製菓の合言葉だ。

十年前、大翔製菓は新聞の一面を飾った。私たち二十代の社員でもみんな知っている。横浜工場で生産された一ロットのクッキーによって会社が倒れかけた大事件を。

「山田ちゃんたちはニュースで知ったぐらいだろうけど、あれは辛かった……。しばらくの間は大翔製菓の人間っていうだけで世間から嘘つきとか卑怯者《ひきょう》みたいな目で見られたもんだ」

峰さんはそう言って、ペットボトルのお茶で胃薬を流し込んだ。

その時、廊下のほうからハイヒールの靴音が聞こえてきた。

「あら、権田室長が来るわよ」

市村さんが鬼でも来るかのように呟いた。靴音のテンポがいつもより早い。ゆるキャラCM騒動以来、お客様相談室との関係はぎくしゃくしてしまっている。

ただならぬ様子で駆けこんできた権田室長に、広報宣伝部全員の視線が集まった。

「商品に異物混入、緊急対策案件よ」

皆、その場で固まった。峰さんが腰を低くしながら室長の前へ歩み出た。

「室長、メディアトレーニングなら明々後日《しあさって》ですけど……」

「残念ながらこれはシミュレーションではありません」

神奈川県に住む三十代男性のお客様が今日『エビチップス』を購入して食べたところ、大きさ一ミリほどのガラス片のような硬い物質が混入していた。男性は唇を切る軽傷。開封済みの菓子の残りは手元に保管してあるという。

「まずは速報まで」

「速報、ありがとうございます」

琴平部長が緊迫した声で権田室長に言った。

「また続報が入ったらすぐに広報宣伝部へ連絡します」

権田室長はまた小走りでお客様相談室へと戻っていった。

「今聞いたとおり、いきなり本番が来た」

琴平部長は部員たちのほうへ向き直って宣言した。

「俺は副社長に報告し、緊急対策本部を設置する。関連部署と今後の対応を詰めなければならない。広報宣伝部では記者会見の想定問答を明日の早朝までに作る。報道各社への周知は明日の朝、会見は明日の午後のつもりで準備を進める」

商品回収などの緊急事態が起きた際には緊急対策本部を設置することになっている。実務の中心を担うのは私たち広報宣伝部だ。

まずは報道各社へ第一報を発信し、会見を開いて説明しなければならない。

「水嶋はお客様相談室と横浜工場の生産管理部から情報を集めて零時までに想定問答のたたき台を作れ。水嶋のサポートには山田」

「はい」

山田さんからいつもの笑顔が消えた。

「別ルートから記者に知られている可能性もある。もし問い合わせが入ったら事実関係確認中、一両日中に記者会見を開くと伝えろ。それと記者会見の通知をいつでも一斉送付できるよう準備。柿崎はホームページへの掲載準備を頼む」

ひと通り指示を出すと琴平部長は副社長室へ内線を入れ、部屋を飛び出した。

山田さんと私はすぐに想定問答のたたき台に取りかかった。

必ず説明すべき情報、質問されたら答えるべき情報とその範囲、あるいは事実確認中で答えられない情報などを仕分けする。

午前零時前、講堂の緊急対策本部に入っていた琴平部長から私に内線が入った。

〈社長が捕まらない。先に記者会見の会場を作る。想定問答のたたき台はできたか〉

「もう少しでできます」

〈時間がない。俺あてにメールで送って大会議室に来い〉

想定問答のたたき台を琴平部長にメールで送り、私たちは記者会見の会場作りに入った。

「会見席の背後にカメラが入れないよう、席の後ろは人が一人ぎりぎり入れる隙間だけ開けろ。社内に貼ってあるエビチップスのポスター類は全部はがせ」

レイアウトを終えて琴平部長の指示のもと、修正を施してゆく。

そこへ突然、大会議室に社長が姿を現した。

「琴平、こんなところで何しとんねん！　まだ現場から上がってきとらん情報がぎょうさんあるはずや。洗いざらい上げさせろ！」

「記者会見のリハーサル準備中です。社長がいらしたので今から始めます」

琴平部長は淡々と応じた。

「この緊急時に記者会見のリハーサルやと……？　そんなのん気な話があるか！」

小柄な体のどこからこんな声が出るのか。凄まじい剣幕《けんまく》だ。

三代目の篠田《しのだ》満男《みつお》社長は、先代の長男。開発畑を経て三年前に社長に就任した。

どうしても偉大な創業者であった初代、事業を成長させた先代と比較される。ぼんぼんとか社長の器ではないなどと言う人もいる。でも私は現場に自ら足を運ぶ今の社長のことが嫌いではない。

その社長の目の前に、琴平部長が進み出て言った。

「社長こそ、この緊急時に自ら社内をうろついて、何をなさっているんですか」

私は耳を疑った。苦言というより、叱責に近い。

「商品回収レベルの緊急事態においては副社長が緊急対策本部を招集、そして対策本部長はもちろん社長、あなたです」

「本部長として各部署に指示を飛ばしてるところや。もたもたすれば十年前と同じことになる。リメンバー・スノークッキー。お前、忘れたんか！」

スノークッキーの不祥事が発覚した直後、現場から経営陣への連絡がうまくいかなかった。そうこうしているうちにお客様からマスコミへ情報が流れ、大翔製菓は『隠《いん》蔽《ぺい》』のレッテルを貼られた。

「忘れられるはずもありません。あんな思いをするのはもうたくさんですから」

当時高校生だった私は、大翔製菓が社会に吊るし上げられるのを新聞やニュースで見ていた。まるで悪の組織のような取り上げられ方だった。

その三年後、私は大学の特別講義で先代社長の話を聞いた。そして入社後、多くの人がただ懸命に仕事をしているのだという当たり前のことを目の当たりにした。

「トップとして初期対応で優先すべきは、外部への説明責任。社内の人間を怒鳴り散らしている余力があるなら、外から押し寄せる難題に向き合ってください」

「琴平、お前は何様や……」

「ただの広報宣伝部長です」

琴平部長は苛立ちを露わにして言った。

「それなら黙って俺の指示に従わんか！」

「いいえ、ただの広報宣伝部長に過ぎないからこそ申し上げています。私にできることは、社長の横で一緒に頭を下げ、説明のサポートをすることぐらいなんです」

諭すような口調に変わった。

「会社を代表して謝り、説明する。トップに与えられた最も大きな権限であり、責任です。謝り方や、説明の言葉尻ひとつが会社の存亡を左右することさえあります」

「社長、申し訳ございません。僭越《せんえつ》ながら端的に申し上げますと……」

峰さんが畏まって補足する。

「十年前の苦い経験から説明責任の重要性は社長が一番よくご存知のはずで、消費者への説明はメディアを介して行われるものであって、ゆえにそこを間違えると……」

「端的に言うと、この危機を救えるのは社長だけなんです」

琴平部長は絞り出すような声で言った。

社長は険しい表情で琴平部長を見据えたまま口をつぐんだ。それから、ぶっきらぼうに言った。

「了解した。リハーサルやら何やら、やるならさっさとせい」

「それでは、記者会見のリハーサルを始めます」

♠

社長の謝罪会見から一週間が経った。

朝、ぼくより先に出勤していたのは水嶋さんだけだった。

「おはようございます」

最近、水嶋さんと二人になると妙に緊張する。意識しないようにすればするほど、逆に意識してしまう。

「市村さんは、まだですか？」

「電車が遅れているみたいです。さっき携帯にメールがありました」

そこへ琴平部長が入ってきた。エビチップスの件以来、峰さんと同じくらい顔色が悪い。

「おはようございます」

ぼくは心の中で「お疲れさまです」とも呟きながら挨拶をした。

「山田、お前の言ったことは半分正しかった」

パソコンを起動させながら、琴平部長が言った。

「ぼくが言ったことって、何ですか」

「目指す方向はみんな同じ。極限まで追い込まれた状況に限っては、ある程度それが証明されたわけだ」

リメンバー・スノークッキーの合言葉のもとで大翔製菓はいつになく一つになった。起きたことを受け止め、関係部署が真摯《しんし》に報告を上げ、説明責任を果たした。ぼくは目の前の作業に追われつつも、会社が結束してゆく様子を肌で感じていた。記者会見は二時間に及んだ。社長の謝罪から始まり、集まった記者の質問が途切れるまで続けた。その場で答えられることは社長が答え、分からないことについては調査する旨を伝えた。

翌日には商品の回収方法を決定し、すぐに発表。被害を受けたお客様が快く謝罪を受け入れてくださったこともあり、事態は収束に向かった。

「切羽詰まった場面での、地獄を回避するためのチームワークだ」

地獄を回避するためのチームワーク。それを実現できたのは、琴平部長の力によるところが大きい。工場や生産管理部などからの情報は、全て琴平部長に上がってきた。みんな琴平部長を頼らざるをえなかった。

「潰れる会社はああいう場面でも責任を押し付け合う。宇宙からの侵略者の前で、国同士が戦争を始めるみたいにな。そう考えれば大翔製菓はまだ死んではいなかった」

今朝の琴平部長はなんだかセンチメンタルだ。今回のトラブルをなんとか乗り切り、安堵しているのかもしれない。

「じゃあ次は、理想を目指すためのチームワークを実現させましょう」

ぼくが少し気負って宣言すると、隣で水嶋さんが頷いた。その時、戸口のほうから「おはようございます」という声がした。

聞き覚えのある声に、ぼくと水嶋さんは振り返った。

「横浜工場の小杉です」

スーツを着た小杉さんが戸口に立っていた。

小杉さんは琴平部長の前へ歩み出た。

「先日は、私たちの不始末の矢面に立って対応いただき、ありがとうございました。エビチップスのライン管理は私の担当です。全ては私の……」

「思い上がるな」

琴平部長はボソリと言った。

「お前は一人じゃない」

顔を上げた小杉さんは、呆気にとられたような表情をしている。

その言葉は「一人でなんでもできると思うな」とも「一人ではないのだから仲間をもっと頼れ」とも聞こえる。

小杉さんは「ありがとうございます」と神妙な表情で頭を下げた。

「でも今の言葉、琴平部長にもそっくりお返しします」

「どういうことだ」

「ガリチョコバーの売れ行きがよくないのを自分一人の責任だと考えておられるのなら、それは思い上がりじゃないでしょうか」

琴平部長は「口の減らない奴だな」と呆れたように笑った。

それから小杉さんは自分の思うところを話した。テレビＣＭだけでなく、ターゲットの設定、発売前の市場調査も含めて色々な要素がちぐはぐになっている。

「そして何より、お菓子の風味も、多くの人に受け入れられるものではなかったのかもしれません。開発段階での失敗という可能性も……」

小杉さんが言いかけたところで、水嶋さんが割って入った。

「それは違うと思います」

ぼくも迷わず頷いた。

「ガリチョコバーは密かに、狙っていたターゲットとは違う人たちに届いている可能性があります。これは、あくまでも仮説ですが」

水嶋さんは、お菓子キャラバンで感じたことを小杉さんに説明した。

ガリチョコバーは主婦層に売れているのではないか。そんな〝仮説〟を立てたのだと。

ぼくはその話を聞きながら、ただ感心するばかりだった。ぼくがゆるキャラとして道化に徹している間、水嶋さんはこんなことを考えていたのだ。

小杉さんも「売り場はそんな状況だったんですか……」と溜息交じりに呟いた。

「そういえば俺、売り場をちゃんと見たことがありませんでした……」

「私も営業の人たちと一緒に売り場に立ってみて、どのお菓子がどんな人の手元に届いているのか改めて見ていると、感じ方が全く違ってきたんです」

小杉さんは「やっぱり現場に出るって大事なんですね」と言った。

「小杉さんは、いつも現場にいるじゃないですか」

水嶋さんは笑いながら突っ込んだ。

「あ、そうですね。訂正です。他の現場を見るのも大事、ってことでしょうか」

そうか。誰にとっても今いるその場所や今取り組んでいる目の前の仕事が「現場」なのだ。誰だって同じ瞬間にふたつ以上の現場を掛け持ちすることはできない。

一人の人間にできることは限られている。だから組織で力を合わせる。

「よかったらまたぜひ、工場にも来てください」

小杉さんは少し恥ずかしそうに言った。

「実は俺、琴平部長や山田さんと水嶋さんが突然工場に来た時、内心がっかりしたんです」

「がっかり？　どうしてですか？」

ぼくは小杉さんに尋ねた。

「俺たち工場の人間にとって、山田さんや広報宣伝部はチャラチャラしていてどうしようもない人たちじゃなければならなかった。心を込めて作った商品にふざけたゆるキャラPRをくっつけて台無しにした連中だって思い続けたかったわけです」

「分かります！　私も山田さんが広報宣伝部に来た時は、目の敵《かたき》にしていましたから」

水嶋さんがえらく共感している。複雑だ。

「ところが、会って話してみると勝手に思い描いていたイメージと違い過ぎて困りました。怒らせるような言葉で挑発してみてもダメ。敵を失ってしまったんですよね。嫌になりましたよ。俺、同じ会社の中に敵を必要としていたのかって」

「最大の敵は社内の誰かではない。見えない力〝セクショナリズム〟だ」

琴平部長が言った。

「部局至上主義。端的に言うといわゆる大企業病というやつの一種で準大手の規模にまで成長した大翔製菓のフェーズにおいては最も顕著《けんちょ》な……」

今出勤してきた峰さんがパソコンを立ち上げながら説明を始めた。

その説明をよそに、琴平部長は「永遠の敵だ」と忌々《いまいま》しげに言った。

「部署に分かれてそれぞれの役割を全うするということは本来、会社全体をより良くするための手段に過ぎない。でもいつの間にか自分の部署のメンツや功績を優先させるようになり争い合う。手段が目的にすり替わってしまう」

四月の部長会議のことを思い出す。ああいう争いも全てセクショナリズムという見えない力によって作り出されているのだろうか。

「永遠の敵なら、みんなで倒しましょう」

軽々しく言ってしまった。

琴平部長は苦笑していた。どこか温かさと諦めが入り混じったような苦笑いだ。

♥

山田さんのナビで、子供たちは見学コースのガラス張りの向こうに目を向けた。生産ラインをチョコレートが流れてゆく。

「あの機械から吹き出している風が、お菓子にたっぷりかかり過ぎたチョコレートを吹き飛ばしてちょうどいい量にしているんです」

山田さんが小学三年生の子供たちに優しく説明する。

工場見学ナビゲーターとしてのデビュー戦。

初日だから私も〝ゆるキャラ担当〟として同行した。デジカメで広報用の動画や写真を撮影しながら、山田さんのナビをハラハラしながら見守っていた。

でも途中からハラハラがワクワクに変わっていった。

山田さんはいつもの笑顔のまま、噛み砕いた言葉でお菓子の生産工程を案内してゆく。

前日、小杉君と私でみっちりと生産ラインの仕組みや見どころを教え込んだ。山田さんは子供のように感心しながらそれを吸収してくれた。

もっと驚いたのは、山田さんの子供との接し方だ。とても慣れている。

今日は朝から横浜市内の小学校から三年生の子たちが社会科見学で訪れている。

「シンショッカンやって！」

野球帽をかぶった男の子が冷やかした。

「最後にみんなにおみやげをあげるから、その時にね」

「イエーイ！」

見学コースを回り終えた子供たちは、研修室に集められいよいよお楽しみのお土産タイムを迎える。

お土産の品はガリチョコバー。品物が全員に行きわたると、山田さんが何気なく聞いた。

「このガリチョコバー食べたことある人、手を上げて」

この前食べた、うちにある。みな口々に答える。

「シンショッカンやってよ！」

山田さんは少しもったいない付けて「では」と、ガリチョコバーの包みを開け、かじり付いた。

「山田も驚く、新食感」

子供たちが声を上げて笑った。

「なんであのＣＭなくなっちゃったの？」

いちばん前の席に座っていたツインテールの可愛らしい女の子が、はにかみながら尋ねた。山田さんは「うーん」と一瞬答えに窮してから言った。

「会社の怖いおじさんたちに怒られたんだ。もっとちゃんとやらなきゃだめだ！って」

「じゃあまた新しいＣＭやろうぜ！こんな感じで」

やんちゃで元気のよい男の子が立ち上がって、ガリチョコバーにかじり付いた。

「タカギも驚く、シンショッカン！」

「違うよタカギ、こうやるんだよ」

ツインテールの女の子が立ち上がり、張り合うようにガリチョコバーをかじる。それから、あちこちで山田さんの物真似が始まった。

子供たちのはしゃぐ様子を私は研修室の一番後ろに立って見ていた。

そしてふと、お台場のイベントの帰りに出遭った家族連れを思い出した。

サンプルのガリチョコバーを持った男の子が、テレビCMの真似をしていた。

あの時と同じだ。しかもこんなにいっぱいの子供たちが一斉に。

「こら、タカギ君！　席を離れない」

私の隣で子供たちの様子を見ていた女の先生がやんちゃ坊主を注意した。

先生と目が合った。歳は私と同じくらいだろうか。お互いに目礼を交わした。

「あの子たち、楽しみにしていたんです。お菓子工場の見学っていうだけでも楽しみなのに、あの山田さんが案内してくれるって聞いて」

「山田が児童の皆さんにこんなに知られているなんて、正直すごく驚きました」

「教室でもよくあんな風に真似して遊んでましたよ」

私の中の仮説が、確信めいたものに変わってゆく。

ガリチョコバーは主婦層に売れている。

そしてその向こうにいるのは……子供たちだ。

小学生たちを見送り、私と山田さんは生産管理部へ挨拶に行った。

「どうでしたか？」

小杉君が心配そうに尋ねてくる。

「大好評です。子供たちが山田、山田で大喜びでした」

子供たちの様子を小杉君に伝えながら、私は今思い描いている仮説を話した。

お菓子キャラバンで感じたこと、そして今日の工場案内で感じたことを。

「主婦層の向こうに子供、ですか……」

小杉君が首を傾げた。

「子供が面白がってテレビCMの真似をし、お母さんやおばあちゃんが買って帰る」

「でも仮説というには根拠が弱過ぎる気もしますね……。たまたま今日来た小学校で流行っていただけっていう可能性もあるでしょう。スーパーでガリチョコバーが売れるのを見かけたのも、たまたまかもしれない」

「では、私が調べて裏付けを取ります」

私は考えるより先に言い切っていた。まるで山田さんみたいだ。

帰りの電車の中、山田さんは無口だった。

ここ最近、どうも様子がおかしい。仕事中はともかく、ちょっとした休憩時間やこういう移動の最中などはめっきり口数が減った。

「山田さん、ひょっとして何か悩んでたりしますか」

「え？　いやいや、全然そんなことないですけど。そんな風に見えますか」

「はい。悩んでいて、何か隠してるとか」

「そんな！　水嶋さんに対して何を隠す必要があるんですか」

「たとえば私に話せない重大なミスを抱えているとか」

「あ、なんだ。仕事の話ですか」

「はい？　仕事の話以外、何があるんですか」

「いや、いや、仕事、仕事はもう、ばっちり。大丈夫です！」

また山田さんは車内の中づり広告をキョロキョロ見回し、落ち着かない様子。

「それにしても山田さん、子供と接するの上手いですね」

「上手いっていうか、好きなんです。リトルリーグのコーチをやっているぐらいですから」

「CMが放送されていた時、チームの子供たちの反応はどうでしたか？」

「みんなしょっちゅう真似してましたね。タスケ、シンショッカンやって、って。はははは、本当に疲れましたよ」

やっぱり調査してみる価値はある。

行動あるのみだ。負けるものか。

私は会社に戻ると、すぐに裏付け調査に入った。

しかし、どこからどのようなデータを仕入れればよいか咄嗟には分からない。

「とりあえず、マーケティング部の乾《いぬい》君に何かいい情報がないか聞いてみます」

山田さんはもう受話器を上げていた。こういう瞬発力は、まだまだ山田さんに敵《かな》わない。

電話の口調から「マーケティング部の乾君」が同期だと分かる。山田さんは先輩にも後輩にも丁寧語で接し、同期にだけタメ口を使うという妙な癖を持っている。

しばらく話して受話器を置くなり、山田さんは言った。

「モニター店舗から集めたレジのPOSデータなら見せられるとか言ってましたけど……」

「本当ですか！」

「乾君はあまり乗り気ではないみたいですけど」

「マーケティング部へ行きましょう」

私は山田さんを引っ張るようにしてマーケティング部へ出向いた。

山田さんの同期の乾さんは、本当に乗り気ではなさそうだった。

同期のよしみで仕方なく、といったところか。

「悪いね、忙しいところ」

山田さんが顔の前で両手を合わせた。

乾さんはパソコンでデータ分析のシステムを起動させ、ガリチョコバーの販売データを出力してくれた。

「こんな粗いデータだけど、こんなのでよければ」

エクセルの表にガリチョコバーの販売個数が記されていた。

店舗のレジの客層ボタンは性別、年代別で分かれている。レジの店員さんはお客さんを見てだいたいの見当をつけてキーを押し、買上金額を確定させる。

性別、年代別の販売個数を棒グラフに変換してみる。

一番多いのは「四十代女性」。

そしてあまり自分で買い物をしないはずの「十歳以下」もかなり多くなっている。

「これ、子供かそのお母さん、っていうことじゃないですか……？」

「おそらくそうだね」

私の問いに乾さんは素っ気なく答えた。

「そうだねって、他に何も感じないんですか？」

「いや、メインターゲットの二十代～三十代前半のＯＬに売れていないという事実が分かれば十分でしょう」

「十分って……。なんのためのマーケティング部ですか」

私は半分泣き声になっていた。

乾さんは辺りを見回してから山田さんに向かって声を潜めた。

「あのさ、ちょっとひと休みしない？」

親指を部屋の外へ向けてくいくいと動かす。外へ出て話そうと。

休憩室の自販機でコーヒーを買い、円卓を囲んで三人で座った。

「俺も山田が頑張ってるからさ、そりゃ販売データだってちょくちょく見てたよ。四十代女性にわりと売れてることにもなんとなく気付いてた」

「そうか、ありがとうな」

山田さんはしんみりと呟く。

私は「気付いていたなら分析のひとつでもして情報提供するのがマーケティング部の仕事でしょう」と問い詰めたい衝動を抑え込む。

「でも、あの商品に関しては首を突っ込めない空気があってさ……。ていうか部長から関わるなってはっきりと指令が出てた」

「それは、どうして？」

「ガリチョコバーって、プロモーション全般、おたくの琴平部長の思い通りにやられちゃっただろう。マーケティング部的にはメンツをつぶされた形になる訳さ」

「なるほど……」

「正直なところ部内全体に『ほら見たことか』っていう空気があった。ターゲット層に売れず、販売目標も大幅に下方修正。以上、みたいな」

「ひどい……」

メンツにこだわり他部署の失敗を冷ややかに傍観。まさにセクショナリズムだ。

「しかし水嶋さん、データもなく現場の実感だけでよく気付いたよね」

他人事みたいな乾さんの口調に少しカチンときた。でもその後、乾さんは続けた。

「俺たちがきちんと分析して伝えてあげなきゃいけなかったんだ。でも部内の『ほっとけよ』みたいな雰囲気に流されて、できなかった。悪かった」

乾さんは頭を垂れた。

卑怯です、怠慢《たいまん》です。そう言ってしまうのは簡単。正論だ。

でも……私も乾さんの立場だったとしたら、同じように流されていたかもしれない。部内の方針に従うという名目で。

「ガリチョコバー、諦めてないのか？」

乾さんの問いに山田さんは大きくうなずいた。

「分かった。俺、もう少し色々と調べてみるよ。何か気付いたら、こっそり伝える」

「ありがたい。いやあ、いい同期に恵まれてよかった」

山田さんは嬉しそうに笑った。

山田さんはマーケティング部が情報をくれなかったことなど気にしていない。今、乾さんが協力してくれていることに感謝している。この人はただ前を向いている人なのだと思った。

「こっそり協力するだけだよ。こっそり。半径五メートルを変える。そのためには、こういう小さなことから始めていかないとな」

乾さんは照れたように笑った。

山田さんの言葉が、あちこちの半径五メートルを変え始めている。

ゆるキャラ山田は大翔製菓の〝DO〟になりつつある。

第六章　絵に描いた餅に思いは宿る

♠

ぼくが工場見学ナビゲーターを始めてから半月が経った。

社会科見学の小学生たちには特にウケがよかった。普段から練馬フルスインガーズのコーチとして子供たちと接しているせいか、ぼく自身も楽しみながら工場の中を案内することができた。

ぼくの私生活での〝キャラ〟は、こんな思いがけぬ形で仕事に活かされた。

今朝は根岸さんとお菓子キャラバンで目黒区のスーパー『ヤオマル』の店頭に立ってきた。

現場で根岸さんと別れて昼休みの半ば頃に帰社。

新橋駅の近くでハンバーガーのセットを買って帰った。

一階のロビーに入ると矢野さんがちょうどエレベーターから下りてきた。これから一人で遅めのランチだろうか。

「矢野さん、おつかれさまです」

ぼくは努めて軽い調子で声を掛けた。

「あ、どうも、おつかれさまで〜す」

矢野さんは笑顔でペコリと頭を下げながら、足早にぼくの横をすり抜けていった。

少し前なら立ち話のひとつでもしただろう。

でももう前のようには戻れない。どうしたらよいか分からず、もどかしい。

席に戻ってハンバーガーやポテトフライを食べながら、ホットコーヒーを立て続けに二杯飲んだ。

「山田ちゃん、コーヒー飲み過ぎると胃が荒れるから気を付けなよ」

胃薬を飲み終えた峰さんがぼくに言った。

秋が深まってきたせいか、ホットコーヒーが美味しい。つい最近まで冷たいお茶をペットボトルでがぶ飲みしていたのに、早いものだ。

「山田君、内容に間違いがないか、チェックお願い」

市村さんがプリントアウトした原稿を手渡してきた。

今日は月刊のＷＥＢ社内報『大翔製菓なう』の更新日だ。市村さんはいつにも増して張り切っている。

新コーナーを始めたのだ。

〈ゆるキャラ山田奮戦レポート〉

原稿を書いてくれたのは水嶋さんだ。

デジカメで撮った写真に文章が付けられている。

〈都内某スーパーの売り場にて、マダムに囲まれるゆるキャラ山田〉

〈工場見学ナビ、緊張のデビュー戦〉

〈子供たちの質問攻めにたじたじ。負けるな！　ゆるキャラ山田〉

負けるな。

水嶋さんはいつも無言のうちに「負けるな」とぼくの背中を押してくれていた。

「大丈夫です。間違いありません。ありがとうございます」

ぼくは押し頂くようにして市村さんへ原稿を戻した。

「さあ、山田君の勇姿を社内に知らしめるわよ」

「市村さんが喋って回ったほうが早いんじゃないの」

峰さんが冗談で冷やかすと市村さんも「あら、そうかもしれないわね」と笑って応じる。

「特集ページもスタンバイできました」

柿崎さんが大きく息を吐きながら言った。

「おお、力作だあ！　カッキー、さすがだね」

峰さんがパソコンの画面を見ながら感嘆する。

ホームページにもゆるキャラ山田の特集ページを掲載することになった。溜めていた動画は堂々と大翔製菓の名前で動画サイトに投稿し、特集ページにリンクさせる。

峰さんが「何かあった時は俺が頭下げて回ればいい」と言ってくれた。

みんな自分の手持ちの仕事をきちんとこなしながら、その合間にゆるキャラプロジェクトのサポートをしてくれている。

「あ、山田さん、お疲れさまです。十分ほど時間をいただいていいですか？」

水嶋さんが昼食から戻ってきた。

いいですか、と言いつつも水嶋さんはもう打ち合わせテーブルに着いている。

二人で向き合うと直視できない。

ぼくは差し出された一枚のレジュメに視線を落とした。

〈ガリチョコバー　大ブレイク計画〉

概要を箇条書きで記しただけのごく簡単な企画書だ。

どうしたのだろう。いつもの水嶋さんなら周到に準備し、資料も作り込んでくるはずだ。

「ガリチョコバーを子供向けにプロモーションする案を考えました」

「いいですね。でも子供向けに特化してしまうのは少し危険なのでは……」

マーケティング部の乾君の見解によれば、子供向けのプロモーションを強化するだけではガリチョコバーの巻き返しは難しいという。

「まず『メインターゲットは二十代〜三十代前半のOL』という前提を取り払って考えてみました。ガリチョコバーを救うキーワードは〝親子〟なのではないかと」

「どういうことでしょう」

「子供とその親、両方から親しまれるようなブランドにできないでしょうか。そのための策のひとつが、これです」

レジュメの上、水嶋さんが指差した箇所にはこう書いてあった。

〈イメージキャラクターとして〝ゆるキャラ山田〟を起用〉

ぼくは顔を上げた。目が合うと、水嶋さんはニヤリと笑った。

「新しいテレビCMを作るよう、峰さんや琴平部長に相談するんです」

「これじゃ同じ失敗の繰り返しになります。それにメディアへの露出は自粛ですよ」

「ならば交渉しましょう。山田さんが……ゆるキャラ山田が子供に親しまれるのは、お菓子キャラバンや工場見学ナビゲーターで証明されています」

でも、それが〝親子〟へのプロモーションの成功に直結するのだろうか。

「私は最初に琴平部長や山田さんと約束しました。『私が山田さんをプロデュースします』って。覚えてますか？」

「確かに。覚えてます」

「会社のみんなが見捨てたとしても、私は最後まで一緒に戦います。私たち、戦友みたいなものですから」

左胸に、痛いほどの鼓動を感じる。

「では、まず峰さんに相談しましょう」

席を立とうとする水嶋さんを「ちょっと」と引き留めた。

「いっそのこと、一緒に新商品を作りませんか」

まっすぐに水嶋さんの目を見て言うことができた。

「え……？　なんでそういう話になるんですか」

「小杉さんの開発した製法で、ガリチョコバーの姿を変えた新しい商品を作ってしまえばいい。ガリチョコバーを親子に向けて売るのではなく、初めから親子にターゲットを絞った商品を作ればいいんです」

「作ってしまえばって言ったって、私たちは広報宣伝部ですよ」

「会社にいるのは広報宣伝部員だけではありません」

ぼく自身、どれだけ大それたことを言っているかは分かっているつもりだ。

「そうは言っても……。時間がありません」

「水嶋さん、最近なんだか焦ってませんか？」

「別に、そんなことはありません。ただ早く数字や目に見える形で結果を出さないといけないので……」

「ぼくも最初に約束したはずです。水嶋さんがこの仕事ができてよかったと思えるように頑張るって。覚えてますか？」

水嶋さんは頷いた。

「水嶋さんは〝ものづくり〟がしたかったんですよね？」

「はい、今も変わりませんが」

「ならばぼくも、その手伝いをしたい」

今はあなたのためが、ぼく自身のためでもある。口にはできないけれど、端的に言うとそういうことだ。

「もちろん、ぼくらだけでやる訳ではありません。みんなを巻き込んでしまえばいい。ぼくたちは一人じゃない」

ぼくは自分の席に戻り、仲間たちにメールをしたためた。

♥

山田さんの招集で夜八時、新橋の居酒屋の個室にて、作戦会議が始まった。

集まったのは営業部の根岸君、横浜工場の小杉君、マーケティング部の乾さん、そして広報宣伝部から山田さんと私。

ゆるキャラ山田を介してつながった、年代の近いメンバーだ。

日中はそれぞれの仕事があって集まるのが難しいため終業後、お酒や食事を入れながらワイワイ、ガヤガヤと意見を交換することになった。

「ガリチョコバーの製法で新商品を作ってみないかということで、まずはざっくばらんにアイデアを出し合いましょう。水嶋さんの仮説により、ターゲットは〝親子〟です。それでは、乾杯！」

山田さんの簡潔すぎる挨拶の後、ビールのジョッキをぶつけ合った。

「半年以内には商品化して、お店の棚に並べてやりましょうよ」

山田さんは意気込んで言った。以前の私なら「そんな無茶な」と言っただろう。でも、今は逆だ。半年もかけていては間に合わない。

「いや、三ヵ月以内です。来年二月のリリースを目指しましょう」

「それはちょっと厳しいんじゃないですか。そもそも、なぜ三ヵ月なんでしょう」

根岸君が首を傾げた。

「早くしないと、ガリチョコバーが製造打ち切りになりかねないからです。姉妹商品を大至急で作って軌道に乗せ、元祖ガリチョコバーのテコ入れを図りたい」

そして、もしかするとゆるキャラ山田の最後の仕事になるかもしれない。

「まあ、強さは速さから生まれるっていう名言もあるし」

乾さんが今は亡き世界的カリスマ経営者の言葉を引用して、フォローしてくれた。

「やるからには、俺は本気で作りますよ」

小杉君はそう言って喉にビールを流し込んだ。

「小杉さん、いいですね！」

山田さんがもう一度自分のジョッキを小杉君のジョッキにぶつけた。まずは小杉君が乗ってくれるかどうかが問題だったので、一歩大きく前進した。

「さて、どんなものを作りましょうか」

山田さんはみんなを見渡して楽しそうに問いを投げかけた。

「う～ん、そうだなあ……」

乾さんが唸《うな》る。

「いざ、何か考えてみようとすると、なかなか思い付かないですね」

根岸君は真面目に考え過ぎているのか、苦悶の表情すら浮かべている。

私も昨日から色々と考えていたつもりが、こうしてアイデアを出し合おうという場面になると唸ってしまう。

なんとなく、何か大層なアイデアを出さなければならないような気になる。

そんな中、山田さんだけが「ガリチョコガム！」「ガリチョコラムネ！」「ガリチョコチップス！」などと立て続けに案を出す。

山田さんのアイデアはどれも単純すぎて軽かった。

でも、そこからみんなの間に「おいおい」という突っ込みや笑いが生まれ、場の空気が和《やわ》らいできた。

「たとえば今ある商品で長く愛されている商品をガリチョコバーの製法でリニューアルするというのもひとつの手だよ」

乾さんの言葉に、私は思わずテーブルをポンと叩いた。

「それ、いいですね！」

時間との戦いを考えると、全く新しい商品を一から作っていては間に合わない。

「でも既存の商品をリニューアルしただけで売れるでしょうか……」

根岸君が不安そうに呟いた。

そうだ。売れなければ仕方がない。作ること自体が目的になっては本末転倒だ。

「すみません、水を差すようなことを言って。でも親と子の両方から愛される商品というのは、育てるのに時間がかかるものだと思うんです。たとえば何十年も食べられ続けているロングセラーのお菓子のように」

ロングセラーという根岸君の言葉にみんな「ほお」と反応した。

「もしリニューアルするなら、思いを込めて得意先に勧められる商品がいいですね。全社挙げて思いを込めて売れるような新商品ができれば、楽しいじゃないですか」

営業マンとして商品を売り場へ届けたいという根岸君の気持ちが感じられる。

ロングセラーでかつ思いを込めて売れる商品。

社歴五十九年、お菓子メーカーとしてはまだ若い大翔製菓の中でロングセラーといえばいくつかに限られている。

「チョコカプセル……」

山田さんが枝豆を食べながら呟いた。

私も真っ先にその名が頭に浮かんだ。だが、なかなか口にできなかった。

「俺も思い入れなら断然チョコカプセルだな……。子供の頃に集めたもんなあ」

乾さんの視線の先、小杉君が難しそうな表情であごに手を当てている。

「小杉君、ガリチョコバーの製法で、チョコカプセルを作ることはできないかな?」

私は小杉君に尋ねた。無茶を言っていることは、はっきりと自覚している。

小杉君は「よりにもよって、チョコカプセルですか……」と顔をしかめた。

チョコカプセルは文字通りカプセル状のチョコの中に玩具が入ったお菓子。半球のチョコを二つ組み合わせてカプセルにする。

素材にはチョコレート生地だけでできた〝無垢チョコ〟を使う。混合物のない無垢チョコだからこそ、厚さ三ミリの綺麗なカプセルを作ることができる。

一方でガリチョコバーはココアクランチを含んだ〝スナックチョコ〟。スナックチョコをカプセル状に成形するのは至難の業だ。

「滅茶苦茶ですよ。水嶋さん、山田さんの毒にやられたんじゃないですか」

「新商品を考える最初の段階では〝無理〟とか〝技術的に〟ということは抜きにして考えたほうがいいと聞いたことがあります。どうでしょう」

小杉君は「うーん」と苦笑いしながらも答えてくれた。

「ざっと見積もって、ココアクランチを今より細かく粉砕してチョコと混ぜ合わせ、カプセルの厚さを三ミリ程度に抑える。そうすれば大阪工場にあるチョコカプセルの生産ラインを使うことができる」

「いけそうですか！」

「口で言ってしまえば簡単ですけど、実現するのは容易じゃないです」

小杉君はかぶりを振った。でも「不可能だ」とは言っていない。

「小杉さんが開発した味は、必ず多くの人に愛されるはずです。この味とロングセラーのチョコカプセルを合体させる。すごく可能性のある話だと思います」

山田さんが言った。彼は一貫してガリチョコバーの味を絶賛し続けている。

「チョコカプセルはロングセラーですが、最盛期は箱でまとめ買いしたコレクターがおまけの玩具だけ抜き取ってチョコを捨てていたなんていう悲しい話もあります」

「お菓子だけ捨てる……。大ヒットした玩具菓子にはよくあるエピソードですね」

根岸君がやるせなさそうに呟いた。

「ガリチョコバーの風味でチョコカプセルを作れば、おまけの玩具だけでなくお菓子もちゃんと楽しんでもらえる。食べて集める、両方が揃ってこその玩具菓子です」

私が言うと、みんなの視線が小杉君に集まっていた。

「分かりました。やってみましょう」

小杉君は力強く言った。みんなで拍手を送ると、小杉君は「まだできるか分かりませんよ」と照れたような、困ったような笑顔で応えた。

私はジョッキのビールをひと口飲んでから、もうひとつの本題を切り出した。

「チョコカプセルという目玉商品のリニューアルともなれば当然、テレビCMを始めとしたプロモーションをしなければなりません」

山田さんが不安そうな表情で顔を上げた。

「イメージキャラクターはゆるキャラ山田でいきましょう」

私が提案すると、みんなの視線が山田さんに集まった。

「うーん……個人的には応援したいけど、会社としてOKしてくれるかな。ここは一度ゆるキャラの件とは切り離して考えたほうがいいような気がするなあ」

乾さんが難色を示した。

「水嶋さん、あんまりこだわるとゴリ押しになっちゃうから……」

山田さんが、みんなにも私にも申し訳なさそうに呟いた。

私は琴平部長の言葉をもう一度思い出す。

新しいリーダーシップの在り方。

「この企画の〝旗印〟は、ゆるキャラ山田をおいて他にありません」

今日も山田さんに巻き込まれた面々がこの場に集った。そして山田さんの一見いい加減なアイデアの連発から議論が転がり始めた。

「確かに、このチームは山田さんなしではありえなかったわけですから」

小杉君の言葉に、根岸君がうなずいた。

乾さんも「まあ『直感に従う勇気をもて』っていう言葉もあるか」とまた偉大な経営者の名言らしき言葉を引用した。

「では、不安はありますが……がんばらせていただきます！」

山田さんが笑顔でみんなに頭を下げると、拍手が起こった。

山田さんは居住まいを正し、ジョッキのビールを一口喉に流し込んで言った。

「この企画のプロジェクトマネージャーは、水嶋さんということでよいでしょうか」

「へ？　私……？」

山田さんの言葉に、私は裏返った声で応えた。

「水嶋さんの立てた仮説が、この企画の原点でした」

根岸君が「確かに」と頷いた。

「水嶋さんがお菓子キャラバンの売り場を営業の人間とは全く別の視点で見つめていたからこそ、その仮説が生まれたんですよね」

お菓子キャラバン……。売り場には何度立ってみても楽しい。

「工場見学ナビゲーターでも水嶋さんは山田さんの子供ウケの良さに目を付けて、主婦の人が子供にガリチョコバーを買って帰っているというイメージを導き出した」

工場見学ナビゲーター。お菓子を作る工場の素晴らしさを、より楽しく伝えたい。

「そして目で見て肌で感じたことを裏付けるためにデータを確かめたら、外れていなかった」

乾さんがパチンと指を鳴らした。

「ではみなさん、異議なしということで」

山田さんがみんなに呼び掛けると、また拍手が沸き起こった。そしてまた、乾杯。

居酒屋の一室で私は商品開発のプロジェクトマネージャーになってしまった。

「仮名は『ガリチョコカプセル』なんてどうでしょう。ガリチョコカプセルをヒットさせ、姉妹商品のガリチョコバーを牽引《けんいん》する、という絵も描けます」

私は勢いで新商品の仮名を付けた。

「今はまだ絵に描いた餅ですが、今日は絵に描いた餅をそれぞれ持ち帰りましょう」

ひとまず会議モードを終了させ、その後は飲みながら思い思いに喋った。

おまけの玩具をどうするか、パッケージの話、それからテレビCMの話。

お酒の勢いも手伝って、みんな言いたい事を言い合い、語り合った。

夢心地のまま私は帰りの電車に乗った。

今はまだ絵に描いた餅に過ぎない。

でも私たちに足りなかったのは、絵に描いた餅でもまずは描いてみようというちょっとした行動力だったのかもしれない。

新しい挑戦はいつも絵に描いた餅から始まるのではないか。

私たちはひと晩で新商品のイメージを描いた。こういう場に居合わせることなど、半年前の私では考えられなかった。

ただ「いつかものづくりをしたい」と、漠然と願っていただけだった。

隣ではほどよく酔っぱらった山田さんが吊革につかまり、車窓の外へ目を向けている。窓に映る山田さんと目が合った。

「ありがとうございます。山田さんが私をここまで連れてきてくれました」

「いいえ、とんでもない。ぼくはみんなを巻き込んでしまっているだけです」

相変わらず山田さんは自分の力を分かっていない。

「その、人を巻き込める力を持っている人ってなかなかいないと思います」

部署の垣根を取り払って、横断的な組織を云々。

そんなスローガンは峰さんや市村さんの若い頃からあるのではないか。

私は思う。セクショナリズムはなくならないし、部署の垣根を取り払うこともできないのだと。

でも、個人の単位で垣根を越えて飛び出すことならできる。その可能性を呼び覚ましたのは、山田さん。ゆるキャラ山田にほかならない。

しかし絵に描いた餅を現実にするには、まずあの人を説得しなければならない。

それが最初の高い高い壁になるかもしれないと私は覚悟した。

次の朝、私は出社するなり部長席の前に歩み出た。

「部長、ご相談があります」

意を決して切り出した。

「好きにしろ」

琴平部長はこちらには一瞥もくれずに言った。

「はい？　まだ何もご説明していませんが」

「おばちゃん情報局から情報提供があった。新商品を作るだとか不穏な動き有りと」

「はいは〜い、おばちゃん情報局です」

市村さんが自分の席で舌を出して笑っている。この間の山田さんとの短い打ち合わせは市村さんにしっかり聞かれていたのか……。

「そのことでご相談が。ガリチョコバーの製法を応用してチョコカプセルを作り、新生チョコカプセルとして発売しようと……」

「それも好きにしろ。何なら、チョコカプセルはぶち壊していいぞ」

「いいえ、壊すつもりなんてありません。うちのロングセラーですから」

「ロングセラーという名の化石だ。チョコカプセルは今や思い出話に時々顔を出す程度の懐かしのお菓子になっている」

「でも大翔製菓の社員はみんなチョコカプセルに愛着を持っています。琴平部長にも加わっていただいて、みんなでチョコカプセルを生まれ変わらせませんか」

「俺はもう古い。老害が口を出せば商品が腐る。つい最近まで若くて柔軟なつもりでいたが、もう陳腐なアイデアしか浮かばなくなった」

むやみに自虐を口にするような人ではない。本心からの言葉だろう。琴平部長は『大江戸ジャーナル』誌の社長取材に立ち会うと言って出掛けていった。

「里美ちゃん、面白そうな話してたじゃないの」

後ろからささやく声に、はっと振り返る。市村さんだ。

聞かれていた。私はまずいと思いながらも「ええ、まあ」とお茶を濁す。

「で、今後の段取りはどうするの？」

峰さんも興味津々な様子で尋ねてくる。

「まずは新商品開発案件として社内稟議《りんぎ》を上げないといけないでしょうか……」

峰さんは人差し指を左右に振りながら「ちっちっち」と舌を鳴らした。

「水嶋ちゃん、ボトムアップでやるなら、徹底的に下からいかないと。上に伺いを立てながらなんて言ってたら、けちょんけちょんに潰されちゃうよ。端的に言うと上の人間はリスクとチャンスのバランスの狭間で……」

要するに「水面下で進めてしまえ」ということだ。こんなに活き活きとした峰さんを見たのは久しぶり、いや、初めてかもしれない。

「でも結局稟議は通さないと……」

「あとは形にするだけっていうレベルまで話を詰めちゃえばいいのさ。偉い人たちには最後にドーンと組み立てた状態で見せてやるんだよ。稟議はその後でいい」

普通に考えれば、まずい仕事の進め方だ。でも、ゆるキャラ山田をプロモーションに使うという案を手順どおり提案すれば、すぐに潰されてしまう。

「俺も仲間に入れてくれよ」

峰さんが寂しそうな笑みを浮かべながら言った。

「調整役と謝り役ならかなり使えるぜ。一応、広報宣伝部の部長補佐だからさ」

「なんてったって、あのチョコカプセルを生まれ変わらせるっていうんだから。ここで張り切らなくて、どこで張り切るのよ」

市村さんが手のひらで私の背中をパンと叩いた。

「峰さんの作戦でいくなら、真っ先に取り組むべき最重要課題を忘れています」

「なに、由香利ちゃん」

「市村さんへの口止めです」

由香利ちゃんが真顔で言うものだから私は吹き出してしまった。

「あら由香利ちゃん、アタシはここぞという時だけは口が堅いことで有名なのよ」

市村さんは言い返してから「アハハ」と笑った。峰さんが「本当に頼むよ」と両手を合わせて懇願すると市村さんは「何拝んでんのよ」と切り返した。

今なら自信を持って言える。

私は人に恵まれている。

午前中は冬の新商品のプレスリリースに向けて御用聞きをして回った。

メモした内容をまとめているうちに昼休みも半ばを過ぎてしまい、ひとまず社食で昼食をとることにした。

社食に来るのは久しぶりだ。

きのこハンバーグ定食をトレーに載せて空いている席を探した。

窓際の四人掛けのテーブルで同期が四人集まっているのを見つけて、私は立ち止まった。男ばかりの中に紅一点、理沙子がいる。

どうしよう。席がいっぱいだからひと声掛けて別の席に座ればいいか。

立ち尽くしていると情報システム部の佐藤《さとう》君が私に気付いて手を振ってきた。

「おお水嶋、おつかれ」

佐藤君は長い前髪をかき上げながらいそいそと立ち上がり、わざわざ近くのテーブルから余った椅子を持って来てくれた。もう座るしかない。

「おつかれ！」

私は全員に向かって声を掛け、座った。理沙子も「おつかれ」と応じてくれた。みんなほとんど食べ終わっている。

理沙子はチラリと腕時計を見て生野菜の残りをフォークでかき集め始めた。

このひと口を食べたら理沙子は席を立ってしまう。

なんでもいい。とにかく話し掛けよう。

「なんか、久しぶりだね」

「そうだね。相変わらず忙しそうだね」

理沙子はぎこちない笑みを浮かべて言った。

「じゃあ、お先に。一時ジャストから打ち合わせが入ってるんだ。節電会議。冬期の東京本社の節電方法について提案しろって、あ〜めんどくさ」

「大変だね、頑張って」

理沙子は「ありがと」と言って席を立った。

面と向かって話をしたのはいつ以来だろう。

理沙子が去った後、男たちが理沙子のことについて口々に喋り始めた。

あいつ、どうしたんだ。最近やたらと仕事熱心じゃね？　いや、この間備品倉庫で一日暇潰してたとか言ってたぜ。総務部長になんかプレゼンしたとか聞いたけど。

同期の男同士「俺のほうが矢野のことよく知ってるぜ」という張り合いがさりげなく透けて見える。

理沙子に代わって紅一点となった私は、相槌を打ちながら聞いていた。内心「相変わらず人気者だ」と軽い嫉妬《しっと》を覚えながら。

男性陣が盛り上がっている中、私は携帯を取り出して理沙子にメールを打った。

〈今度、久しぶりにゆっくり飲もう〉

いったん手を止めてから「飲もう」を「飲みませんか？」に直し、送信した。

すぐに返信が来た。

〈了解！　近いうちに〉

よかった……。私は思わず携帯を両手で握りしめた。

「おい水嶋、なにニヤニヤしてんだよ」

佐藤君に言われて私はゆるんだ頰を引きしめた。

他の二人が「男からか」「そうか、新しい男だ」と冷やかしてくる。

「残念。そうだったらいいんだけどね」と笑って流した。

そして今夜は〝古い男〟と会う約束があったのを改めて思い出す。

話をしたいから会いたいという正樹からの誘いを私は「仕事で忙しいから」と断り続けていた。でも今日は絶対に行こうと決めていた。

正樹は出会った頃から渋谷が好きだった。人混みが好きなのだ。今日も待ち合わせ場所に指定されたのは渋谷のイタリア料理店。

付き合っていた頃に二人でよく食事した店だ。

八時ちょうどに店に着くと、正樹はもう窓際の席に座って待っていた。

チャラチャラしているようでもなぜか昔から時間はきちんと守る。

私に気付くと正樹は大げさに手を振った。表情がぎこちない。

「そういえば、忘れないうちに……。遅くなったけどこれ返すよ」

正樹は一万円札をテーブルに差し出した。

「いいよ、別に。なんか格好悪いし」

あの夜カラオケ店で、千円札を叩きつけて店を出ようと思ったら一万円札だった。引っ込みがつかずそのまま店を飛び出したのだった。

「じゃあ、ここは俺がごちそうする。それでどうかな？」

私は少し考えてうなずいた。

「コースとかで頼む？」

「いや、そんなにたくさんじゃなくていいよ」

あまり時間はかけたくなかった。マルゲリータとオレンジジュースを頼んだ。正樹は「飲もう」とワインを勧めたが、私は断った。

「まだ怒ってる？」

「いや、もう怒ってないよ」

あの夜、私が怒っていたのは正樹に対してではない。きっと自分に対してだ。

「マジ？　本当に怒ってない？」

「本当だってば」

私が笑い声混じりで応えると正樹は弾けるような笑みを浮かべ「よかった～」と言った。

「もう二度と会ってくれないんじゃないかと思ったよ」

そう言われて少し胸が痛んだ。

正樹は嬉しそうに自分の近況について喋り出した。飲み過ぎて太った、禁煙を三日で辞めた。たいして面白くない話題でも、正樹が話すと面白おかしくなる。

私は我慢せず素直に笑った。

雑踏《ざっとう》が好きで、一人で食事するのが嫌いな男。寂しがりで人当たりがよく面白い。浮気性なのにどこか放っておけない。

散々傷付いて別れたのに、その後も情に流され「友達として」ずるずると会い続けていた。恋愛相談や浮気の悩み相談にまで乗っていたのだから、だいぶ性質《たち》が悪い。

私は六等分に切られたマルゲリータをひと切れずつ処理しながら決意を確かめる。最後の一切れを食べ終えた。

「ごちそうさま」

「おいおい、早いなあ」

私はバッグを膝の上に載せ、少し息を吸い込んだ。それからひと思いに口にした。

「もう会うのは止めよう」

これまで何度も言おうとして言えなかった言葉だ。

正樹はワイングラスをテーブルに置いたまま固まった。

店を出て、渋谷駅まで並んで歩いた。

「本当かよ。なんか寂しいなあ……」

軽い口調だけれど心底寂しがっているのだろう。人一倍寂しがりだから。

「みんなにそうやって同じこと言ってるんでしょう」

私が冗談めかして突っ込んだところで、ハチ公口に着いた。

この先、もう一生会うことはないだろうと直感した。するとなぜか傷付いたことよりも楽しかったことのほうが先に思い出される。

本当に幸せだった瞬間も確かにあったのだ。

「じゃあ、元気でな」

「ありがとう」

さよならとかバイバイよりも、ありがとうのほうがしっくりくる。

別れるのもまた縁。切れてこそ初めて感謝できる縁もあるのかもしれない。

♠

「本日は横浜工場の見学会にご参加いただき、ありがとうございました」

記者向けの工場見学会を終え、水嶋さんが挨拶をした。

メインの担当は水嶋さんだが、ぼくも琴平部長からの指示により準備の段階から全てに関わった。見学コースの調整や、お知らせ作成・送付、当日の工場での案内役まで水嶋さんに教わりながらなんとかこなした。

二人での仕事がますます増えたのは、嬉しい半面少し気が重いような気もする。

記者たちを見送ると、水嶋さんは「さてさて」と声を弾ませた。

「生産管理部に寄っていきましょう。小杉君の陣中見舞いに」

小杉さんは日常の生産ライン管理と新商品の研究をこなしながら『ガリチョコカプセル』の試作品に取り組んでいた。

スナックチョコをカプセル状に固める作業は想像以上に難航しているらしい。

ぼくは水嶋さんと一緒に白衣と帽子とマスクを着けて研究室を訪ねた。

小杉さんは苦笑いしながらステンレスのケースをぼくらに差し出した。

「不細工な試作品です。どうぞ」

ケースの中にはチョコレートのかけらがびっしりと並んでいた。カプセル状に固まらず、粉々に砕けている。

「味は落ちてないんだけど、なかなか固まってくれないのよ」

先輩の原さんが溜息交じりに言った。

この作業は社内でも極秘のはずだが、横浜工場の人たちはみんな知っていた。みんな小杉さんを応援してくれているのだ。

「ひとついただきます」

食べてみると、味はガリチョコバーのままだった。でもココアクランチをより細かく砕いてチョコに練り込んである分、微妙に食感が違う。

「これなんて、なかなかいい線いってるのになあ。惜しい……」

水嶋さんが比較的きれいに固まった二つを手に取った。

「中にこうやっておまけを入れて、これとこれを二つくっつけて……」

合わせ目の縁が一部ギザギザに欠けているけれど、カプセル状になった。水嶋さんはそれをぼくと小杉さんと原さんに向けて、掲げてみせた。嬉しそうだ。

「しかし、すごい数の試作品ですね。お疲れさまです……」

研究室の隅にある作業台にはステンレスのケースがびっしりと並んでいた。

「ココアクランチの粒の大きさやチョコの粘度などを変えて組み合わせながら、延々と試行錯誤の繰り返しです。おかげさまで最近、チョコレートやココアクランチの妖精たちとお話ができるようになりましたよ」

膨大な失敗作の中に、形になりかけているものが混ざっている。もう一歩だ。

小杉さんが工場の人たちから大事にされている理由が分かった。その才能だけが理由ではない。彼はとてつもない努力をしている。

「なんか小杉さん一人に苦労をかけてしまって、申し訳ない」

「大丈夫です。ガリチョコバーを開発した時に比べればまだまだ平気です」

ガリチョコバーをゼロから作った時は、もっと苦労していたのか。胸が痛む。

「それに俺は一人じゃない。原さんも手伝ってくれるし、工場の人たちも応援してくれる。新商品を世に出そうと集まった仲間もいます。だから絶対に完成させます」

「なにか手伝えることがあればいいんだけど……」

水嶋さんは申し訳なさそうに言った。

「餅は餅屋に任せろ、です。そんなことより、やることは山積しているはずですよ」

小杉さんが笑いながら応えた。

「私たち実はもう大阪工場への根回しを始めてるんだ。試作品ができたら今のチョコカプセルの生産ラインを調整しなければならないから」

原さんが真剣な表情で言った。

両工場が早くも水面下で着々と動いている。ぼくらも負けてはいられない。

「ありがとうございます。試作品の完成を楽しみにしています。こちらも頑張りますので！」

商品を一新するとなると、パッケージのデザインも決めなければならない。

おまけの玩具も決めなければならない。

そして販売戦略をどうするか。プロモーション活動にゆるキャラ山田を使いますと宣言すれば、うまくいく話さえもうまくいかなくなるのではないか。

不安の種が尽きない中、ぼくにできることは何か。

帰りの電車の中、ぼくはずっと考えていた。

「山田さん、何か考え事してますか」

「絵に描いた餅はできたけど、実現するにはやることが山積みですね」

「珍しいですね。山田さんが考え込むなんて」

東京に来て、水嶋さんと仕事をするようになって考えるということが増えた。

ぼくは大阪の物流部にいた頃の話をした。よく考えなしにひょいひょい行動して、時々そそっかしいミスをしていたことも。

「充実していて楽しかった半面、このままでいいんだろうかと疑問も抱いてました」

「私はむしろ、もっと身軽に目の前のことに飛び込んで、道を切り開けるような力がほしい」

水嶋さんは背もたれに身体を預けながら言った。

ぼくにできることは、やっぱり行動することだ。

でも、ただ行動するだけではない。水嶋さんのように自分の仕事に思いを抱き、少し遠く先へ描いたビジョンをめがけてまっすぐに。

山田さんとは逆に、私は慎重で臆病な自分が嫌だった。何事にも身軽に飛び込んでしまう山田さんを羨ましく思うこともあった。

でも山田さんもまた私と正反対の悩みを抱いていたのだと知り、私は気付いた。

やっぱり人間ってみんなお互いないものねだりなんだと。

山田さんと話していて、これから心がけるべきことが見えてきた。

考え込む前に行動すること。

行動しながら常に考えること。

そして最後に、足りないものはみんなで補い合うこと。

早速、おまけの玩具の件について峰さんに相談を持ちかけてみた。すると峰さんは「へっへっへ」と不気味な笑みを浮かべて言った。

「実は、玩具のほうは俺が真空堂《しんくうどう》に話してあるから」

「真空堂に……？　しかも、もう話してあるんですか！」

峰さんの言葉に私は驚いた。

「し、し、真空堂ですか！」

記事のスクラップをしていた山田さんがこちらへ飛んできた。

「そう。あれ？　勝手に動いてまずかったかな……？」

峰さんは私に尋ねた。

「いいえ、ありがとうございます……。それにしても峰さん、仕事早いですね」

「へへへ。山田病がうつっちゃったかもね」

真空堂はフィギュアなどを製造するメーカーで、小規模ながら世界的な職人集団だ。かつてはチョコカプセルのおまけの大半を真空堂が作っていた。

真空堂の作るフィギュアはどれも精巧だった。

特に懐かしの鉄道シリーズは実物そっくりだという評判を呼び、大人や子供にかかわらず、そして鉄道ファンのみならず、広い層から爆発的な人気を得た。

でも私が入社して間もない頃、マンネリ化を嫌った真空堂はチョコカプセルから完全に手を引いた。

「やっぱりチョコカプセルのおまけは、真空堂じゃなくちゃ。リニューアルを機に戻ってきてもらえないかって頼み込む」

峰さんは遠い目をして言った。

「でも、真空堂は引き受けてくれるでしょうか……」

「交渉次第だな。また明日、今度は琴平さんも一緒に話しに行くんだ」

峰さんは悪戯っぽい笑みを浮かべながら声を潜めた。

「なんだかんだ言って、琴平さんもチョコカプセルに思い入れがあるのよ。『思いに振り回されるな』とか言いながらさ」

市村さんが琴平部長の口真似をしながら笑った。

その夜、横浜工場にガリチョコカプセルプロジェクトのメンバーが集まった。私が生産管理部の会議室に到着すると、既に山田さんが待っていた。

マーケティング部の乾さんも、営業部の根岸君も既に到着していた。

山田さんはちょうど夕方まで工場見学ナビゲーターとして社会科見学の案内をしていた。

グレーのスーツの上からゆるキャラ山田のゼッケンを着たままだ。

「山田さん、実はそのゼッケン気に入ってます？」

「あ、ああ……。バレてました？　なんか愛着が湧いてきちゃって……」

山田さんはしんみりとした口調でゼッケンの文字のあたりを右手でなでた。

「お待たせしました」

小杉君がステンレスのケースを持って会議室に入ってきた。

テーブルに置かれたケースの中にはカプセル型のチョコレートが並んでいた。

「琴平部長が……」

「きっちり固めてやりましたよ……」

私はテーブルに身を乗り出し、試作品をひとつ手に取ってみた。

二つに割ってから、くっつけてみる。合わせ目もぴったり。きれいなカプセルだ。

「完璧なチョコカプセルだ！」

「違いますよ。ガリチョコカプセルです」

みんな代わる代わる小杉君と両手でハイタッチを交わした。小杉君は照れながらも笑顔でそれに応じた。

「喜ぶのはまだ早いです。さあ、打ち合わせを始めましょう」

ちょっと前まで絵に描いた餅だったガリチョコカプセルは、もはや絵に描いた餅ではなくなりつつある。

「小杉君、寝てないでしょう」

乾さんが心配そうに小杉君の顔を覗き込んだ。

「本当は寝ないで作業するなんていう非効率的なことは絶対にやりたくないんですけど、今回ばかりはやらざるをえませんでした」

小杉君らしい言葉だと思った。必死に努力しているところを人には見せたくないらしい。

「お疲れさま」

みんなで労をねぎらう。

小杉君は満足そうに笑い、席に座るなり舟を漕ぎ始めた。疲労がピークに達している。

「そっとしておきましょう」

山田さんが笑顔で言った。

「玩具のほうは、うちの部長補佐の峰さんが真空堂との交渉を進めています」

私が言うと、乾さんと根岸君が「おおっ！」と声を上げた。

「販売戦略は、私がたたき台を考えてみました。また少し無茶な感じがするかもしれませんが、話します」

「この企画自体、無茶から始まってるんだ。まずはやりたいことを盛り込んでみたらいい」

乾さんが言った。

「千個に一個の割合で、カプセルにゆるキャラ山田人形を入れませんか」

私の言葉にみんな同じ反応を示した。「は？」「なんだそりゃ」。

「なんのためにですか？」

根岸君が私に尋ねた。

「シークレットアイテムです」

ごく少数だけ変わり種のおまけ玩具を入れる。

「なるほど、動物シリーズの時のツチノコみたいなものか……」

乾さんが呟いた。

かつてチョコカプセルの動物シリーズでは、十年前に幻の生物・ツチノコのフィギュアをシークレットアイテムとして入れたことがあった。するとツチノコを求めてチヨコカプセルを買う人が続出。チョコカプセルの人気を大きく引き上げた。

「もうひとつ『山田が出たら大当たり』というのはどうでしょう。例えば、ゆるキャラ山田人形と一緒に『当たり』と書いた応募券を入れる。その応募券でさらにレアな玩具をゲットできる、とか」

「シークレットアイテムとしての価値に『当たり』の幸福感も付けて出す。当たり付きお菓子の人気は子供の間でも根強いので、いいかもしれません」

根岸君が言った。

「山田、さっきからなんか静かだなあ。どうなの？」

黙っていた山田さんに、乾さんが尋ねた。すると山田さんは私に尋ねた。

「これは遊び心、でしょうか」

山田さんの問いに、私はうなずいた。

「真剣な遊び心のつもりです」

私は白浜主任の言葉を思い出した。琴平部長の中で一貫しているのは「遊び心」だと。一見ふざけていると思われそうなアイデアを真面目に提案するのは、想像以上に怖かった。

「じゃあ、賛成です。ゆるキャラ山田もその遊び心に乗ります」

遊び心が通じた。

でもこれは仲間内だけの話だ。社内でこのアイデアを通すのは容易ではない。そして間もなく、私たちの前にとてつもなく大きな壁が立ちはだかった。

「ちょっと話がある」

琴平部長が広報宣伝部の全員に向かって切り出したのは、十二月に入って間もない、寒い日の朝だった。全員が奥の打ち合わせテーブルに集められた。

「横槍が入った」

私はゆるキャラプロジェクトの件だと直感した。

年度末の打ち切りが正式決定したのか？　それともまた「大人しくしてろ」という脅しでも入ったのか。

私の推測はどれも外れていた。

「ゆるキャラ山田はすぐにでも打ち切れという強い圧力がかかった」

一瞬、頭の中が真っ白になった。

「圧力って、誰の？」

市村さんが顔をしかめた。

「大江戸商事。大株主様だ」

事の発端はホームページに掲載されている「ゆるキャラ山田レポート」だという。特に動画サイトにアップされたゆるキャラ山田の活動記録は一部のネットユーザーの間で冷やかしと応援が相まって、話題になっていた。

これに対して大江戸商事から室岡専務宛にクレームの文書が届いたのだという。

「裏では室岡専務がご活躍されているらしい」

琴平部長が忌々しげに言った。

室岡専務が大株主の大江戸商事に「ご意見を求めた」という。

「自分の在任期間中には失点をしたくないっていう腹だ」

私は、前に市村さんから聞いた話を思い出した。

三代目の篠田満男社長には山田さんと同い年の長男がいる。まだ若く大阪の営業部で修業中のため、次の社長は中継ぎで役員の中から選ばれる可能性が高い。

室岡専務はその椅子を狙っているらしい。

「どの道、役員連中は年度末でゆるキャラプロジェクトを打ち切るつもりだった」

「どうしてそのことをぼくには言ってくださらなかったんですか……」

山田さんが俯いたまま呟いた。

「邪念なくゆるキャラ山田を全うできるように、敢えて言わなかった。ただ、すぐに打ち切れという話にまで発展したから話さないわけにはいかなくなった」

「じゃあせめて年度末までやらせてください！　チョコカプセルのリニューアルを間に合わせます」

「大株主まで動かされたら、どうにもならんだろう！」

琴平部長は声を荒らげた。怒りではなく無力感や悔しさが滲《にじ》み出ている。

「お前は広報宣伝部に残す。生身の社員にして会社のマスコットを務めたという経験は、これから広報を担うにあたって無駄にはならないはずだ」

山田さんからいつもの笑顔はすっかり消え、唇がわなわなと震えていた。

「どんなに思いを強くして訴えてみても、どうにもならないことはある……」

それから琴平部長は消え入りそうな声で「申し訳ない」と言った。

「また追って状況を知らせる」

言い残して琴平部長は席を立った。

山田さんはテーブルの上に両手を組み、うつろな目で一点を見つめている。

私自身とてつもなく大きなショックを受けているはずなのに、山田さんのあまりの落ち込みぶりに、そのことすら忘れそうになる。

「琴平さんだって多分まだ諦めてないぞ。チョコカプセルのリニューアルはどんどん進めちゃえばいい。いいか、話を詰めて組み立てといて『ドーン！』だ」

峰さんが空元気で励ましたけれど、山田さんは無反応だった。

♠

水嶋さんやみんなとやってきたことが、全て水の泡になる。

そう思うと目の前の仕事全てが虚しく思えてきた。思いに任せて仕事をすると痛い目に遭うというのはこういうことなのだろうか。

同時に、ぼくはゆるキャラ山田という仕事に強い思いを抱いていたのだと気付かされた。

翌朝、会社まで自分の身体を運んでくるのがやっとだった。

「山田君、里美ちゃん、ちょっといい」

市村さんがフラットファイルを小脇に抱えながら手招きしてきた。小会議室に入ると市村さんはテーブルの上でフラットファイルを開いた。

「おばちゃん情報局から極秘情報をお届けしちゃうわ」

Ａ４の冊子の表紙には、こう記されていた。

〈平成二十五年十二月四日、役員会議議事録〉

「コピー不可。閲覧のみよ」

付箋が貼られたページを開くと、こう記されていた。

〈議題四　ゆるキャラプロジェクト継続の是非について〉

「これは……」

尋ねようとする水嶋さんを遮り、市村さんは「シーッ」と口に人差し指を当てた。

「バレたらアタシ、大目玉だわ。というより、琴平さんに怒られるほうが怖いかも」

「どうやって手に入れたんですか……」

「おばちゃん人脈は意外とでっかいの。情報源の秘匿はおばちゃん情報局の義務。まあ、早く読んじゃって」

琴平部長はゆるキャラプロジェクトについての説明担当者として出席していた。

議題は「ゆるキャラプロジェクトの継続の是非についての検討」だ。

でも議事録の冒頭を読んだだけで「検討」という言葉は建前であるということが分かる。室岡専務をはじめ、みんなプロジェクトを打ち切る前提で話を進めていた。

特に開発本部長はここぞとばかりに琴平部長を攻撃している。

〈ガリチョコバーの広告宣伝では重大な失敗を犯している。本来なら責任問題であり、この時点でゆるキャラがどうこうという話はきっぱりと終わりにすべきだった。大株主からの苦言まで受けた今、続けるという選択肢はないはずだ〉

これに対して琴平部長がどんな説明や反論をするのか。ぼくは応援するような気持ちでページをめくった。

ただ、社長にも真正面から苦言を呈する琴平部長のことだから、偉い人たちと喧嘩を始めてしまうのではないかという不安も感じた。

ところが、さらに読み進めると意外な事実が明らかになってきた。

〈若手の彼ら彼女らの思いを、あと何ヵ月かだけ見守っていただきたい〉

〈山田はゆるキャラという役目を与えられ最初は戸惑っていました。しかし今は意気に感じて愚直に頑張っています〉

〈担当の水嶋は自分の思いで仕事にのめり込む癖があります。悪い癖で直すように指導したこともありましたが、最近はそれを活かせるような気もしています〉

思い。頑張っている。

感情に訴えかけるような言葉ばかりだ。

「これ、本当に琴平部長が言ったんでしょうか……」

水嶋さんが呟いた。

ぼくも目を疑ったが発言者の欄にはやはり「琴平」と記されている。

〈私はこのプロジェクトで人を育てたいと考えるようになりました。いえ、正直なところ初めからそう考えていました〉

ぼくは信じられない心地でこのくだりを読んだ。

琴平部長がこんなことを考えていたなんて、想像もしていなかった。

なぜそんなにゆるキャラプロジェクトに固執するのか、むしろ当初は反対していたではないかと問い詰められ、琴平部長は答える。

〈山田をゆるキャラに仕立て上げた時から、私はこのプロジェクトに可能性を感じ始めました。今、山田の声掛けをきっかけに新商品のプロジェクトが非公式に立ち上がっています。具体的にはチョコカプセルのリニューアル。ガリチョコバーの製法を用いてチョコカプセルを製造する企画であり、ロングセラー商品を一新するものです〉

強く訴えかけるために、新商品企画のことを言ってしまっている。

〈新商品プロジェクトの是非についてはさて置き、それとゆるキャラ山田の継続にどういう関係性があるのか。仮に新商品プロジェクトを進めるとしても、山田は通常の一社員として参加すればよいのではないか〉

〈ゆるキャラ山田なくしては、彼らのプロジェクトは生まれ得なかった〉

〈それでは質問に対する答えになっていないではないか〉

室岡専務が問い詰める。

琴平部長はこれ以上説明できない。

ゆるキャラ山田によるプロモーション活動を計画していると言ってしまえば、ガリチョコカプセルの話そのものが潰されてしまう。

「山田さん、これ……」

水嶋さんが指差した行を見ると、こう記されていた。

〈任務や立場は違っても、皆目指す方向は同じはずです。いいものを作り、より多くの人たちの手に届ける。今、若手たちがそれを体現しようとしています〉

琴平部長も思いはぼくらと同じだった……。

〈思いや心意気は大事だが、情に流されていては会社の経営は成り立たない〉

室岡専務がさらに畳みかける。

〈たまに夢を見ることさえも許されないような会社では寂しいと思います。少なくとも今回は若い力に賭けてみたい。せめて年度末までのご猶予を〉

最後は副社長が割って入った。

〈今この場ですぐに結論を出すこともないだろうから、議題を次回へ持ち越すということでいかがか〉

副社長は元広報宣伝部長。何年か前まで琴平部長の直属の上司だった。そのせいか、副社長の発言にだけは琴平部長を見守るようなニュアンスが感じられる。

議論は平行線をたどったまま、次回の役員会議に持ち越しとなっていた。

議事録を読んだ限りの印象では、琴平部長が粘っていなければあっけなく打ち切りが決まっていたに違いない。

「里美ちゃん、なに泣いてんのよ」

市村さんの声に、ぼくはふと顔を上げた。隣で水嶋さんは涙がこぼれぬよう、目を思い切り見開いていた。

「いいえ、直接言ってくれたらいいのにって思っちゃって……」

「確かにそうね。でも、見かけによらずいい上司かもしれない」

市村さんが、ここにはいない琴平部長を冷やかすような口調で言った。

議事録は次回の役員会議の日程を記して締めくくられていた。

〈次回の役員会議は十二月十日午前十時、場所は東京本社大会議室〉

「山田さん、行きましょうか」

水嶋さんがポツリと呟いた。

「行きましょうかって、どこへ」

「琴平部長の援護射撃です」

「まさか……」

水嶋さんはうなずいた。その〝まさか〟だ。

「役員会議へ。十二月十日午前十時、大会議室」

「本気で言ってますか？」

「このまま何もしなければ、ゆるキャラ山田も、そしておそらく新商品のプロジェクトも打ち切られてしまいます。見逃し三振です」

ぼくがいつか話した大平監督の教えを、水嶋さんは憶えていた。

「私もう、見逃し三振はしたくないんです」

水嶋さんはうつむいたまま言った。

「山田さん、付いてきてくれますか？」

少し声が弱々しくなった。

「ぼくでよければ、喜んで」

目が合った。ぼくはうなずいた。水嶋さんはニヤリと悪戯《いたずら》っぽく笑った。

「よし、飛び込んじゃいましょう！」

水嶋さんは手のひらで小気味よくポンとテーブルを叩いた。

「ちょっとちょっと」

市村さんの声で我に返った。市村さんは呆れ笑いを浮かべてこちらを見ていた。

「二人ともアタシが聞いてること忘れてない？」

ぼくと水嶋さんは「しまった」と言わんばかりに顔を見合わせた。

「今のはアタシ、聞かなかったことにするわ」

市村さんはそう言って「知〜らない」と笑った。

役員会議突入を決意した翌日、十二月にしては暖かな土曜日だった。

ぼくは休日返上でお菓子キャラバンに参加。水嶋さんも大翔製菓のハッピを着て『スーパー稲穂屋』池袋店の売り場に立った。

休憩中、根岸君に役員会議突入の計画を話すと絶句された。一緒に行こうと誘ったが、少し考えさせてほしいと回答保留。

自分たちがやろうとしていることの重大さを改めて実感した。

夕方、お菓子キャラバンを終えたぼくと水嶋さんは、西口公園の真ん中を通って池袋駅へと歩いた。

水嶋さんを夕食にでも誘ってみようかと内心ドキドキしつつも言い出せず、駅が近付いてくる。

石畳の広場の隅では、五人組のバンドが英語のロックミュージックを演奏していた。ロックンロール大好きなオジサンが集まりました、といった雰囲気のバンドだ。

その五人組のロックバンドに近付いた時、驚きの余り思わず水嶋さんのコートの袖を引っ張ってしまった。

「水嶋さん、あれ……」

僕は黒の革ジャン姿でギターを弾く中年男性を指差した。水嶋さんは「嘘？」と小声で呟いた。

「あれ峰さん、ですよね……」

「やっぱり、そうですよね」

顔を見合わせて確認し合う。そうしなければ確信が持てないくらい、会社で見る峰さんとは印象が違い過ぎていた。

バンドメンバーの足元には缶ビールやウイスキーの小瓶が置かれている。その周りには二十人ぐらいの人たちが足を止め、ちょっとした人だかりになっていた。

水嶋さんと二人で人の輪の中へ入ってゆき、峰さんへさりげなく視線を送る。峰さんはいっこうに気付かない。

無我の境地のような恍惚の笑みを浮かべながら、ギターのリフを弾いている。そのうちギターソロに入ると、峰さんは何十小節もの間弾きまくった。

「おい、タンタン、ソロ長えぞ！」

「端的に弾け、端的に！」

ベースの人とボーカルの人が苦笑を浮かべながらマイクで叫んだ。タンタン？

「やかましいわ、ボケ！」

峰さんはなぜか関西弁で悪態を吐きながらギターソロを終え、リフに戻った。

曲が終わって、峰さんはようやくぼくらに気付いた。

「げ！　君ら、なんでここにいるの？」

「こっちのセリフですよ」

ぼくは笑いながら答えた。水嶋さんも同じようなセリフを口にしていた。

今のが最後の曲だったらしく、他のメンバーは楽器やアンプを片付け始めている。ベースを弾いていた髭面《ひげづら》の大男が近寄ってきて峰さんに尋ねた。

「知り合い？　タンタンの知り合いにしちゃ、二人ともずいぶん若いね」

「私たち、会社の部下です」

水嶋さんが答えるとバンドの人たちが「おお！」「タンタンにも部下がいるんだ」と口々に叫ぶ。

「やっぱり会社でも言ってるんでしょう。『タンテキに言うと』って」

「頬のこけ具合とか目の下のクマとか、こうやって見ると意外とロックでしょう」

「面倒臭いオッサンだけど、よろしくね」

ロックバンドがライブで曲の合間にやりそうなけなし合いを一通りしてから、みんなそれぞれの機材を片付けにかかった。

撤収作業を始めるバンドの傍ら、峰さんから「とりあえず座りなよ」と勧められ、側にあったベンチに三人で並んで座った。

「峰さんにこんな趣味があったなんて、私知りませんでしたよ」

「そりゃそうだよ。会社の誰にも言ってないもん。市村さんですら知らない。全く別の顔見られるのって、恥ずかしいからね」

峰さんは苦笑いしながら、でも少し嬉しそうに言った。

「みなさん、昔からの音楽仲間ですか？」

「そうだね。道端で知り合ったんだ」

まだ独身だった三十二歳の頃のこと。土曜出勤の帰りに一人でヤケ酒を飲んで泥酔状態で池袋周辺を歩いていたところ、アドリブ演奏を垂れ流すストリートバンドに出くわした。学生時代にギターを弾いていたものだから、酔った勢いと昔取った杵柄《きねづか》で乱入していた。

以来十五年の付き合いだという。

「デザイナー、万年筆職人、パチプロ、公務員、そして菓子メーカーの社員。みんな普段の顔はてんでバラバラだよ」

「不思議な縁ですね」

ぼくは大阪にいた頃の草野球チームを懐かしく思い浮かべた。

「休みの日は時々こうやって羽目をはずしてるんだ。家族の理解のもとでね。どうよ、胃弱のロックンローラー」

そう言って峰さんはちょっとワルそうな仕草でジャックダニエルの小瓶を呷った。自虐的な笑みを浮かべた峰さんの視線の先、噴水の前には走り回る娘さんと、それを見守る奥さんがいた。

「俺、肩たたきにあった」

あまりのさりげなさに、ぼくは危うく聞き逃すところだった。

「早期退職勧告。おととい人事部に呼ばれてさ」

絶句したままのぼくと水嶋さんに向かって峰さんは「なに大げさに驚いちゃってんの、よくある話だろう」と笑う。

「どうして……。琴平部長は知ってるんですか」

「人事部から琴平さんに何度も話をしていたらしいけど、突っぱねてくれてたんだってさ。ちょっとはいいところあるっていうか、何も知らせてくれないのも人が悪いっていうか……」

峰さんは苦笑いしながらギターを抱え、不協和音をひとつ鳴らした。

「で、仕方なく人事部が直接俺を呼んだんだと。ちなみに人事部の担当が俺の同期の安岡《やすおか》って奴でさ。泣いて謝られて、どうしたらいいか分かんなくなった。ずるいよな。これじゃ俺、泣くことすらできない」

ぼくも水嶋さんも、何も言葉を掛けられない。

ぼくは噴水の近くで遊んでいる峰さんの家族に目を遣った。ぼくの視線を察したのか、峰さんが言った。

「大丈夫。子供には話してないから。カミさんには話したけどな」

奥さんは噴水の周りを走り回る二人の小さな娘さんを笑顔で見守っている。

「参ったよ。でも冷静に考えれば当然かもしれない。年齢的にも、実績からみても」

「何言ってるんですか。峰さんがいなければ、広報宣伝部は今までやってこられませんでした。これからだって、峰さんなしではやっていけません」

水嶋さんの言葉にぼくは何度も首を縦に振る。

「ありがとう。でもさ、端的に言うと勤続年数と部長補佐っていう肩書だけで君らの倍近くの給料もらって、その上結果が数値化されないような仕事ばかりやってるから、誰から切るかって話になった時は一番切られやすい」

「調整役は必要です。そんな勧告、従う必要ありませんよ」

「もちろんその場で拒否したよ。俺、絶対にしがみつくから」

ヤケな調子で言ったあと、峰さんはしんみりと呟いた。

「誰が何と言おうと、絶対に辞めないからな」

静かで、でも揺るぎない決意を感じる声だ。

「それが峰さんの戦い方なんですね」

ポロリと口を衝いて出た。峰さんは「そうかもな、格好悪い戦い方」と笑う。

「ローリング・ストーンズのインタビューで『ステージでは何か考えているか』と聞かれたキース・リチャーズは『何も考えてない。無我の境地』と答えた。で、その後言ったんだ。ただひと言『バンドをやってるのが好きなんだ』って。どうよ、端的だろ」

峰さんのジャックダニエルはキース・リチャーズ愛の表れなのかもしれない。

「俺も会社で仕事してるのが好きなんだ。愛着があるんだ」

愛着。胃薬を飲み飲み謝罪代行サービスを自称する峰さんの、しかも今は肩たたきされている峰さんの口から出た言葉だからこそ、重い。

「最近流行りのフリーランスとかノマドワーカーとか、そんな風に颯爽《さっそう》と生きられたら格好いいだろうなとも思うけど、俺はこういう風にしか生きられないし、こうやって生きていたい。俺の居場所は、会社と家族とそして道楽と腐れ縁で繋がったこのバンドだ。それさえあれば幸せだし、それだけは失いたくない。そういうキャラだから」

それから峰さんは「全然ロックじゃねえよな」とまた自嘲気味に笑った。

時々胃弱の部長補佐で、時々父親で、時々ロックンローラーだったりする。

「家ではあいつらの前で堂々と父親キャラでありたいなあって、心から思うんだよ」

そう言って峰さんはギターを生音で鳴らしながら歌い出した。

〈あるがままの心で　生きられぬ弱さを　誰かのせいにして過ごしている　知らぬ間に築いてた　自分らしさの檻の中でもがいているなら　僕だってそうなんだ〉

「どうよ、ミスチル！　こういう歌も結構好きなんだぜ」

峰さんは得意げに言った。

チョコカプセルのリニューアルプロジェクトに挑む意義が、もうひとつできた。成功すれば峰さんの大仕事が活きる。

そしてなにより、ぼくはまだまだ峰さんと一緒に仕事がしたい。

峰さんは娘さんたちのほうへ目を向けたまま言った。

「あいつら、大翔製菓の菓子のことを〝パパのお菓子〟っていうんだ。自分の子供に自分の会社の菓子を買ってやれるって、なかなかいいもんだぞ」

その時、噴水の周りで遊んでいた大きいほうの娘さんが駆け寄ってきて言った。

「ねえ、タンタン、早く遊ぼうよ」

娘さんが峰さんの背中にまとわりついた。バンド仲間が付けたあだ名で呼んでいる。ぼくは思わず噴き出した。

「だからタンタンじゃないって言ってんだろ！　こらぁ」

峰さんが立ち上がると、娘さんはキャッキャと騒ぎながら逃げる。両手を広げて追いかける峰さんの顔は、父親の顔だった。

第七章　戦友

♥

十二月十日、午前十時三十分。

私たちは大会議室前に立っていた。

これから自分たちが何をしようとしているか、分かっているつもりだ。

乾さん、小杉君、根岸君。誰も上司の了解など取り付けていない。

私たちの目の前、両開き式の木製扉は重く固く閉ざされていた。

この向こうでは琴平部長が一人で戦っている。いや、戦う自分を押し殺して代わりに私たちの「思い」を訴えかけているだろう。

山田さんが右側の扉の鉄製の取っ手に右手を掛けた。それからもう片方の扉に目を遣りながら言った。

「水嶋さん、どうぞ」

私は頷き、その扉の取っ手に左手を掛けた。握りしめる。ひんやりと冷たい。

山田さんと目が合った。お互いうなずき、扉を力いっぱい押し開けた。

扉は思っていたよりもずっと軽かった。開けた瞬間に世界が変わるようなこともなかった。でも私はこの扉を開けた今日のことを一生忘れないだろう。

初老の男性たちの視線が私に集まっている。男ばかり。私は紅一点だった。足がかすかに震え、鼓動が早くなる。呼吸が荒くなるのを抑えながら、一礼した。

「失礼します」

私の声は震えていない。顔を上げる。

末席に座っていた琴平部長が振り返った。目が合った。私は小さく目礼を送った。勝手な真似をしたことに対し、怒っているだろうか。

しかし琴平部長は一瞬笑った。ほんの少しではあるけれど、確かに微笑んだ。

「広報宣伝部の水嶋と申します」

皆、無言のまま怪訝《けげん》そうにこちらを見ている。怒鳴りつけられるよりもこちらのほうが威圧感がある。

すると山田さんが隣でポケットから何かを取り出した。

ゼッケンだ。両手で白いゼッケンをバサリと広げて、素早く着込んだ。

「当社のゆるキャラ、山田です」

それから乾さん、小杉君、根岸君が次々と名乗った。

上座から篠田満男社長が誰にともなくあごをしゃくった。どういうことだ、確認しろという素振りだ。

「何をしている」

室岡専務が言った。

「有志で企画した新商品のご説明に上がりました。十分程お時間をいただきます」

当初の計画どおり、乾さんと根岸君が両サイドへ分かれて資料を配ってゆく。

「誰が許可した」

室岡専務の問いに、私は少し間を置いてから答えた。

「どなたの許可もいただいておりません」

少し挑むような口調になった。室岡専務が凍りつくような目で私をじっと見た。

〈山田を大人しくさせてくれないか〉

そう言った時の目だ。

私は視線を逸らした。逃げたのではない。私は誰とも争わないし、誰かを言い負かそうとも思わない。

ただ目指す方向はみんな同じであることを信じて話をしにきた。

これが山田さんから学んだ戦い方。今の私なりの戦い方だ。

他の役員たちが資料に目を通し始めている。Ａ４一枚に要点を箇条書きしただけの資料だ。

「琴平、お前が仕組んだんか」

社長が琴平部長を睨みつけた。

「何も知らされていませんでした」

「では上長としてどうにかしろ。役員会議に乗り込んでくるなど、非常識だろう」

室岡専務が琴平部長に指示した。

「お言葉ごもっともですが、事前に知らされていたとしても私は止めなかったでしょう。今まで散々無茶をやってきた私に、彼女たちを止める権利はありません」

「管理監督責任はどうした！」

「部下を育てるのも管理監督者の責務だと認識しております。水嶋、ご説明して差し上げろ」

琴平部長は勝手にGOサインを出した。

一人じゃない。私は人に恵まれている。

山田さんと目が合った。腰のあたりの低い位置で小さく親指を立てている。

室岡専務が気色ばんで立ち上がろうとしたのを、社長が「待て」と制した。

「十分ぐらいええやろ。そもそもこうやってぐだぐだやっとるうちに十分ぐらい経ってまうがな。おもろなかったら途中で切ればええ」

社長の気の短さも幸いした。

「ではご説明させていただきます」

途中で切られないためには、つかみから入らなければならない。フルスイングだ。

「まず、お手元の資料には書いておりませんが、おまけ玩具の製造については真空堂と交渉中です」

いきなり真空堂の話題から切り出すのには勇気がいった。

案の定、真空堂の名を聞いて、偉い人たちが騒然となった。

「広報宣伝部の峰部長補佐が粘り強く交渉に当たっています」

私は声を大にして峰さんの名を口にした。一同の表情に「あいつか」という色が浮かぶ。

でも私は怯《ひる》まない。峰さんは必ずやってくれると信じる。

「何を今更。真空堂のほうから愛想尽かして去っていったんだろう」

誰かがぶつぶつと呟くのが聞こえた。

準大手菓子メーカーとしての妙なプライドからか、小さな職人集団に愛想を尽かされたことを根に持つ人も多い。

「ロングセラーを作りたかった当社に対し、真空堂はマンネリ化を嫌って去っていきました。いいものを作りたいという姿勢においては当社と同じでした。チョコカプセ

ルのリニューアルを機に戻ってきてもらいたいのです。親子二代の心をつかむような
おまけ玩具を作れるのは、真空堂のほかにありません」
つかみとしてうまくいったかどうかは分からない。ただ、真空堂というキーワード
でしらけていた空気が変わったのは確かだ。
そして私は概要の説明までを簡潔に、五分以内で終えた。
ここからが本題だ。
「こちら横浜工場の小杉君が作ったガリチョコバーは、ご存知のとおり斬新な風味
で、期待の新商品として発売されました」
「誰かさんたちのせいで売れなかったけどねえ。山田も驚く新食感だっけ？」
室岡専務がニヤニヤと笑いながら言った。
「今回の企画は、そのガリチョコバーの製法と、ロングセラー商品のチョコカプセル
を融合させるという、温故知新の新商品企画です」
私は力を込めてこの企画への想いを語った。でもみんな首を傾げている。
「どうなんだろうね？　開発者の君、小杉君っていったっけ。どうなんだ。なんか君
の技術をいいように使われている感じがしないか？」
室岡専務が小杉君を取り込むような、柔らかい口調で尋ねた。
「確かに広報宣伝部の失敗は大きかったと思います。俺……私も最初は山田さんや広

報宣伝部を恨んでいました。社内の誰よりも。でももっと根本的なところにも原因があるのではないでしょうか」

小杉君はいつも通りの冷静な口調で答えた。

「ほお、その原因とやらを、聞かせてくれんか」

ずっと黙っていた副社長が言った。

「各部署がお互い別会社みたいに壁を作り、責任を押し付け合い、他部署の失敗をほくそ笑み、自分の部署のメンツを重んじる。どこかそんな風潮があります。広報宣伝部を目の敵にしていた私もまたそうでした」

小杉君の語尾と同時に山田さんが手を上げた。

「目の敵だった山田です。ぼくはエビチップスの異物混入事件の時、広報担当の末端として対応に当たりつつ、不謹慎ながら勇気のようなものを得ました。リメンバー・スノークッキーの合言葉のもと、真摯な対応でなんとかピンチを脱出できた。同じように、高みを目指して団結することだってできるんじゃないかって」

夢物語だ。偉い人たちの顔に、そんな諦めに似た苦笑いが浮かんだ。

でも私たちは、少しずつ証明しつつある。

「ここにいるメンバーは、ゆるキャラ山田がつないだ五人です。ゆるキャラ山田を使った地道な活動の中で繋がりました。山田さんのことを最も目の敵にしていた小杉君が、今では同じ目標を目指す仲間になっています」

私はそう言って、根岸君に目で合図をし、次の発言を促した。

「営業部では大翔お菓子キャラバンで売り場活性化に貢献しながら、得意先との関係を深めています。それらの得意先に、ガリチョコカプセルの多面陳列をお願いして回ります。また今後は、今まで築いてきた大学の生協とのパイプも活かし、学生の間にもガリチョコカプセルやガリチョコバーを広めていきたいと考えております」

根岸君の言葉に続き、乾さんが補足説明を加える。

「大学の生協は当社の重要な販売チャネルです。しかしガリチョコバー発売の際にはその強みが活かされていないことが大学生へのアンケート調査で分かってきました」

「お菓子キャラバンを大学の生協へも展開したいと思います」

根岸君が力強く言った。乾さんがまたそれに続く。

「マーケティング部としてではなく私個人の試算ですが、初回出荷から一ヵ月で五十万個の売上を見込みます」

乾さんの口から出た数字に、室内がどよめいた。嘲笑混じりのどよめきだ。

「面白い奴だなあ」

「どんな夢見心地で試算した？」

あちこちから冷やかしの声が聞こえる。

確かに五十万個は、はったりの数字だ。この数字を出すことに私たちは反対したが「今の大翔製菓に足りないのははったりだ」という乾さんの言葉に押し切られた。

「大人気玩具菓子のチョコカプセルが生まれ変わるという話題性、また子供と親をターゲットにするという相乗効果を見込んでいます。これは会社を代表する商品としてプロモーションをすることが前提です」

乾さんが私に目配せした。プロモーション、という言葉が私へのパスだ。プロモーションについても資料ではあえて一切触れていない。

私は少し大きく息を吸ってから言った。

「そのプロモーション活動には、ゆるキャラ山田を起用します」

「いい加減にせんか」

室岡専務の怒気を含んだ声が聞こえた。

「シークレットアイテムとして千個に一個ほどゆるキャラ山田人形を混ぜます」

琴平部長が下を向いて肩を震わせていた。

笑いを嚙み殺している……。それを見て私は勢いづいた。

「そして山田が出たら大当たり。山田人形に同封された応募券で真空堂特製フィギュアをプレゼント」

再び大会議室が騒然となった。「やめやめ、終わりだ!」「退場」。怒号、冷笑。

そんな中、社長が口を開いたが、騒がしさにかき消されて聞こえない。すると社長は騒ぐ面々を見渡してから、今度は声を張り上げた。

「今提案された企画、承認したい」

社長の口からはっきりとそう聞こえた。みな一斉に静まり返った。

「大江戸商事からの提言を無視することになりますが？」

室岡専務が声のトーンを低くして言った。

「大株主様のご意見やから無視することはできん。せやさかい、ゆるキャラ山田は今年度限りで終了。それまでに新商品の販売を軌道に乗せる。これでどないや」

「ありがとうございます！」

「つけ上がるな！　誰が責任を取ると思っている」

深々と頭を下げる山田さんを、室岡専務が怒鳴り付けた。

「室岡、お前こそ何を思い上がっとんねん」

社長が笑いながら言った。

「責任も俺が一手に引き受ければ文句ないやろ。失敗したらボンボンの三代目を吊るし上げるなり解任するなり、好きなようにせい。失敗しても成功しても、お前に損はないやろ」

社長は室岡専務に向かって言った。強烈な皮肉だ。

「この企画が失敗したとしても、会社が倒れるほどのことではない。しかし、今のまのほほんと商売しとったら、十年後会社は倒れるかもしれん。ここらで何かしら勝負に出なあかん」

室岡専務は視線を宙に漂わせながら聞いている。頭の中で何か計算を働かせているのだろうか。

「責任と権限は表裏一体や。そうやな、琴平」

笑いを噛み殺していた琴平部長は真顔になって深々とうなずいた。

「稟議上げといてや。高みを目指すための団結、できるもんならやってみい。以上」

その後、私はいつの間にか大会議室の外にいた。

どうやって大会議室を出たか覚えていない。少しの間の記憶が飛んでいるようだ。

「よっ、しゃ〜」

エレベーターホールまで来たところで小杉君が絞り出すような小声で叫んだ。

「ガリチョコカプセル、誕生！」

山田さんが拳を小さく掲げた。乾さんと根岸君が拳をぶつけて祝福し合っている。

そこへ「おい」という野太い声がした。

「浮かれるな。勝負はこれからだ」

少し離れたところに、琴平部長が立っていた。一緒に大会議室を出てきたのか。

「それから普段の持ち場での仕事は完璧にこなせ。少しでもおろそかにすれば絵空事にうつつを抜かしているなどと足をすくわれるぞ」

みな叱られた子供のように黙った。

力の抜けてしまった私は一人まだ喜ぶこともできず、呆然とその様子を見ていた。

「水嶋さん、お疲れさまでした」

山田さんが言った。

「ありがとうございました」

言った途端、安堵とともに少しずつ嬉しさがこみ上げてきた。

思えば四月の部長会議の時、部長たちの集中砲火を浴びながら自分の言葉で話す山田さんの隣で、私は何も言えずに震えていた。

そんな私が今日あの大扉を開けられたのは、山田さんがいたからだ。

♠

ぼくに矢野さんからのメールが届いたのは、クリスマス間近の夜のことだった。

〈突然ですが、明日若手の大忘年会を開催します！　みんなで盛り上がりましょう〉

複数への同報メールによる忘年会の告知だった。

その後、矢野さんからもう一通メールが届いた。

〈山田さん、こんばんは。気まずいとか思わずにぜひ参加してくださいね〉

社内ですれ違ってもぎこちない感じで、もやもやしていた。飲んで話せばきっとすっきりするだろう。

〈ありがとうございます、参加します！〉

翌日、ぼくは横浜工場で午前、午後とも社会科見学のナビをしていた。

新橋へ戻ったのは七時前。

そのまま約束の七時に指定された居酒屋へ行き、店の人に矢野さんの名を告げた。するとと案内されたのは大座敷ではなく小さな個室だった。

今日は〝大忘年会〟のはずだ。不審に思いつつ引き戸を開けると、四人掛けの掘りごたつ席に矢野さんが一人で座っていた。

「山田さん、引っかかりましたね」

「若手の大忘年会じゃなかったんですか？」

「フッフッフ、二人きりの忘年会です」

矢野さんは悪そうな笑みを浮かべた後「なんちゃって」とおどけてみせた。ぼくはキツネにつままれたような気分のまま矢野さんの対面に座った。

隣の席にもう一組、箸と小皿が置かれている。

「取りあえず生ビールでも頼んでおきますか」

矢野さんは店の人を呼んで生ビールを三つ注文した。

すると引き戸の向こうから「お待ち合わせで一名様ご来店です」という声が聞こえてくる。

間もなく引き戸が開いた。

「おつかれさま……」

怪訝な表情で戸口から顔をのぞかせたのは……水嶋さんだった。

「あれ？」

戸口のところに立ったまま、水嶋さんはぼくと矢野さんを交互に見た。

「おつかれ！　いいから、いいから、座って」

「もしかして、三人だけ？」

水嶋さんは脱いだコートをハンガーに掛け、ぼくの隣に座った。

「だって、みんなで忘年会とでも言わなきゃ山田さんは来てくれないかと思って」

「どういうこと？」

止めに入る間もなく矢野さんがあっさりと口を割った。

「アタシ、山田さんにフラれたの」

「はあ!?」

水嶋さんが素っ頓狂な声を上げた。それからまたぼくと矢野さんを交互に見る。

「矢野さん、何言ってるんですか」

「何って、事実じゃないですか」

「そんな……ぼくにはもったいない話で、フッたなんてとんでもない」

「いいえ、フラれました」

矢野さんがムキになって言い返す。

「ぼくはただ、社内では好きとか嫌いとか全く考えられないだけで……」

苦し紛れに弁解しながら後ろめたい思いに囚われた。隣で水嶋さんがぼくたちのやりとりをポカンと見ていた。

本人の隣でぼくは嘘をついてしまった。

「ということで一件、アタシからのご報告でした」

水嶋さんは「ホントに……？」と言ったきり絶句している。今の話をどう感じているのだろう。ぼくは彼女の横顔をチラリとうかがう。でも驚きの色が強過ぎて、その表情から感情を読み取ることはできない。

「なんでだろう、里美に話さないままにしておくのはすっきりしなくてね」

水嶋さんと目が合った。ぼくは思わず視線を下へ逸らした。

「なんだかまだよく分かってないけど……とにかくびっくりした」

「あ、もしかしてリアクションに困ってる?」

矢野さんはからかうように笑った。

「大丈夫。アタシ立ち直り早いし、こう見えても多少はモテるから。平気、平気」

店の人が生ビールを三つ持って来てテーブルに並べた。矢野さんが「飲もう、飲もう」とジョッキを手に取った。

「そうだ、聞いたよ。役員会議に乗り込んで企画を通したって」

「私が通したわけじゃないよ。みんなでぶつかってみたら、通っちゃった」

話題が変わって、水嶋さんは少しホッとした表情で応えた。

「おめでとうございます。はい、乾杯!」

矢野さんの勢いに圧《お》されてぼくと水嶋さんもジョッキを手に取り、三人でぶつけ合った。

「よかったね、里美の念願が叶っちゃったじゃん。で、どんな企画なの?」

「端的に言うとガリチョコバーの製法を応用して、新しいチョコカプセルを作るっていうことなんだけど……」

そこから水嶋さんの話が止まらなくなった。小杉さんや根岸さんや乾君、それにぼくの仕事をしきりにほめながら。

「しかし、新商品を作ろうとか最初に言い出したのは誰?」

「そういうことを言い出すのはだいたい、こちらのお方です」

水嶋さんは隣からぼくを指差して言った。

「相変わらずフルスイングですね。じゃあ、役員会議に乗り込もうって言い出したのは？」

矢野さんの問いに、今度はぼくが水嶋さんを指差して答えた。

「それは、こちらのお方です」

「ホントですか？　マジで？　アンタ変わったねえ。そういうキャラだっけ」

「全然そういうキャラじゃなかった。四月から色々と鍛えられたからね……」

「なるほど、鍛えられたか。戦友に」

矢野さんはぼくのほうへ目を遣りながら「戦友」という言葉を強調した。

水嶋さんは「まあ……そうだね」と困ったような笑いを浮かべた。

なんだか複雑な気持ちになる。今は一緒に仕事を頑張った人たちはみんな〝戦友〟だと思える。サンプル配布を手伝ってくれた矢野さんも、プロジェクトのメンバーも広報宣伝部の人たちもみんなそうだ。

ただ、ぼくの中で水嶋さんはもっと特別な存在になってしまっていた。

そんなぼくの気持ちをよそに、水嶋さんはプロモーション戦略の話を始めた。

話を聞いた矢野さんは、自分のジョッキをぼくのジョッキにぶつけてきた。

「ゆるキャラ山田、復活だ！　おめでとうございます」

それから矢野さんは「あ〜あ、いいなあ……」と呟いた。

「新生チョコカプセル、楽しみにしてるよ。アタシは、三成のお茶精神で頑張るから」

「そうだ、その三成のお茶ってなんのこと？」

水嶋さんが矢野さんに尋ねた。

矢野さんは、前にぼくが話した三成のお茶のエピソードを水嶋さんに話した。水嶋さんは感心しながら聞いていた。

「なるほど、今与えられた役目に全力を尽くせ、か。当たり前のようでなかなか徹底できないことだよね」

矢野さんは「だよね」とうなずいた。

「アタシ、最近は本社ビルの空調管理に凝ってるの。冬は温度調節よりも湿度を保つほうが難しいんだ。油断すると空気がすぐにカラカラになるから湿気を送り込むの」

「言われてみれば、最近室内が快適かもしれない。たぶんかなり効果出てるよ」

水嶋さんが言うと矢野さんが「アハハ」と笑った。

「取ってつけたみたいにほめなくたっていいよ」

それから水嶋さんと矢野さんはガールズトークに華を咲かせた。矢野さんが「正樹君とはその後どうなの？」と訊いた。止まった電車の中で出会った彼の話のようだ。

水嶋さんは「もう会わないことにした」という。

チャンスかもしれない。いや、何がチャンスだ。

そもそも「社内では好きとか嫌いとか全く考えられない」のではないか。

「真空堂には部長補佐の峰さんが話をしに行ってくれてて……」

水嶋さんはいわゆる恋バナをさっさと切り上げてもう仕事の話に戻っている。

今の彼女は普段の仕事に全力を尽くすこと、そして今回のプロジェクトを成功させることばかり考えている。

とにかく嬉しそうで、活き活きとしている。

それを横目に見ながらぼくは心に決めた。

あれこれと自分の中で言い訳を付けて逃げるのはもう止めた。新生チョコカプセルが完成したら、思いを伝えよう。

♥

クリスマスイブを四人の男性に囲まれて過ごすなんて、生まれて初めてのことだ。

私たちは広報宣伝部の打ち合わせスペースで工程表を広げて、年末から年明け以降の段取りを詰めていた。

「大阪工場のチョコカプセルの生産ラインは、一月三十一日に新しい仕様に切り替えます」

小杉君が言った。

お菓子本体のめどは付いた。小杉君の頑張りと、横浜・大阪両工場の人たちが総力で生産ラインの調整に当たってくれたおかげだ。

しかし販促のほうはやるべきことが手広くたくさん残っていた。

「こどもバレンタイン。大翔ガリチョコカプセル」

「ギリギリの義理チョコ、ガリチョコカプセル」

山田さんが次々と案を出しているのは、バレンタイン向けのキャッチコピーだ。

私たちはバレンタインデー一週間前の二月七日発売を目指して動いていた。

時間がない。正月があることすらもどかしいと思うのも初めてだ。

商品発売からしばらくの間は、ほとんどの販促物を社内制作でまかなう。

「やあみなさん、お疲れ様！」

峰さんと由香利ちゃんが戻ってきた。

「働き者の皆さんに、峰さんサンタからのプレゼントだ。見て驚くなよ～」

峰さんはもったいぶったような口調で言いながら、鞄を開けた。

「どどーん！　真空堂との業務提携契約書、取ったぞ！」

「うおおお！」

みんな一斉に歓声を上げた。

根岸君が近くにあったミスコピーの紙を細かくちぎり、即席の紙吹雪をまいた。

「これでおまけ玩具は鬼に金棒、大ヒットに十五歩ぐらいは近付いたぞ！　端的に言うと十五歩というのには理由があって、ひとつは昔のコアなコレクターが戻ってくることによる相乗効果の要素と……」

最近、峰さんが胃薬を飲んでいるのをあまり見かけないような気がする。

「水嶋さん、泣いてんの？」

乾さんに言われて、自分が泣いていることに気付いた。

「すみません」

嬉しいのと悔しいのと、半分ずつ入り混じって涙が出てきた。どうして峰さんが退職勧告など受けなければならないのか。

私たちが役員会議に乗り込んだ後、峰さんは小杉君と根岸君と乾さんのそれぞれの上司に話をしにいってくれたそうだ。後から市村さんに聞いて知った。

最近の峰さんは吹っ切れたような感じを受ける。すごく楽しそうだ。

「真空堂は年明けからひな型の製作を始めてくれるそうです」

由香利ちゃんが静かに言った。

「でもシークレットアイテムの試作品は、私に作らせてもらえませんか？」

そう言って由香利ちゃんは顔の前に両手の人差し指と親指で四角形を作り、山田さんへ向けた。

「ゆるキャラ山田人形だけは、私に作らせてください」

色々な人を巻き込みながら、プロジェクトは急加速している。

「ジングルベル、ジングルベル。さて俺はそろそろお家に帰りますかね」

峰さんがご機嫌で鼻歌を歌った。

「なんだか峰さん、すごく楽しそうですね」

私が声を掛けると峰さんは急にしんみりした調子で「ありがとね」と言った。

それから思い出したように机の引き出しを開け、中からいつもの胃薬の箱を取り出した。

「最近ちょっとだけ調子がいいから、こうしてやるぜ！」

そう言って胃薬の箱をゴミ箱に叩き込んだ。「おおっ！」とまた歓声が上がる。

峰さんが胃薬を捨てた……。これもまたこのプロジェクトの功績だ。

胃薬をゴミ箱にぶち込むパフォーマンス。

家でこれをやってみせた時、娘たちは〝ドン引き〟した。

でも家内は泣きながら笑ってた。

♣

それを見た時、家内がどれだけ俺を心配してくれていたか今更ながら身にしみた。

自分でも分かっている。端的に言うと俺は結論から話せず枝葉末節から話してしまう回りくどい男で、家内はそんな男と一緒になってくれて共に家庭を築いてくれた奇特な人。熱くなるとすぐに長くなる俺の話を唯一最後まで聞いてくれる人。晩酌の都度会社での苦労話やら愚痴やら、時には琴平部長の愚痴やらまで、ほどよく相槌を打ちながら聞いてくれる唯一の理解者。その寛容さに甘える一方でいつも申し訳なかった。この人の存在なくして俺の軟弱な胃壁は維持され得ぬものであり、過剰分泌された胃酸によって食い破られていた可能性が極めて高いのである。

端的に言うと大切な人だ。

娘たちはいつも大翔製菓の菓子を「パパのお菓子」と言いながら美味そうに食べるのだが、それを見る度「パパのお菓子ではなくみんなで作った菓子だ」とか格好付けてみたり、本当は自分が二つ年下の部長の火消しに奔走する胃弱の部長補佐であることを思い出してバツが悪かったりするのだがその逆もまたしかり。

たとえばチューインフルーツの宣伝会議で怒鳴りつけられて頭を下げながら娘たちの顔を思い出し、頭を下げたその瞬間がチューインフルーツの一粒の千分の一にでも含まれていればチューインフルーツはわずかながらではあれ「パパのお菓子」だと言ってもバチはあたらないのではないかなんて思ったりもするのだ。

家族が喜ぶ姿を見て嬉しいと思えるということはすなわち家族のために働きながら自分のために働いているわけでもあると思うし、そんな俺が大翔製菓を辞めてしまえば娘たちにとってパパのお菓子はパパのお菓子ではなくなってしまうわけだ。

会社に「NO」を突きつけられた今だけど、もう少しで今までよりも胸を張って「パパのお菓子だ」と言えるものができそうなところで、だからこそこんなところで辞めるわけにはいかない。今はこの若くて軽やかで何をしでかすか分からない後輩たちとともにチャレンジしよう。

そのためなら俺はまた、火消しでも謝罪代行サービスでもなんでもやる。

気休めの胃薬など俺にはもう必要ない。

端的に言うと俺は今、楽しい。

第八章 ♠ ぼくらは社畜ではない

年末は大晦日《おおみそか》まで、年明けは初売りの日から。

ぼくは営業部の根岸さんと一緒に得意先のスーパーに挨拶をして回った。

初売りの朝は杉並区の『スーパーウオシゲ』からスタート。

店内は松飾りやしめ縄や凧《たこ》など、正月仕様の飾り付けでいっぱい。琴の音楽が流れ、生鮮食品のコーナーは正月の買い出しに来た夫婦や家族連れで混み合っていた。

事務所へ入って売り場課長の植木《うえき》さんを訪ねた。植木課長は店舗裏の搬入口から小走りで現われた。ものすごく忙しそうだ。

「あけましておめでとうございます」

「根岸さんも山田さんも、正月休みなしか。気合入ってるね」

「休みなしはお互い様です」

お菓子キャラバンが始まる前は「大翔さん」などと社名で呼ばれていた。

でも今は色々な店で「根岸さん」「山田さん」と名前で呼ばれることが多くなった。お菓子キャラバンで売り場に立つと、店の人たちとの連帯感が生まれる。

このウオシゲの植木課長は、ぼくらのことを一緒に売り場を盛り上げる仲間のように思ってくれている。

根岸さんは鞄からガリチョコカプセルの宣伝チラシを取り出した。

「二月に当社のロングセラー商品、チョコカプセルをリニューアルしますのでお取り扱いのほどよろしくお願いします！」

「ほお、チョコカプセルか。昔はバカ売れでよく欠品して困ったよ。懐かしいなあ」

「これからは懐かしの商品ではなく、新商品として生まれ変わりますので」

ぼくは熱くなって言った。

琴平部長たちが世に送り出したチョコカプセルを、ぼくら二十代社員のアイデアで生まれ変わらせたい。ブームが去って久しい今は、一応ロングセラーとして細々と売り場の棚の下の段に置かれていることが多い。

「憶えていらっしゃいますか、一度こちらへ伺った水嶋という女性を」

「おお、憶えてるとも。彼女、かなり俺のタイプだ」

植木課長は「おっと失礼、セクハラになっちゃうな」と取り繕った。

「彼女が売り場に立って肌で感じたことが、今回の商品開発の原点になっています」

ぼくは自分のことのように得意になって話した。

〈業務連絡、植木課長、レジカウンターまでお願いします〉

女性の声で店内放送が入った。

「げ、呼ばれた。裏でサボってんじゃねえよ、ってことか？　とりあえず新しいチョコカプセルの件、陳列の仕方を考えとくよ」

「ありがとうございます！　こちらも欠品しないよう、生産ラインをフル稼働させて頑張ります」

根岸さんは深々と頭を下げた。

「ははは、景気のいい話だ！　じゃあ、今年もよろしく」

植木課長は小走りで売り場へと出て行った。

それから、ぼくらも事務所を出て売り場を少し見て回った。

お菓子の棚へ足を運び、チョコレート類の並ぶ一角で足を止めた。大手メーカーの菓子が幅を利かせる中、大翔製菓は準大手ながら健闘している。

ただ、ガリチョコバーは一番下の棚に一列だけ。その隣、チョコカプセルも一列だ。

「ぼくらは、変えることができているんでしょうか？」

棚を眺めながら、根岸さんがポツリと呟いた。

「何をですか？」

「半径五メートルの世界を」

「変わっていますよ。売り場で根岸さんが声を張り上げて、その周りが変わって、スーパーの人たちとの関係も深まっています。お菓子キャラバンのおかげで、ルートセールスの営業マンと売り場担当者ではなく、一緒に物を売る仲間になった」

「ありがとうございます。山田さんなしではここまで続けられなかったと思います」

「そんなことはないです。ぼくは客寄せパンダをしていただけですから」

「ぼくの直近の夢は、売り場のこの棚にガリチョコカプセルやガリチョコバーをひとつでも多く並べてやることです」

根岸さんは棚の上から三段目を指差した。小学生の目線の高さだ。

「白浜主任が言ってました。一番の理想形は、営業なんかいなくても勝手に物が売れることだって」

「白浜主任が、そんな自虐的なことを?」

ぼくが尋ねると根岸さんは首を横に振った。

「もしも商品と宣伝が全ての人の心をつかむぐらい魅力的で、何もしなくても売れてくれれば営業なんて要らなくなる。でもそんなこと実際には不可能だ。だから俺たち営業がいるんだって」

足りないものは補い合えばいい。すると、一人ではできないことができるようになる。会社に集まって仕事をするということはそういうことなのかもしれない。

だからこそぼくはやっぱり、人との縁に感謝したい。

♥

山田さんと根岸君がスーパーへの挨拶回りをしている間、私は会社で由香利ちゃんと販促物の製作に取り掛かっていた。

パッケージも、由香利ちゃんのマッキントッシュのPCでデザインを仕上げて印刷会社へ送る。色々なものを社内製作で仕上げなければならない。

「商品名はこの位置、キャッチコピーはこの位置に載せる方向で」

私は由香利ちゃんの仕上げたデザインに思わず感嘆した。

カプセルの隙間から光が漏れている図案はシンプルだけど強く印象に残る。質の高いものを作るのは前から知っていたが、ここまでとは思わなかった。

彼女の仕事ぶりが目立っていない理由は、たぶんひとつ。

冷めているからだ。徹底的に自分を殺しているような印象さえ受ける。普段から主張せず、言われたものを淡々と期待以上のレベルで仕上げてくる。

私には、それが彼女の強さでもあり欠点にもなっているように思えた。

でもそんな彼女が自分を出しつつある。

〈ゆるキャラ山田人形だけは、私に作らせてください〉

あの時の由香利ちゃんの言葉は、確かに熱を帯びていた。

「里美さん、そろそろ、昼ご飯行きましょうか」

「そうだね」

携帯電話をチェックすると、知らない電話番号からの着信が一件入っていた。

伝言メモも録音されていたので、再生する。

〈あ、もしもし、里美？　有希《ゆき》です。古賀《こが》有希。妹さんから電話番号教えてもらったけん、電話してみました。また電話します〉

高二の冬にバレーボール部を辞めてから、私のほうから避けていた。もっともバレーボールで忙しかった有希は、私から避けられていることに気付いていなかったが。

「由香利ちゃん、ごめん。ちょっと一件電話してくる」

私は部屋の外へ出てまず妹の夏美《なつみ》へ電話をかけた。

〈もしかして、有希さんからもう電話あったと？〉

「あった。仕事中で出られんかったけど」

〈仕事？　お姉ちゃん、なんばしよっとね。正月は帰ってこんと？〉

「ごめん。今年は帰れんけん。それより、有希はどげんしたとね。急に私の電話番号なんか聞き出して」

〈有希さん、久しぶりに博多に帰ってきとうとよ〉

海外遠征を終えて博多に帰ってきた有希は、水嶋家に電話をくれたのだという。三日間だけ実家に滞在するという。

〈水嶋家は大騒ぎやったとよ。日本のエースアタッカーから電話がきたって。お父さんなんか途中で私から受話器を奪い取って色々喋っとった〉

「まったく……せからしか」

〈有希さん、お姉ちゃんに会いたがっとったよ〉

私と夏美は二段ベッドの上と下で寝起きしていた。だから私が挫折した時の気持ちを夏美はよく知っている。

私は本気であの名門校で正セッターになって、将来は全日本のコートでトスを上げることを夢見ていたのだから。

「分かった。電話しとくけん。ありがとう」

電話を切り、気持ちが変わらないうちにすぐに有希の番号へ電話をかけ返す。

忙しいから出ないだろう。そんなことを考えながら。

十回鳴らしても出ないので、切ろうとしたその時、応答する声が聞こえた。

〈もしもし？　里美？〉

有希の弾んだ声がした。周りがなにやら騒がしい。

「久しぶり。留守電聞いたけん……。びっくりした」

〈急にごめん。博多に帰ってきとうとよ。正月やけん里美も帰省しとうかなと思って家に電話してみたとよ〉

「ごめん、仕事が立て込んどうけん、どうしても帰れんとよ」

あまりに久しぶりだし私のほうから疎遠になった手前、何を話そうか悩む。

〈妹さんから聞いたよ。大翔製菓で広報の仕事しとうって〉

少し胸が締め付けられる。

心のどこかで「望んで大翔製菓に入った私」や「仕事を頑張っている私」は、なりたいものになれなかった私への言い訳とか自己暗示にすぎないような気がしていた。

〈私、大翔製菓のチョコレートよう食べとうよ。最近はガリチョコバーが美味しか〉

「ガリチョコバー？」

〈うん、CMも憶えとうよ。普通の人がゆるキャラになっとうやつ〉

「そう、それ。私、そのゆるキャラの担当しとっとよ」

それから私は有希のチョコレート談義をひとしきり聞いた。

〈すごかね、全国の人に食べられるお菓子を作ったり、宣伝したりしとっちゃろ？〉

「世界ば相手にしとう有希が何ば言いよっとね」

〈身体ひとつやけん、不安にもなるとよ〉

世界と戦う有希にも、他の道が楽しそうに見えたりすることがある。みんなどんな仕事でも不安や悩みを抱えている。

「膝、最近は大丈夫？」

〈順調、順調。ばってん気をつけんと。もうアラサーやけんね〉

有希は笑った。思えば私たちはもう二十七歳になった。

〈里美も正月ぐらい休まんと〉

「大丈夫。好きでやっとうけん、平気」

強がりではなく、自然に言えた。

もう今の私は「なれなかった自分への言い訳」なんかではない。

受話器の向こうで、誰かが有希を呼ぶ声がした。有希が「今行きます」と答える。

〈ごめん、いま商店街のイベントでこれから挨拶があるけん。また今度会おう〉

「うん。身体に気を付けて。じゃあまた」

〈あ、ちょっと待って〉

少しの間の後、有希が改まった声で言った。

〈話せてよかった。いつも里美がトスを上げてくれたけん、いまの私がある〉

私はベンチから外れた後、しばらく練習台として有希のスパイク練習に付き合っていた。

そのことを有希は今も忘れてなかった。

「何ば大げさなこと……」

私も、今自分の戦う場所で全力を尽くそう。

そして色々な人との縁に感謝できるような人間になろう。

松の内も明けると、ガリチョコカプセルの開発は大詰めへと向かっていった。

小杉君は大阪工場へしばらく出張することとなった。

社長稟議も通って会社を挙げたプロジェクトになったため、動きやすくなった。

でも普段の持ち場をおろそかにせず、きっちり仕事を終わらせるということだけは忘れないように心がけた。

今日は夕方から業界の賀詞交換会《がしこうかんかい》がある。記者もたくさん来るため、私は広報担当者として同行しなければならない。

しかも室岡専務の同行だ。

昼休み、賀詞交換会のプログラムに目を通していると市村さんが話し掛けてきた。

「新年行事が盛りだくさんで大変ね」

「そうですね……。でも多くの記者と接触できる機会なので活かしたいと思います」

こう考えると忙しくても前向きに対応できる。

室岡専務同行という気の重い仕事だからこそ、なおさら前向きな気持ちを奮い立たせた。

でも市村さんは「いい心がけだけど、身体はひとつよ」と私を諭した。

「今日はアタシが対応するから、里美ちゃんは新商品のほうに力を注いで」

「でも、普段の持ち場の仕事をおろそかにするなと琴平部長から言われているので……」

「確かにそうね。でも全部一人でやれとは言っていないはずよ」

「市村さん……」

「まあ、アタシが行ったら室岡専務にはいやがられるかもしれないけど」

そう言って市村さんはガハハと笑った。

今日は午後イチでキャンペーンサイトの仕様についての打ち合わせだ。

営業部の有志が考えてくれたサイトのアイデアを由香利ちゃんが仕様書に落とし込んだ。

ところが、説明し終わると営業部の人たちから批判の声が上がった。

由香利ちゃんが営業部の人たちに淡々と説明する。

「それを実現するためには新たにデータベースを構築することになります。別途システム開発が必要になり費用も膨らむので、できません」

「できませんって、そう簡単に言い切るなよ！」

あちこちから苛立ちの声が上がり、溜息交じりの失笑もこぼれる。

「技術的には可能でも今の予算では不可能です。それに、アンケート機能を充実させた分ユーザーインターフェイスも複雑になり、アクセスしてくれた方が途中で脱落してしまう恐れが出てきます」

「おい！　こっちが素人だと思って色々と難癖つけて、本当は面倒くさいからやりたくないだけだろう」

「そんなことあるわけないじゃないですか！　目指す方向はみんな同じですよ」

私はたまりかねて割って入った。

由香利ちゃんは予算や期間、そして何より応募者の使い勝手を考えて、仕様を単純化した。アクセスしてもらい、応募してもらう。そこだけに狙いを定めたのだ。

「しょぼいキャンペーンサイトになったなあ。面白みのない、ただの受付窓口だ」

「大翔製菓のウェブマスターは私です！」

由香利ちゃんの声に会議室が静まり返った。この子にこんな激しい一面があることを知って、驚いた。

「はいはい、分かりました。ウェブマスター様の仰せの通り」

強引に押し切る形となった。

「柿崎、ごめん。営業部のメンバーも本気で売りたいからこそ熱くなって……」

由香利ちゃんと同期の根岸君が頭を下げた。

「いえいえ。その気持ち、私も分かるし」

由香利ちゃんは寂しそうに笑いながら言った。

広報宣伝部に戻ると、由香利ちゃんは放心したように宙を眺めたまま座っていた。

「由香利ちゃん、部長に報告」

私は小声で由香利ちゃんを促した。由香利ちゃんは俯いたままもじもじしている。

「部長、キャンペーンサイトの仕様、柿崎さんから営業部に説明しました」

私は由香利ちゃんに代わり、琴平部長に仕様の概略書を差し出した。

「了解」

琴平部長はそれだけ言って席を立った。ゴーサインだ。

「由香利ちゃん、一発ＯＫだよ」

「そうなんでしょうかね。まあ所詮この程度だろうなって、諦めてるのかもしれませんよ」

「どうしたの、急に」

「アイデアを形に落とし込むのが私の仕事。でもそれって裏を返すと、ああしたい、こうしたいっていう夢を潰す仕事なんじゃないかなって思うことがあって、どうしたもんでしょうかねえ」

彼女がこんなに自分から話すのは、珍しい。

「そんなことないって！　夢を形にしてるんだよ。そう！　形にするためには、できることとできないことをはっきりさせなければならない。こう考えたらどう？」

こう考えたらどう。山田さんの口癖が私にうつっている……。

「どうなんでしょう……今日の会議だって、NO、NO、NO。YESよりもNOばかり。学生の頃までは私の志す仕事って創造して膨らましてゆくのが役目だと思ってたのに、気が付けば削って削って、ちょうどいい落とし所を見つけるような作業の繰り返し」

「みんな、ないものねだりなんだね」

「え？」

「私、クリエイティブ系の人たちって格好いいなって思ってた。アイデアやイメージを目に見える形にできるってやりがいがあって羨ましいなって。でも、私は片面だけしか見てなかったんだね」

「そんな……。私もプレス担当を務めてる里美さんを見ながら、すごいなって思ってました。ホントに、お世辞とかじゃなく」

「ありがとう……。互いのないものを補い合ってゆける。だからこうしてわざわざ会社に集まってるんじゃないかな」

ますます誰かの受け売りみたいな言葉になっていて、我ながら驚く。

「強いですね、里美さん……」

「いや、強くなんかないよ」

私だって、自分に言い聞かせている。

「誰かに認めてもらいたい、誰かと認め合いたいっていつも思ってる。なんか浅ましいかなと思いながら、でも大切なことなんじゃないかなって思いながら」

♠

朝一番、水嶋さんがすっくと席を立ち、意を決したように部長席の前へ歩み出た。

「部長、お話があります」

ぼくは顔を上げて部長席のほうを見遣った。琴平部長は「なんだ」と応じる。

「もっとみんなを褒めてください」

水嶋さんの語気の強さに、みんなの視線が部長席へ集まる。

「お前は上司に褒められたくて仕事してるのか。お客さんのほうを向け」

「仰る通りだと思います。でも単純な話、一緒に仕事している上司や同僚から『頑張ったね』とか『よくやった』とか言ってもらえたら、もっと奮い立つと思います。それっておかしいでしょうか？　浅ましいでしょうか……」

「俺は上司としていつも各部員の仕事を公正に評価している」

「それを時々でもいいので言葉にしていただきたいんです」

「言葉よりももっと明確な、査定というものに反映させるから安心しとけ」

水嶋さんはまだ何か言おうとして言葉を飲み込んだ。

なんともいえない沈黙が流れる。市村さんの独り言が聞こえる以外、室内は不気味に静まり返っていた。

しばらくすると、琴平部長がノートパソコンを閉じて席を立った。

「大阪へ行って、明日の朝戻る」

琴平部長はそう言ってなぜか妙に急ぎ足で部屋を出ていった。

その時、ぼくのパソコンから新着メールを知らせる音が「ポン」と鳴った。

差出人の表示を見てぼくは思わず「お？」と声を上げた。

〈差出人：琴平竜二《りゅうじ》〉

メールを開こうとして手を止めた。隣で柿崎さんが肩を震わせている。

「由香利ちゃん、どうしたの」

水嶋さんが席を立ち、柿崎さんの側に駆け寄った。それから水嶋さんは柿崎さんのパソコンの画面を見て「あ」とこぼした。

ぼくも思わず横から画面を見てしまった。

〈WEB連動キャンペーンの企画設計：A〉

〈報告・連絡・相談：D〉

「相談しやすくするほうが先ですよね……」

柿崎さんは洟《はな》をすすりながら笑った。

「あれ？　ご丁寧に、俺にも届いてるよ」

峰さんが声を上げた。水嶋さんが峰さんの席へ駆け寄る。

ぼくもつられて席を立ち、峰さんの後ろに立った。

〈各部署との調整：A〉

〈要約力：G〉

「ひええ！『G』評価なんてアリなの？」

「どうせ琴平さんのブラックジョークよ。ほめるだけじゃ決まりが悪いんじゃないの」

市村さんが突っ込んだ。

そういえば、ぼくには何か届いているのだろうか。恐る恐るメールを開いてみた。

〈行動力：S〉

〈計画性：D〉

〈広報宣伝部残留の件、人事と鋭意交渉中。広報業務のスキルアップに努めるよう〉

市村さんが横から画面を覗き込んでくる。

「よかったじゃないの、山田君」

ぼくは広報宣伝部に残ってこの人たちと仕事がしたい。そう強く思うほど不安がよぎる。交渉中ということは、異動の方向で話が進んでいたのだろうか。

もし異動になってしまえば、水嶋さんと一緒に仕事することはできなくなる。

「広報業務のスキルアップに努めるよう、ですか」

はっと振り返ると後ろに水嶋さんが立っていた。

「ガリチョコカプセルを記事にしてもらえるよう、記者の人たちに個別取材を依頼します。今日は電話をかけまくりましょう」

水嶋さんはそう言って一枚の紙をぼくに手渡した。取材依頼先のリストだ。

「はい、よろしくお願いします」

今は目の前のことに全力を尽くすだけだ。ぼくは受話器をすぐに上げた。

「山田さん、ちょっと待った！」

水嶋さんがぼくを止めた。

「仕事が早いのは素晴らしいですが、取材してもらうことが目的ですからね」

「……ああ、もちろん、分かってますよ！」

そういえば異動してきたばかりの頃、記者さんに電話して楽しくお話ししただけで電話を切ってしまったことがあった。

あの時のことが遠い昔のように、でもどこかつい最近のことのように思い出される。

♥

発売日まであと半月を切った。

土曜日だというのに会社はとても賑やかだ。

私たちは綱渡りのスケジュールの中、土日返上で会議室に集まり、新商品発表へ向けて準備を進めていた。

商品名は『ガリチョコカプセル』に決定した。山ほど案を出し合ったが、結局は私が仮で付けた名前がそのまま商品名になった。チョコカプセルというキーワードは外せない上に、あまり長い商品名にはしたくない。

最後は直感とプロジェクトメンバーの愛着で決めた。

机の上には真空堂から届いたおまけ玩具のサンプルがずらりと並んでいる。体長五センチほどの可愛らしいモンスターたちだ。

私がモンスターたちを眺めていると、横で峰さんが感慨深そうに言った。

「いいよなあ『ピカッとモンスター』。これならうちの娘たちも大喜びだ」

ガリチョコカプセルの第一弾は放送三十年の人気長寿アニメ『ピカッとモンスター』フィギュアシリーズ。九十九種類のモンスターが揃っている。市村さんの話によると十年前にも真空堂との共同企画が進んでいたが、その時は『ピカッとモンスター』の使用権の折り合いが付かず、実現しなかったらしい。

その五年後、大翔製菓は『ピカッとモンスター』のシール入りキャンディーを発売したがあまり売れなかった。

今はちょうど、昔『ピカモン』を見ていた世代が親になっている。

今なら親子二世代にわたって楽しめる。

〈自分の子供に自分の会社の菓子を買ってやれるって、なかなかいいもんだぞ〉

私は峰さんがそう言っていたのを思い出し、心の奥がじんわりと温かくなった。

その横には、小杉君が大阪から送ってくれた大量のカプセル型チョコレートが並べられている。生産ラインの試験稼働を終えて、量産体制が整った。

「これなら、大人買いしても飽きずに全部食えるぞ」

さっきから乾さんはいくつも食べている。

私はこれからプレスリリース用の商品写真の撮影に取りかかる。

「まずは、お菓子だけで撮ります。山田さん、セットお願いします」

山田さんが撮影用の台の上にカプセル型のチョコをセットした。

小杉君の努力の結晶だ。たくさんの人に食べられますよう、願いを込めて五回、十回とシャッターを押す。

「次はおまけ玩具だけで撮ります」

まず並んでいるところを何枚か撮り、次にピカモンの中から何体かを選んで、それぞれの画を撮った。

撮りながら、親子の会話を想像する。「お父さん、ゲンゴロールが出たよ！」「おお、水中モンスター全部揃ったな」。

親子で食べて集める。そんな玩具菓子になりますよう。

「最後に、パッケージも含めて完成写真を撮ります」

由香利ちゃんがデザインしたパッケージだ。

山田さんが『ピカッとモンスター』の一体を手に取り、プラスチック製の小さなカプセルに入れた。それをチョコのカプセルに詰める。

最後に、チョコのカプセルをパッケージの中に詰めた。

「よし、できた！」

山田さんは叫びながら『ガリチョコカプセル』を高々と掲げた。

「お疲れ様、陣中見舞いだ」

営業部の白浜主任がペットボトルの入ったビニール袋を提げて現われた。

「そういえば、おととい十五年ぶりに琴平と飲んだよ」

「え？　琴平部長とお酒飲んだんですか？」

私は「まさか」と思いつつ白浜主任に尋ねた。

「いやいや、あいつはウーロン茶ばかり飲んでたけど。『おたくの根岸に世話になってるから礼ぐらいしとく』って、相変わらずひねくれた誘い方でね。あいつ、最近ちょくちょく大阪に行ってるらしいな。詳しくは言えない感じだったけど」

確かに最近大阪出張が多い。新商品の件で何か動いてくれているのだろうか。

「やあ白浜さん、ありがとうございます。見てください、我らがこの素晴らしき社畜っぷり」

峰さんが白浜主任に向かって言った。土日返上で頑張っているということをコミカルに表現してみたのだと思う。

「うちの根岸も、今日も店舗回りしてますよ。若き社畜と、我らオヤジ社畜」

白浜主任と峰さんが笑い合っている。

会社に飼われて酷使される「社畜」。最近よく耳にする言葉だ。

峰さんや白浜主任が冗談で言っていることは分かる。でも、なんだか胸に引っかかった。

「その『社畜』っていう言葉、やめませんか……」

乾さんが真顔で言った。

「おいおい、乾ちゃん、俺は冗談で言っただけだから。ごめん、ごめん」

峰さんがなだめたが、乾さんは続ける。

「勤め人をひとまとめに社畜呼ばわりするのはなんか違いますよ。色々な働き方がある一方で、会社に心のより所を感じる人だってたくさんいる」

〝色々な働き方〟という言葉が水に投げた小石みたいに私の心にポツリと落ち、波紋を広げる。

会社で働くという選択をしながら、これでいいのだろうかという不安が無意識の内にも常にへばり付いているような気がする。

それでも私たちは日々の仕事に向き合いながら生きている。

「こう考えたらどうでしょう」

山田さんが言った。

「毎日の仕事の中で感謝し合える人がいたり、やり遂げてよかったと思える瞬間があるなら、ぼくらは『社畜』なんかじゃないと思う」

ああ、思い出した。山田さんは言っていた。「就職ではなく就社したのだ」と。大翔製菓が第一志望だった私でさえ、聞いた時は少し危うい考えだと思った。安定などないこのご時世に、職を身に付けるよりも会社の一員であることに心のより所を求め過ぎるのは危険だと。

でも山田さんの中にあるのはただ人との縁に感謝するという掛け値なしの精神。大翔製菓の将来性が云々で安定性がどのくらいで生涯賃金はどのぐらいとかいう計算の世界とは次元が違っている。

今ここに集まった人たちと共に働く喜びがあるならばそれは素敵なことだ。出勤したら「おはようございます」、仕事で助けてもらったら「ありがとう」、小さなことでも成し遂げたら「おつかれさま」、時々夜に集まれば「乾杯」。

きっとそういうことの積み重ねなのだ。

「端的に言うと自分自身の気持ち次第ってことだな。よし、俺は社トラになる、いや、社ドラゴンだ！」

峰さんが、爪を立てた両手を胸の前に掲げた。乾さんがすかさず「猫っぽいですよ」と突っ込んだ。

そこへ、廊下からカンカンカンと靴音が聞こえてきた。

私は思わず「あ、来た！」と叫んだ。

「おつかれさまです」

登場したのはやっぱり、お客様相談室の権田室長だ。

「応募に関する問い合わせがあった際の対応フローを作ったので、確認してみて」

山田が出たら大当たりという企画は、お客様相談室との連携が不可欠になる。賞品を発送するまで個人情報の管理も発生する。

権田室長の資料には問い合わせ対応、クレーム対応、賞品発送までの流れなどの業務フロー図がシンプルにまとめられていた。

「ありがとうございます。色々ご面倒をおかけすると思いますが、よろしくお願いします」

「後方支援は任せといて」

それから権田室長は、山田さんに言った。

「またゆるキャラ山田のCMでいくんだって?」

「は、はい」

「また大変になるわね。頑張って」

山田さんは満面の笑みで「ありがとうございます」と答えた。

前のガリチョコバーのCMでは権田室長から「ふざけないで」と言われた。

でも今回は「頑張って」だ。問い合わせの対応フローまで考えてくれている。

「おつかれさまです。おお！　ピカッとモンスターだ」

根岸君が店舗回りから帰ってきた。

「いやあ、素晴らしい！　子供の頃『ピカモン』のカード集めたんですよ」

ピカッとモンスターの九十九体勢ぞろいを見て大興奮している。

「そういえば、百体目のモンスターはまだかな」

乾さんが言った。

百体目のモンスター。シークレットアイテムのゆるキャラ山田人形だ。

「おつかれさまです」

由香利ちゃんが入ってきた。

「山田人形、できました」

由香利ちゃんの掌には二頭身になった山田さんが載っていた。胴体にはちゃんと〈当社のゆるキャラ、山田です〉というゼッケンが付いている。

私はそれを右の手に取り、左の掌に載せた。

「なんだこれ……超気持ち悪ぃ」

乾さんがそう言ったのは間違いなく褒め言葉だ。二頭身なのに顔立ちがリアルで、気持ち悪いほど似ている……。

「うおお！　似過ぎだ！」

根岸君が叫んだ。

それからみんなでゆるキャラ山田人形を回しながら大笑いした。

◆

「うおお！　似過ぎだ！」

私が山田人形の試作品を差し出すと、会議室がどよめいた。

みんなで山田人形を回して大はしゃぎしている。

私は悪戯に成功した子供にも似た、ちょっと得意な気分。でもあまり顔には出さない。そういう〝キャラ〟だから。

「柿崎、お前すげえな！」

営業部の同期の根岸君が親指を立てた。私は思わず親指を立てて応じた。私の〝キャラ〟が少しだけ崩れる。

懐かしい。小学生の頃、教室で自由帳に絵を描いていると、みんなが褒めてくれた。得意な科目は図画工作。そのままの流れでこの仕事に就いた。

「グッジョブ由香利ちゃん、輝いてるよ！」

里美さん、ありがとう。あなたのまっすぐさに教えられました。

「カタチにしてこそ、できることもある。こう考えてみました」

相変わらず可愛くない後輩ですがこれ、本心です。

ここにいるみんなの夢の断片を、ひとつのささやかなカタチにできた。

琴平さんがいつか言っていた。あれは確か、一度だけ面と向かって怒られた時。

夢のひとつも見られなくなったら、俺たち勤め人はロボットと同じだと。

この人、こんな熱いことを言うこともあるんだって、びっくりした。

私は仕事に夢を抱くなんて、きれいごとか思い込み混じりの強がりだと思った。

ところが、思い込み混じりの強がりさんは私のほうだった。夢は大きくなければいけないとばかり思っていたのだ。

このプロジェクトで私は知った。

夢は小さくてもいい。

たとえ小さな夢でも、みんなで見れば大きくなる。

こんなちっぽけな人形の試作品に、みんなが笑っている。

幸せだ。遊び心に彩られた夢。

私は思い浮かべる。そんな夢の種を携えたこの人形が、タンポポの綿毛みたいに風に乗って飛んでゆく様を。

子供たちの心に届いて笑顔の花を咲かせられたら、とても素敵なことだ。

私たちの抱く夢はとても小さくて、カタチにするともっと小さくなってしまうものなのかもしれない。

それでも私はカタチあるものの力を信じる。

クリエイティブスタッフ、柿崎由香利。

私の仕事は、夢をカタチにすることです。

第九章　ゆるキャラ山田、再び

♠

ぼくは思った。これはまるでデジャビュのようだ。

一階ロビーでの新商品発表会。仮設ステージの上では女性の司会者が新商品『ガリチョコカプセル』の紹介をしている。

「ガリチョコバーの製法を用いてカプセル部分のチョコの美味しさが格段にアップ、おまけ玩具にはあの『ピカッとモンスター』シリーズのモンスター九十九体が登場。食べて集める玩具菓子です」

報道席で記者の人たちと話していた水嶋さんが、舞台裏に戻ってきた。

「山田さん、もうすぐ出番です。準備お願いします」

ぼくは大きく頷いた。水嶋さんもそれに応じて頷いた。

ゼッケンを着込んで深呼吸をする。

「続きまして、ガリチョコカプセルのイメージキャラクターをご紹介いたします」

「よし山田、出ろ」

琴平部長に背中を押され、ぼくは壇上に登った。

「当社のゆるキャラ、山田です！」

最前列の報道席からフラッシュとシャッター音の嵐。

水嶋さんが死に物狂いで記者の人たちに呼び掛けた成果で、報道席は満席だ。ぼくは圧倒されそうになりながらも、商品のサンプルを掲げて壇上に立った。

去年の六月、訳が分からないままこの場に立った。何かの役には立つかもしれない
というぐらいの気持ちで。

でも今ははっきりとした強い思いを持って立っている。

みんなで作った新商品を、たくさんの人の手に届けたい。

「さあ、このガリチョコカプセル、シークレットアイテムがあるということですが
……、山田さん、いったいそれはどんなものでしょう」

ぼくはポケットからゆるキャラ山田人形を取り出す。そして胸の前に掲げた。

ゆるキャラ山田人形に一斉にフラッシュが集まる。

「あら！　見せてしまったらシークレットではなくなってしまいますが」

これは台本通りだ。舞台袖から水嶋さんが壇上に上がってくる。

「広報のほうから何か説明があるようです」

司会者が水嶋さんにマイクを手渡す。

「シークレットアイテムというのはリストに入っていない非公式のアイテムということで、『ピカッとモンスター』の九十九体以外のアイテムのことを指します」

水嶋さんは手短に説明を終え、また司会者にマイクを戻した。

「なるほど、シークレットというのは非公式という意味をこめた表現なんですね」

この「シークレットアイテム」の強調は乾君のアイデアだ。玩具菓子の歴史において、シークレットアイテムの話題性が商品の売れ行きを大きく左右している。

「こちらのゆるキャラ山田人形、なんと、千個に一個しか入っていません！　そして実はこのアイテムは大当たりの印でもあるんです。山田が出たら大当たり。山田についている応募券でピカモンの限定グッズをゲットすることができます」

再び、ぼくの右手にあるゆるキャラ山田人形へフラッシュが集まった。

「続きまして、ガリチョコカプセルのテレビＣＭのご紹介です。商品の発売に一週間先立ちまして明日から放映されるこのＣＭ、今日まさに限定初公開。それでは、ご紹介したいと思います」

大きなスクリーンに、ぼくの姿が映し出された。

私はスクリーンを見つめながら、映像の中の山田さんを応援していた。

もう撮影も終わっていて、あとは流すだけなのに「頑張れ」「大丈夫だ」と。

♥

芝生に敷いたレジャーシートの上、スーツにゼッケン姿の山田さんが座っている。画面の下には「※当社のゆるキャラ、山田です」というテロップ。

そこへリュックサックを背負った子供たちが駆け寄ってくる。遠足の場面だ。子供たちは口々に言う。

〈おい山田、山田、ガリチョコカプセル持ってんだろう？　早く開けろよ〉

〈早く開けろよ〉

〈開けろ、開けろ〉

山田さんの上半身アップに画面は切り替わり、山田さんがガリチョコカプセルの封を開ける。それからカプセルを開ける。

パカッと開いたカプセルの中には、自分とそっくりの人形が入っていた。

〈あ！　山田だ、山田が出たぞ！〉

〈当たった〉

〈山田だ、山田だ〉

子供たちが騒ぐ中、山田さんのアップ。ゆるキャラ山田人形を凝視したまま首を傾げる。

〈山田が出たら大当たり。大翔、ガリチョコカプセル。第一弾『ピカモン』フィギュアシリーズで新発売〉

男性の渋い声でナレーション。その画面の下に〈二月七日、新発売！〉というポップ体の赤文字で告知が入る。

B級感満載の映像に記者席がざわつけば、私たちの狙い通り。

これが琴平流。私たちなりに琴平部長のやり方を受け継いだつもりだ。

「見れば見るほど、くだらねえな……」

私の隣で見ていた琴平部長が呟いた。

私は言葉を失った。何を今更……企画にも撮影にも何も言わずOKを出したのに。

「俺は好きだ。大手の中でうちがやっていくには、戦い方を変えなければ生き残れない。これで売れるかどうかは天のみぞ知るが……」

それから琴平部長は、はっきりと言った。

「よくやった。俺は認める」

「ありがとうございます……」

三ヵ月間、もしかしたら必要とされないものを作っているのかもしれないという恐怖すら心のどこかにあって、それを無理矢理振り切ってきた。

よくやった。認める。その言葉がどれほど力になるか。

「これをもちまして、大翔製菓の新商品『ガリチョコカプセル』の商品発表会を終了致します。皆さま、ありがとうございました」

「おい、囲みの取材だ。急げ」

琴平部長に言われて私は我に返る。

仮設ステージから下りた山田さんの周りに、記者の人たちが詰め掛けてきている。

私は山田さんの隣に立ち、取材対応にあたる。

いつも大翔製菓のことを世の中に伝えてくれる人たち。『製菓新報』の飯田さん、『食品ジャーナル』の横井《よこい》さん。馴染みの顔がたくさんある。

雑誌『OASIS』の島野さんもいた。

「皆様、いつもありがとうございます。ご質問を受け付けますので、どうぞ」

前までは「とにかく記事に書いてください」という気持ちが先走っていた。でも今は「どうかよい誌面、紙面作りの一助となりますように」という気持ちが強い。

翌日。いよいよCMオンエアの日を迎えた。

オンエア時間は夕方の五時五十五分。

その直前まで私と山田さんは、広報担当者として大翔製菓六十周年記念事業の企画会議に出ていた。

「会議がこんなに長引くとは思いませんでしたね！」

廊下を走りながら、山田さんが言った。追いかけながら、私は言い返した。

「仕方ないです。普段の持ち場は、おろそかにできませんから！」

広報宣伝部内の液晶テレビ前にはもうみんなが集まっていた。

「里美ちゃん山田君、なにしてんのよ。早く」

市村さんが手招きして急《せ》かす。

根岸君や乾さんもいる。

「おお、乾君。もしかして一緒に見に来たの？」

山田さんが尋ねると、乾さんは「別に」と笑ってはぐらかした。

「あ、始まりました」

由香利ちゃんが山田さんと乾さんのお喋りを止めた。

テレビに山田さんの姿が映し出され、みんな沈黙する。ＣＭが流れている間、無言のまま見守った。

〈山田が出たら大当たり。大翔、ガリチョコカプセル。第一弾『ピカモン』フィギュアシリーズで新発売〉

「ホームページでのＣＭ動画公開を開始します」

由香利ちゃんがマウスの左ボタンをカチリと叩き、セットしてあった動画をホームページへアップした。

「さあ、始まっちゃった！　ここからが勝負よ」

しばらく経つと、廊下から例の靴音が近付いてきた。

「ほら来た！」

市村さんが小声で叫ぶのと同時に、権田室長の登場。

「電話が多すぎてお客様相談室だけでは受けきれないわ。広報宣伝部にも電話を回します」

「すぐに回してください」

琴平部長が言った。

「室長、いつもご面倒をかけてしまって、申し訳ありません」

峰さんが権田室長に頭を下げた。

「お問い合わせがほとんどよ。『山田は本当に入ってるのか』とか。水嶋さんからも、ぜひ答えてあげてください」

「はい、ありがとうございます」

「ぼくも問い合わせ対応します！」

山田さんが立ち上がって手を挙げた。すると権田室長は山田さんをにらみつけた。それから吐き捨てるように言った。

「あなたが電話に出る？　ふざけないで」

山田さんの笑顔がこわばった。ふざけないで。あの時の記憶が蘇る。

「シークレットアイテムが電話に出てどうすんのよ」

権田室長の突っ込みにみんながドカンと笑った。

カンカンカンと靴音が遠ざかってすぐに、広報宣伝部の電話が鳴り始めた。

「はい、広報宣伝部です♪」

市村さんが歌うように応答する。

私も遅れてなるものかと、次の電話を二番乗りで応答した。

聞こえてきたのは年配の女性の声。

〈先ほどテレビを観ていましたらですね、孫がですね、ガリ、チョコ、カプセル、でしたっけ？　あれを欲しいと言ってるもんですからNTTの番号案内で大翔製菓さんの番号を聞いてお電話したんです〉

「はい、お電話ありがとうございます」

〈二月七日になったら近くのお店で買えるんですか？〉

受話器の向こうから「ピカッとモンスターだよ」という男の子の声が聞こえる。

「はい、コンビニエンスストアなら『オールデイズ』『ブラザーマート』『ハローライフ』など、その他スーパーでも多数取り扱って頂いております」

私は手元の資料から取り扱い店舗のリストを捲《めく》った。根岸君や営業部の人たちが猛プッシュして置かせてくださいとお願いして回った成果だ。

今度は受話器の向こうで「山田は、山田は?」という男の子の声がした。

〈あと大当たりがあるというのは本当ですか? 山田が出たらとかって言っていた……〉

「もちろん、本当です。千個に一個ほど入っておりますので、そちらもお楽しみにぜひお買い上げください」

千個に一個のレア物であり、由香利ちゃんの力作だ。男の子が山田人形を当てた時、どんな反応をするのだろう。想像すると面白い。

由香利ちゃんももう電話に出て、受話器を耳に当てながら頭を下げている。

おばあちゃんとの電話を終えて受話器を置こうとした時、次の電話が鳴った。山田さんが受話器に手をかけようとした。すると、琴平部長が「出るな」と止めた。

「俺も電話を受ける」

琴平部長も電話を取った。

「はい、チョコカプセルという弊社の長年の製品を一新したものでして」

次に山田さんの席の電話が鳴ると、根岸君が代わりに電話を取った。

乾さんは山田さんを促してパソコンの画面を開き、フェイスブックの広報宣伝部のページをチェックし始めた。

♠

ぼくの隣で水嶋さんは熟睡している。

博多行きの新幹線は京都を発ち、間もなく新大阪に到着しようとしていた。

新横浜あたりからずっと、水嶋さんはぼくの左肩に頭を預けて眠っている。

ぼくは身体を硬直させたまま身動きがとれない。起こしたら悪いという気持ちが半分と、起こすのが惜しいという気持ちも正直なところ半分。

ガリチョコカプセルが完成したら、思いを伝えようと心に決めている。その相手が今、不可抗力とはいえぼくの肩で眠っているのだ。

心音が聞こえてしまわないかと思うほど緊張しっぱなしだった。

そんなぼくの気持ちなどつゆ知らず、水嶋さんは深い眠りの中。ここ数ヵ月の疲れが一気に噴き出したようだ。

そろそろ起こさなければならない。

「水嶋さん、もうすぐ博多ですよ」

ぼくが左肩を何度か上下に揺らすと、水嶋さんはゆっくりと目を開けた。

「へ……博多？」

と寝ぼけたような声を出した後、窓側へ飛びのいてぼくから離れた。

「すみません……！　爆睡してて、ぜんぜん気付かなくて」

「大丈夫です」

「ホント、すみません。あれ、山田さん今、博多って言いました？」

「すみません、新大阪です。目が覚めましたか」

「もお、びっくりしましたよ。まだまだ里帰りしてる場合じゃないですから」

今日は大阪へ日帰り出張。ガリチョコカプセルの販売直前会議という名目で琴平部長が送り出してくれた。

新大阪駅からJR京都線へと乗り継いで吹田《すいた》駅へ。そこからバスで大阪工場へ向かった。

工場に着くと、長期出張中の小杉さんが白衣姿で出迎えてくれた。

「どうもおつかれさまです！」

こんなに感情を露わにする人だったのかと驚いた。

「小杉さん、もう関西訛りがうつってますね」

「え、そうですか？」

「ぼくも大阪の物流部に勤めている間はそうでした」

関西弁の影響力というのはものすごい。ぼくもうっかりにわか関西弁を口にしては「気色悪いから止めてくれ」と突っ込まれたりしていた。

異動して一年も経っていないのに、もう懐かしい。四月から色々なことがあり過ぎた。

「午後一番で初回出荷分のラインを動かしますので、それまで場内で待っていてください」

ぼくらに言い残すと小杉さんはまた自分の持ち場へと戻っていった。

ぼくは工場内の食堂で、人と会う約束があった。

昼休み開始の五分前でまだ人気のない食堂へ入ると、物流部の伊藤さんはポツンと座っていた。既に一人でカレーを食べ始めている。

ぼくらもカレーライスをトレーに載せて席へ向かった。

「相変わらず暇そうですね」

伊藤さん仕込みの悪態で後ろから声を掛けた。振り返った伊藤さんから「おお、ゆるキャラをどつきに来たったんじゃ、ボケ」と悪態で返される。

嘱託社員の伊藤さんは今日ちょうど定休日で、わざわざ会いに来てくれた。物流部にも寄りたいけれど、日帰りで帰らなければならないので時間的に厳しい。

「はじめまして、広報宣伝部の水嶋です」

「あ、どうもはじめまして伊藤です、おおきに」

伊藤さんは急にしおらしくなる。若い女性に弱いところも変わっていない。

ぼくらは伊藤さんの対面に腰掛けた。

「そういえば、あの一年だけおった別嬪《べっぴん》さんはどうした。誰やったっけ？　おお、矢野さんや」

「私の同期です。すごく元気ですよ。相変わらず飲兵衛です」

水嶋さんが答えると伊藤さんは「そうか、またあの子と酒飲みたいわ〜」と懐かしそうに言った。

それから伊藤さんはスズメバチボールの話など、物流部でのぼくの様子を洗いざらい話してくれてしまった。

水嶋さんはずっと笑って聞いていた。

ぼくは水嶋さんがこの話をどんな印象で聞いているのか、気が気でなかった。

「そういえばこの間、琴平大先生が物流部に来とったらしいで。なんや、うちの部長からお前のこと色々と聞いて帰りよったらしいわ。俺に聞いてくれたら、いらんことばっかりなんぼでも話したったのになあ、ははは」

琴平部長が物流部に。しかも物流部長からぼくの話を聞いて帰った……。

「もしかしたらぼく、物流部に戻されるんでしょうかねえ……」

ふと頭をよぎった予感をそのまま口にした。

「ええっ？　山田さん、それは勘繰り過ぎですよ」

水嶋さんが全否定する。ぼくだって、広報宣伝部に残留させるという琴平部長の言葉を信じてはいるが、人事はどうにもならないことが多いだろう。

「アホか、東京に行かせて一年でまた大阪に戻すとか、そんな滅茶苦茶な人事あるわけないやろ」

「いいえ、ぼくに限って言えば今でもだいぶ滅茶苦茶な人事なので……。なにせゆるキャラですから。あと、矢野さんも入社一年目だけ大阪でしたよ」

「ああ、そやな」

あと十分で一時だ。そろそろ行かなければならない。

「お前がおらんようになって、正直さびしゅうなったわ。戻ってきたらこっちは歓迎やで」

ぼくはありがたくも複雑な気分で「そうなった時はまたよろしくお願いします」と冗談めかして言った。

「物流部の皆さんにもよろしくお伝えください」

「おお、山田のアホは元気やったって、伝えとくわ」

伊藤さんと別れて、いよいよガリチョコカプセル初回生産分とのご対面の時。

午後一時。ぼくらはガラス張りの見学コースから、生産ラインを見下ろしていた。

「山田さん、大阪にいた頃もみんなに愛されてたんですね」

「愛されていたっていうんでしょうかねえ」

「そうですよ。伊藤さんの話を聞いて、よく分かりました」

その時、眼下の生産ラインの前に小杉さんが出てきて、こちらへ向かってガッツポーズをしてみせた。いよいよだ。

ぼくらもオーバーアクションのガッツポーズで応じた。

出てきた……。

ガリチョコカプセルの最初のひと箱が顔をのぞかせた時、水嶋さんはガラス張りに額をぴたりと付けてそれを見つめていた。

それから、生産ラインを見つめたまま言った。

「ありがとうございます……」

柿崎さんのデザインしたパッケージが途切れることなく流れてくる。中には小杉さんの努力の結晶であるお菓子、さらにその中には峰さんの交渉の賜物である真空堂のおまけ玩具が入っている。そして水嶋さんの遊び心から生まれた、ゆるキャラ山田人形も。この商品たちが根岸さんや白浜主任たちの橋渡しで店に並び、乾君の立てた作戦に後押しされてたくさんの人の手に届く。

琴平部長が全ての始まりを与えてくれた。

市村さんが大勝負へと背中を押してくれた。

矢野さんが半径五メートルを変えるためのきっかけを与えてくれた。

ああ、忘れてはいけない。大平監督の言葉はいつもぼくの心にあった。

「ありがとうございます」

水嶋さんは泣き笑いしながら隣からぼくに向かって右手を差し出し、握手を求めてきた。すごくいい笑顔をしている。

でも握手というのもなんだかすごく照れくさい。

「私はもう約束を果たしてもらいました……。この仕事ができてよかった。山田さんと仕事ができたから、今ここにいます」

ぼくは頭に血が上ってしまって返す言葉がなかった。

「あとは頑張って、できる限り多くの人に届けましょう」

これは〝戦友〟としての握手だ。そう言い聞かせてぼくも右手を差し出した。すると急に、鼻の奥や目の裏側が温かくなってきた。

「山田さんが泣いたの、初めて見ました」

ああ、ぼくは泣いているのか。思えば、こういうのは初めてだ。全米が泣いた映画を見ても、卒業式の答辞の時も、みんなが泣いている中でぼくは一度も泣いたことがなかった。

簡単に泣くのはなんか違うと心のどこかで思っていた。

でも何かをやり遂げて素直に泣けるというのは、いいものだ。

「これが明後日、店に並ぶんですね」

ぼくは生々しい実感をかみしめながら言った。

「それも一緒に見に行きましょう」

水嶋さんはずっと商品の列を眺めたまま呟いた。ぼくはドキリとした。それから

「ただ何気なく言った言葉だろう」と思い直す。

「ありがとうございます」

「いいえ、ありがとうございます」

お互いにお礼を言い合って、ラインを流れてゆくガリチョコカプセルの大行列をしばらく眺めていた。

第十章　ハッピーバレンタインデー？

♥

私は店の棚に並んでいるガリチョコカプセルを見てまた涙するのだろうかなんて思っていたが、いざ発売日を迎えてからはそんな感傷に浸っている暇はなかった。

ガリチョコカプセルは発売当日から売れた。

ロングセラー商品『チョコカプセル』のリニューアルは大きな話題を呼んだ。かつて爆発的なブームを起こした玩具菓子が真空堂製作の『ピカッとモンスター』を引っ提げ、新商品として復活する。

この点に業界紙などの注目が集まった。

そして発売前からPRしていたシークレットアイテム山田人形の謎が記事になり、乾さん曰く〝市場の渇望感〟をそそった。

記事の数はガリチョコバーの時と比較にならない。

そもそも山田人形は本当に混入しているのかという問いから始まる。山田が出たら大当たりという特典グッズプレゼントも買う人の興味を惹《ひ》いた。

雑誌『OASIS』では伝説の玩具菓子リニューアル記念と銘打って特集を組んでくれた。

特集の中に〈大人買いして〝大人食い〟もできる玩具菓子〉というコピーが付いている。

　ガリチョコカプセルは集めて楽しいし、食べても美味しいということだ。

　さらに、乾さんが考えたバレンタインデー向けの作戦も功を奏した。

〈義理チョコカプセル　～絶対に勘違いされない〝おまけ付き〟の義理チョコ～〉

〈義理チョコバー　～義理度数一〇〇％チョコ～〉

　小さなA5判でピンク色の車内広告を出した。電車の自動扉の左右に一枚ずつ貼って相乗効果を促した。

　私も乾さんのバレンタイン戦略に便乗して、こんなコピーを出した。

〈キッズの義理チョコ　ガリチョコカプセル　～男子大はしゃぎのピカモン付き～〉

〈パパへの感謝チョコ　ガリチョコカプセル　～パパも大好きピカモン付き～〉

　二月七日にこれらの広告が出現すると、ネットなどでたちまち評判を呼んだ。

　大翔製菓のチョコレート製品はB級感を大事にしたものばかりで、これまでバレンタインデー需要はほとんどなかった。

乾さんは義理チョコという切り口からそのB級感を逆手に取った。

女性たちへのアンケートやグループインタビューで「これを義理チョコとして渡せますか？」という質問を繰り返し、手応えを摑んだという。

絶対に義理チョコだと分かって潔《いさぎよ》い上に、話の種にもなる。ピカモンのおまけ付きという要素がクッションにもなった。

バレンタインデーの前日、私は山田さんとお菓子キャラバンに参加した。

根岸君はがむしゃらに店舗回りを続けている。

「当社のゆるキャラ、山田が参りました。山田が出たら大当たり、ゆるキャラ山田人形の山田でございます」

根岸君が威勢よく呼び込みをすると、お母さん方がたくさん集まってきた。携帯電話で写真を撮っている人もいる。

紹介された山田さんも声を張り上げる。

「お嬢さまの幼稚園、学校でのバレンタインに、大翔製菓のガリチョコカプセルはいかがですか。男の子が大喜びのピカモンフィギュア付き。食べて集めて楽しいお菓子。千個に一個の山田人形が出たら、まさにハッピーバレンタインデーです！」

山田さんも絶好調だ。お菓子キャラバンへ行きたくてうずうずしていたから。

次の日の朝、私は朝七時半に出社した。

「はい、皆さんバレンタインデーですよ」

朝から市村さんが元気よくチョコを配り始めた。

由香利ちゃんも「さて」という感じで大きな袋を取り出した。

二月十四日の大翔製菓は、朝からお祭り騒ぎ。社内至るところでガリチョコカプセルとガリチョコバーが大量に出回ることが前々から予測されていた。

誰か山田人形を引き当てられるかという楽しみもあって大いに盛り上がっていた。

この騒ぎを事前に予想していたコンプライアンス部が、三日前からイントラに注意の文書を載せている。

〈お菓子メーカーにとって大切なバレンタインデーではありますが、社員各位におかれましては社内でのチョコレートのやりとりは業務に支障のない範囲で行うよう留意してください〉

もちろんこれは異例のことだ。

社内のあちこちで「義理チョコにはガリチョコカプセル」という話題が上がっていたため、こんなお触れまで出たのだ。

そのせいで、社内は始業一時間前から賑やかだった。業務に支障がないよう、始業前にチョコレートの受け渡しを済ませるためだ。

私も例にもれずガリチョコカプセルとガリチョコバーをそれぞれ十個ずつ買いこん

で、始業前の空き時間に素早く配り歩いた。

琴平部長にひとつ。

「あまり浮かれるな」

鬼のひと言で、私はチョコを机の上に置いて速やかに退散。

続いて、峰さんへひとつ。

「お、水嶋ちゃん、嬉しいな〜。はい、俺も逆チョコ」

その場でのお返しは、これもまたガリチョコカプセルとガリチョコバー。

それから、山田さんへひとつ。

「ありがとうございます……」

なんともいえない笑顔で受け取られた。なんだろう、このぎこちない空気は。

「山田さんが、山田人形当てちゃったりして。そんな奇跡があるかもしれません」

私はぎこちなさを取り繕いながら素早く机の上のバッグを開けた。

「もうひとつあります」

私は小声で言った。そして机の陰で山田さんのわき腹のあたりへ、包装紙にくるまれたチョコを差し出した。

「これ、ぼくに……ですか？」

「はい。これからもよろしくお願いします」

そう言って私は「はやくしまって」というサインのつもりで目配せした。

「あ、そこの二人、抜け駆け見っけ！」

一番まずい人、市村さんに見つかった。

「友チョコです。ああ、私たち戦友ですから〝戦友チョコ〟です」

私は逃げるようにして席を離れた。

「ちょっと、同期たちにも義理チョコ配ってきます」

私は部屋を出て一度休憩室へ移り、深呼吸した。

すると、すぐ後から由香利ちゃんが休憩室に入ってきた。

ペットボトルのお茶を買って「おつかれさまです」と私の前に座った。

「里美さん、なんか変ですよ」

由香利ちゃんはべっ甲のメガネを指で押し上げながら言った。

「なんで分かるの？」と、とっさに言ってしまった。

由香利ちゃんがニヤリと笑う。

大阪工場の食堂で山田さんが「物流部に戻されるんでしょうか」と呟いた時、そんなことがあるわけないと思いながらも私はすごくムキになって否定していた。

この一年弱、山田さんがいなくなるということなど、考えたこともなかった。

突然私の前に現われ、散々振り回し、そしていつの間にかこんな素敵な日々へ連れて来てくれた山田さん。

その山田さんがいなくなるということをリアルに想像した時、私は確かにとてつもなく寂しい気持ちになった。

「山田さんは、里美さんよりもっと明らかに変ですけど」

由香利ちゃんはそう言ってからペットボトルの緑茶をごくりと飲んだ。

「え、まあ……山田さんは元々変だからねえ」

私は「アハハ」と笑った。なんだかわざとらしい笑いになった。

「だいぶ前から、急におかしくなりましたよ」

「常におかしな人だから、ずっと一緒に仕事してるといつのどの時点でどうおかしかったとか分からないよ」

なんだか苦し紛れにひどいことを言ってしまっている。

「里美さん、気付きませんか？」

由香利ちゃんはクールな目でじっと私の顔を見て言った。

「ヒー、ラブズ、ユー」

そう言って由香利ちゃんは気だるそうに私を指差した。

「晩秋の頃ぐらいからでしょうか。里美さんに対する接し方が変わりました。分かりやす過ぎて市村さんもびっくり」

晩秋の頃……。具体的なのか抽象的なのか分からないけれど、由香利ちゃんが言うとなぜか説得力がある。

「広報宣伝部はみんな気付いてます。本当に里美さんが気付いていないならば、里美さん以外の全員」

由香利ちゃんの話によると私と山田さんが二人で大阪出張に行っていた日、市村さんがすごく〝心配〟していたという。面白がっていただけではないかと言い返そうとして飲み込んだ。

「そして今日、里美さんも変だった。それはつまり、少なくとも心のどこかでは山田さんの気持ちに感づいていたからではないですか」

「やめてよ、サスペンスドラマのクライマックスで断崖絶壁に追い詰めるみたいな言い方」

「追い詰める……。やっぱり里美さんも自分の気持ちに薄々気付いてませんか？」

「はい、止め止め」

「その気持ちを処理しきれず〝戦友チョコ〟という新ジャンルを作り出して里美さん自身の気持ちを保留した」

「由香利ちゃん、名探偵なんとかみたいなやつの見過ぎじゃないの？　そもそも、あの山田さんだよ。好きな人とかできたら三秒で告白しに行くでしょう」

山田さんがそういう人ではないと分かっていながら、つい茶化してしまう。

「いいえ、もしかすると山田さんは超行動派の草食系男子だったり」

「そんな黒い白鳥みたいな人いるわけないよ」

廊下のほうから、休憩室に歩いてくる人たちの声がする。

「あ、水嶋さん、おはようございます。お、柿崎おはよう」

根岸君だ。営業部の人たち四人も一緒に休憩室に入ってきた。込み入った話はここで強制終了となった。

「今からみんなでこれ開けるんですよ」

みんな二、三個ずつガリチョコカプセルを持っている。

「山田人形、当てますよ」

それから隣の円卓で営業部の人たちが「ハラマキトカゲ！」とか「アイアンアント！」とかピカモンのモンスター名を叫び始めた。

「あ！　ああっ！」

誰かが突然、ただ事ではない様子で叫んだ。一瞬の間の後、円卓がどよめいた。

「おおおお！」

私は立ち上がって隣の円卓を覗き込む。そして目を疑った。

「嘘でしょう？」

「山田だ、山田だ」

由香利ちゃんがトカゲのような素早さでこちらへ寄ってきた。

「ホントに入ってるんだ……」

「入ってるんだって、お前が作ったんだろうが！」

営業部の人たちが笑いながら由香利ちゃんに突っ込んだ。

山田だ！　山田だ！

こんなに「山田」を連呼している集団は日本のどこを探してもいないだろう。

まるで宝くじでも当たったような大騒ぎだ。

こんな愉快なバレンタインデーもある。

ハッピーバレンタインデーだ。

ただ、山田さんに渡した〝戦友チョコ〟のことだけが胸に引っかかったままだった。

私は山田さんを傷つけてしまったのだろうか。

第十一章　ブラックホワイトデー

♠

〈ゆるキャラやまだにあえてよかったです。こうじょうの中のことをいっぱいおしえてくれてありがとう。こんどガリチョコカプセルをかったら、やまだにんぎょうがあたるとうれしいな。げんきでがんばってください〉

おさない字で書かれた手紙を読みながら、ぼくはまた泣きそうになった。

文面から目を離すと今度は拙《つたな》い似顔絵が目に入ってきて、結局泣いてしまった。

二月の終わりに工場見学ナビゲーターをした小学一年生の子供たちから、ありがとうのお手紙が届いた。

「山田さん、また泣いてるんですか」

「すみません、これを読んでたらもう……」

ぼくは元気で頑張れるけれど、ゆるキャラ山田はもうすぐいなくなってしまう。

ガリチョコカプセルの売上がすこぶる好調なおかげで「ゆるキャラプロジェクトを

続けるべきではないか」と言ってくれる人もたくさん出てきたが、上層部の判断は変わらない。

上層部ばかりか、なぜか琴平部長も「ゆるキャラ山田は活動終了」の方向で動いているように見える。

「まだ諦めたらだめですよ。完全に決定したわけではないと思います」

水嶋さんが拳を握りしめて「ファイト」のポーズを作る。

ゆるキャラ山田の終わりが近づいているせいか、最近どこか違和感を覚えるぐらいぼくに優しい。

「でもこの前、ゆるキャラ山田自身の活動は年度末までで決定、テレビCMとゆるキャラ山田人形の生産は五月終了を目途に検討中だと琴平部長が言ってましたよね」

チョコカプセルは中が空洞であるため、溶けやすい夏季には生産休止になる。溶けにくさを誇るガリチョコカプセルでも夏季は休止という判断は変わらなかった。

「山田ちゃん、そう悲しむなって。ガリチョコカプセルがこんなに売れて、一矢《いっし》報いたじゃないの。それにたとえゆるキャラ山田は活動終了になっても君は広報宣伝部員だ。なあ」

峰さんが後ろからぼくの肩をもみながら言った。

ありがたい。峰さんのほうがもっと大変な思いをしているはずなのに、ぼくのことを気遣ってくれている。

もっとも最近の峰さんは楽しそうで「山田ちゃんのおかげで胃薬いらずで楽しい」などと言っている。それはぼくとしても嬉しい。

「私は約束を守れたんでしょうか……」

〈私が山田さんをプロデュースします〉

水嶋さんはこの約束をずっと心に留めてくれていた。

「十分です。十分過ぎるぐらい」

ゆるキャラ山田があったからこそ出会えた人、得られた経験がたくさんある。

ガリチョコカプセルの発売から一ヵ月が経った。

乾君が広報宣伝部に飛び込んできて言った。

「ガリチョコカプセル、初回出荷から一ヵ月で二十万個突破しました！」

「ホントに？　よし、早くプレスリリースまかなきゃ」

市村さんが言った。

「まあ、初代チョコカプセルの全盛期、十年前には月に五十万個売れたこともありましたから、まだまだですよね」

乾君は琴平部長に向かって言った。

「十年前とは時代が違う。娯楽の数もどんどん増えている。その中での二十万個なら大したものだ」

琴平部長はパソコンの画面をにらんだまま言った。それから顔を上げてもうひと言。

「よくやってると思う」

ぼくと乾君は顔を見合わせて笑った。

「以上、二十万個突破の嬉しいお知らせでした。電話とかメールで知らせれば済む話だけど、直接言ってみたかっただけ。じゃあ、また」

乾君はそう言ってまた小走りで出ていった。

そうだ、ぼくも直接言わなきゃ。

水嶋さんは隣の席で記者から入った電話に応対している。

ガリチョコカプセルの動きが少し落ち着いてからなどと思いながら、ぼくは自分の中の期限を先延ばしにしていた。

バレンタインデーの日にもらった〝戦友チョコ〟は引き出しにしまったままだ。

ぼくと水嶋さんはあくまでも〝戦友〟なのか。ぼくが気持ちを伝えることで、それは別の何かに変わるのか。

確かめなければ気持ちの収まりがつかなくなっていた。

三月十四日、ホワイトデーをぼくは決戦の日と定めた。

ぼくはホワイトデーに三十歳の誕生日を迎える。

バレンタインデーのお返しをする日が自分の誕生日でもある。生まれつきホワイトデーには向いていない男なのだ。

ぼくはパソコンでEメールを立ち上げた。

水嶋さんとは私用の携帯電話の連絡先交換すらしていない。社用の携帯電話の番号だけはお互いに知っていたので、仕事上はそれで済んでしまっていた。

周りを見回し、後ろに誰もいないことを確認して文面を作る。

〈水嶋さん、お疲れさまです。戦友チョコのお返しをしたいのですが、三月十四日の仕事後のご都合はいかがですか〉

用件だけを打ち終えると、ひと思いに水嶋さんの会社のアドレスへ送信した。

まだ水嶋さんは隣の席で電話応対中。

ぼくは祈るような気持ちで席を立ち、一旦休憩室に入った。

五分ぐらい経ってから席に戻り、メールを確認してみた。

〈三月十四日、空いています。楽しみにしています〉

ぼくは息が詰まりそうになるのを抑え、待ち合わせの場所を返信した。

〈ありがとうございます。では、三月十四日、時間は仮で七時ということで〉

最近仕事帰りによく寄る店ですという紹介を添えて、有楽町《ゆうらくちょう》の和風ダイニングのホームページアドレスを送った。

それから一週間後。いよいよ三月十四日が来た。

お返しの品に銀座の洋菓子店で買ったブラウニーというチョコレートの焼き菓子をバッグの中に忍ばせて家を出た。腕のいい職人さんの手作りで、一日三十セットの限定品だ。これを何チョコと呼ぶのか分からない。

ただ確かなのは、ぼくの思いを添えて渡すということだけだ。

この日ぼくは午前中、お菓子キャラバンで『スーパー稲穂屋』の売り場に立った。

ゆるキャラ山田を卒業する日が近付いている。

残り少ない日々を楽しむ気持ちで、根岸さんと二人で声を張り上げた。

昼休みに会社に戻ると、水嶋さんがぼんやりと座っていた。

「おつかれさまです」

ぼくは席に着き、少し緊張しながら声を掛けた。

すると水嶋さんがパソコンのイントラ画面を指差した。

〈水嶋里美　四月一日付　商品開発部勤務を命ず〉

辞令だ。水嶋さんが、異動する……。異動先は念願の商品開発部だ。

恐る恐る視線を水嶋さんのほうへ向ける。俯いている。

「商品開発部、よかったじゃないですか！　長年の夢が……」

周りを見ると、なんだか手放しで喜んでいい雰囲気ではない。市村さんや柿崎さんも無言だ。なぜだろう。

もう一度パソコンの画面に目を遣った。

〈水嶋里美　四月一日付　大阪本社商品開発部勤務を命ず〉

商品開発部という部署名にばかり意識がいってしまい、見えていなかった。

「大阪……」

「ガリチョコカプセルのプロジェクトマネージャーからの流れで、生産ラインのある大阪で商品開発に努めなさいとの趣旨だそうです」

部長席では琴平部長が座って腕組みをしている。

「栄転だと祝ってやってほしいところだが、この様子だと片手落ちだったか……」

「すると部長が最近よく大阪出張に行っていたのは……」

ぼくは琴平部長に尋ねた。

「大阪本社で話を詰めていた。水嶋を商品開発部へ異動させたいと」

「物流部に行ったと聞いたのですが」

「知ってたのか……。それは参考までに山田の大阪での様子を聞きに立ち寄っただけだ。広報宣伝部残留を推薦するための材料としてな」

物流部に戻されるかもしれないというぼくの推測は、大外れだった。

「だいぶ前から水嶋を商品開発に異動させようと動いていた」

東京本社の商品開発部にはなかなか異動させられるきっかけがなかった。そんな中、水嶋さんがぼくらと一緒にガリチョコカプセルの開発話を始めた。

そこから琴平部長は大阪本社と話を進めた。ガリチョコカプセルが成功したら、水嶋さんを商品開発部へ異動させてあげてほしいと。

「では、ぼくを水嶋さんの通常業務に頻繁に同行させるようになったのは……」

「引き継ぎを視野に入れていた」

ガリチョコカプセルが成功し、水嶋さんが活き活きとして、ぼくは本当に嬉しかった。そして商品開発部への異動まで実現した。

これはいいことではないか。

頭が混乱したまま夜を迎えた。

水嶋さんは時間通りに店に来てくれた。「どうも」などとぎこちない挨拶を交わしてテーブル席で向かい合った。

お互いに喜んでいいのか悲しんでいいのか分からないような感じだ。

「すみません、なんだか、重い感じになっちゃいましたね」

水嶋さんのほうから口を開いた。

「広報宣伝部のみんなと離れるのは寂しいですけど、大阪、私は行こうと思います」

「そうですよ、せっかくつかんだチャンスです。夢がかなってよかったですね」

「ありがとうございます」

「一年、長いようであっという間でしたね」

ぼくは感情に任せて思い出話を始めた。

いきなりイントラに自己紹介を載せてしまった日のこと、初めてテレビCMに出たこと、お菓子キャラバン、工場見学ナビゲーター……。

そしてガリチョコカプセルのプロジェクト。

「最初に水嶋さんが『戦友ですから』っていってくれた時、すごく嬉しかったですよ。初めはあんなに不審がっていたのに、認めてもらえたんだ、って思って」

この言葉は本当だ。あの時は嬉しかった。

ただ、今は違う。もっと特別な思いがある。今日はそれを伝えに来たはずだ……。でもやりたかったことのために大阪へと離れてゆく水嶋さんに今それを伝えたところで、それはぼくの身勝手に過ぎないのではないか。

色々な「伝えられない理由」を心の中であげつらいながら思い出話を続けた。

それからぼくはバッグからお菓子の包みを取り出した。

「忘れないうちに……これ、戦友チョコです。一年間ありがとうございました。これからも応援してます、戦友として」

「はい。私も広報宣伝部の山田さんを応援してます。戦友として」

水嶋さんも笑って、ビールに口を付けた。

見逃し三振だ。

何も変えられなかった今日、ぼくは三十歳になった。

三月二十五日、水嶋さんの机はきれいに片付けられていた。

昨日広報宣伝部でのささやかな送別会を終え、もう水嶋さんは出勤してこない。

大阪での引き継ぎのため、水嶋さんは年度末を待たずに引っ越すことになった。

どうにかして気持ちを切り替えようと、記事のクリッピングに取りかかった。でもなかなか身が入らない。

そこへふらりと矢野さんが現れた。

「おはようございます。里美、九時三十分発の『のぞみ』博多行きで出発するって言ってましたよ」

「そうですか……。寂しいですね。矢野さんも同期がいなくなると寂しいですよね」

矢野さんは「はあ」と溜息をついてから言った。

「伝えましたからね。東京駅九時三十分発の『のぞみ』です。三号車です」

「はい……」

「アタシ、仕事が立て込んでて見送りに行けないので、誰か行って頂けませんか？」

矢野さんはぼくだけを見て言った。

「新幹線のホームって、なかなかドラマチックじゃない？」

市村さんがニヤついた顔で言った。

「山田、俺はベタなドラマが意外と好きだ」

琴平部長がつっけんどんな口調で言った。ぼくは「何が言いたいんですか？」と訊き返す。おおよそ言いたいことの察しがついてしまっていながら。

「そうそう、いいんだよなあ、そういうの。欲を言えば空港の搭乗口とかね」

峰さんが言った。端的に言うとフライト間際のあの緊迫感の……。

「山田君、あんたなんでも豪快に行動しちゃうのに、肝心な時だけ全然だめなのね」

市村さんが呆れたように言った。

「水嶋を商品開発部へ異動させるということだけで精一杯で、お前の気持ちにまで気が回らなかった。その点は責任を感じている」

琴平部長がしかめ面のまま言った。どことなくニヤついているような気もする。

「……なんでみんなして知ってるんですか？」

「バレバレです」

柿崎さんにばっさりと切って捨てられた。

「バレバレ」

みんな口をそろえて言った。

「見逃し三振でいいんですか」

矢野さんが怒った声で言った。

「フルスイング。どうせなら全力疾走で。走るのは定番ですから」

ぼくは部屋を飛び出した。

ドラマならばこのまま東京駅までノンストップで全力疾走するところだけれど、すぐにエレベーター待ちで立ち止まる。

電車に乗ったほうが早いから、新橋の駅で電車待ちもする。

東京駅の新幹線乗り場に着いた時、まだ発車の時刻まで七分あった。

早足でホームを歩き、三号車の近くで水嶋さんの姿を探す。そうこうしているうちに発車三分前。図らずも結構ドラマチックな時間になってしまった。

水嶋さんの姿がどこにも見当たらない。

それもそのはず、水嶋さんはお茶と弁当の入った袋を提げてたった今ホームに登ってきたのだから。

白いスプリングコートの裾をなびかせ、早足で三号車のほうへ向かってくる。

ぼくのほうが先に着いていたのだ。

見送りに来たのに電車の前で出迎える形になってしまった。なんだか調子が狂う。

「水嶋さん、おつかれさまです！」

ぼくは手を振って水嶋さんを呼んだ。

「山田さん……」

「お見送りに来ました。広報宣伝部を代表して。あ、矢野さんがこの新幹線だって教えてくれて、お見送りを」

この期《ご》に及んで形式ばったことを言っている。

「色々振り回してしまいましたけど、ぼくはすごく楽しい一年でした」

「そうですね。私も、最初は困りましたけど、楽しかったです」

水嶋さんはにこりと笑った。

「ありがとうございました。水嶋さんと会えて本当によかったです。ゆるキャラ山田がいて、水嶋さんと会えた」

これを言うだけでもうエネルギーの半分以上を使い果たしてしまった。

「私も、山田さんがいたからこそできた仕事がたくさんあります。人との縁に感謝することができました」

もう時間がない。言わなければ。

「あの……仕事って、労働っていう行為だけではなくて、なんていうか、生きていくこと全てが仕事なんじゃないかなって思うことがあって……」

どうしても結論が言えない。言ってしまったらその先ずっと、一緒に仕事したことや共有した苦労を笑い合って話すことができなくなるかもしれない。

二度と今の関係には戻れないかもしれない。

水嶋さんは小刻みにうなずきながら話の先を促す。

「つまり端的に言うと……」

発車のベルが鳴り始めてしまった。

「早く！」

水嶋さんがもどかしそうに言った。

見逃しの三振は嫌だ。フルスイングだ。息を大きく吸い込んで、ひと思いに言った。

「人生の戦友になってもらえませんか」

最後は、まっすぐに目を見て言えた。でも、激しく間違っている。

沈黙が流れる。水嶋さんは困ったような表情でうつむいてから言った。

「すみません、乗ります」

水嶋さんが三号車の乗車口から中へ飛び乗ると、すぐに扉が閉まった。

ぼくは顔から火が出るような心地で、扉越しに水嶋さんと向き合った。窓に光が反射して表情が読みとりにくい。

列車が動き出した。

デッキに立つ水嶋さんに向かってぼくは間抜けにも手を振った。

水嶋さんが小さく手を振り返すのが見えた。列車は加速して遠ざかってゆく。

悪あがきしてホームの端まで全力で走って追いかければ少しはドラマになるかもしれないけれど、そんなことをする気力はもう残っていなかった。

〈人生の戦友になってもらえませんか〉

あれではプロポーズだ。

ぼくはホームのベンチにへたり込んだ。

空港ならば離陸した飛行機を見送って後ろを振り返ると、搭乗口で別れたはずの相手が立っているなんていう奇跡も起こりうるけれど、ここは東京駅。

ぼくは確かに三号車に乗ってホームを離れてゆく水嶋さんをこの目で見送った。

今頃水嶋さんは新大阪へ向かって猛スピードで遠ざかっている。

自販機でペットボトルの水を買って、もう一度ベンチに座った。ちょっと休んだら会社に戻ろう。そう言い聞かせながら背もたれに身体を預けた。

水を飲み、次にホームへ入ってくる新幹線の車両をぼんやりと眺めていた。

スーツの内ポケットで携帯電話が震えた。

会社からの呼びだしだろうか。何回か震えてすぐに止まった。ポケットを探って携帯電話を取り出すと、社用携帯ではなく自分の携帯電話だった。

ディスプレイを見ると、知らないアドレスからのメールが届いていた。

〈題名：水嶋です〉

ぼくは慌ててそのメールをクリックした。

〈理沙子から山田さんのアドレスを聞きました。さっきはありがとうございました。そしてすごくびっくりしました。この一年、色々なことがありましたね。ゆるキャラ担当の水嶋、至らぬ点ばかりですみませんでした。私は山田さんからたくさんのことを教わりました。行動すること、人との縁に感謝すること、目の前のことに全力を尽くすこと、まずは肯定してみること。仕事の時『山田さんならどうするだろう』と考えるようになりました。これ、お世辞などではありません。本当にありがとうございました〉

早速フォローの言葉をくれた。ああ、最後まで気を使わせてしまった。

もう一度メールの文面を読み返す。

ぼくも同じだ。水嶋さんからたくさんのことを教わり「水嶋さんならどうするだろう」と考えるようになった。

こんな風に、仕事の苦労を分かちあった〝戦友〟として互いに感謝し合える仲のままでいればよかったのだろうか。そんな思いも頭をよぎってしまう。

でも、見逃しの三振ではなかった。ちゃんと空振りで終わることができた。ぼくにとって、それだけでも大きな成長かもしれない。

背中を押してくれた矢野さんや、面白がってくれた市村さんはじめ広報宣伝部のメンバーに感謝しなければならない。

それにしてもこれから、好きな人への思いを忘れるにはどうすればいいのだろう。なんともフルスイングのしようがない問題だ。

腰を上げられず、座ったまま上を向いた。風が少しだけ温かい。

ぼんやりビル越しの空を眺めていると、また携帯電話が震えた。

〈題名：追伸〉

何だろう。恐る恐るメールを開いた。

〈フルスイングがモットーの山田さんだと知ってはいながらも、いきなり人生の戦友というのは、ちょっとフルスイング過ぎてすぐには受け止めきれません。ただ、山田さんの気持ちは伝わりました。とても嬉しかったです。もしできることなら、大阪に来てもう一度ゆっくりと聞かせてもらえませんか。照れ隠しに色々長々と書いてしまいましたが、端的に言うと、私でよければよろしくお願いします。お返事待ってます

水嶋里美〉

またさっきと同じように、もう一度メールを読み返した。

それから今度は五回、十回と読み返す。

今日は何曜日だっただろう。

ふとそんなことから考え始めた。携帯電話のカレンダーを見る。火曜日だ。

土曜日まであと四日。長い。

会社に戻ろう。長い四日間、目一杯仕事してから大切な人に会いにゆこう。

大切な人ができた。それを実感した瞬間、またぼくの中に新しい〝キャラ〟が生まれた。

頰に浮かぶ笑みをかみ殺しながら、ぼくはホームからの階段を一段抜かしで駆け下りた。

特別掌編「おい！　琴平」

もしもお酒が飲めたなら。

後悔は少なめの男・琴平竜二《ことひらりゅうじ》だが、下戸《げこ》に生まれた運命については少しばかり悔やんでいる。

今朝の目覚めは最悪だ。

昨晩、業界紙記者たちとの懇親会で冷酒をコップ半分ほど飲まされたばかりに生死の境をさまよった。頭が割れるように痛い。

「チンタラ着替えてると間に合わなくなるよ！」

妻の美里がせかす。昨晩遅く泥酔で帰ったため、すこぶる機嫌が悪い。

琴平は「すみません」と小さく呟《つぶや》き、ネクタイを結ぶ手を速める。

恐妻家である。下戸である。

強面《こわもて》の敏腕広報宣伝部長も、妻と酒には一生勝てない。

「行ってきます」

右手に可燃ごみの入った袋をぶら下げ、左手で今日から小学二年生になった娘・明日香の手を引いて家を出る。

「パパ、ゴミ持ってあげようか」

「大丈夫だよ。明日香は優しいお姉さんになったな。二年生だもんな」

自分でも嫌になるぐらい目尻が下がる。四十目前にして授かった一人娘はどうしようもなく可愛い。

「明日香ね、パパを元気にしてあげるから。ハニキュア、スマイルビーム！」

「よーし、元気になった。ハニキュア、サンシャインスパーク！」

もしこんなところを部下に見られたら、二度と会社に出られなくなるだろう。子煩悩である。下戸である。

まだ春休み中の娘に見送られ、近くの集積所にゴミを出して駅へ向かう。

軽い吐き気をこらえながら満員電車に揺られること三十分余。人波と共に新橋駅のホームに吐き出された瞬間、安堵の深呼吸をする。

二日酔いに気付かれぬよう表情を引き締めて出社。

「あら琴平さん、おはようございます。なんだか新年度早々顔色が悪いわねえ」

部屋に入るなり市村のおばちゃんの甲高い声が琴平を迎える。頭が痛い。

「少し風邪気味で」

琴平が弁明すると、市村のおばちゃんは机の引き出しから何かを取り出した。

「はい、風邪薬」

オヤジの味方『ショルマック』。二日酔いに効く顆粒の胃腸薬だ。

このおばちゃんの目はごまかせない。表向きは部下だが、まだヒヨッコの頃から琴平のことをよく知っている。

「おはようございます。部長もこれ、お願いします」

広報宣伝部配属三年目、アホの山田助だ。手渡されたのはなぜかクラッカー。

「なんだこれ」

「歓迎のクラッカーです。新田さんが入ってきたらみんなで鳴らしましょう」

そうだ。今日は新メンバーを迎えるのだった。

入社六年目の新田登という男が営業部から異動してくる。かつての琴平と同じだ。

「今夜の歓迎会、ちゃんと来てくださいね」

静かなる宴会部長、クリエイティブスタッフの柿崎由香利が無駄にセンスのよいチラシを手渡してくる。今夜の歓迎会のお知らせだ。

また宴会か……。酒の味が記憶の中に蘇り、また軽い吐き気を覚える。

顔だけ出して一滴も飲むまいと心に誓う。

そうこうしているうちに新メンバーの新田が緊張の面持ちで入ってきた。

「新田登さん、広報宣伝部へようこそ！」

山田の声を合図に皆一斉にクラッカーを鳴らした。

琴平も気のない素振りでワンテンポ遅れて鳴らす。新田は肩をビクリと震わせたきり戸口の前で固まったまま、目をぱちくりさせている。

無理もない。異動初日にいきなりクラッカーで歓迎されるとは思ってもいないだろう。

思えば二年前の四月一日、もっと手荒い方法で山田を歓迎したのだった。

〈今日から大翔製菓のゆるキャラになれ〉

あの時は後ろめたい気持ちも手伝い、夜の歓迎会には顔を出せなかった。

そんなことを思い出しながら『ショルマック』の顆粒をお茶で喉《のど》へと流し込む。

「部長、どうしたんですか？　胃薬なんか飲んで。そろそろ時間です。行きましょう」

二つ年上の部長補佐・峰大二郎が琴平を会議へと促す。

新年度の部長会議だ。広報宣伝部からは新企画の案を議題として出している。

その名も『大翔ガリチョコ倶楽部』。

ネット上で「ガリチョコシリーズ」のファンクラブを作ろうという企画だ。

言い出したのは他でもない、アホの山田。峰がその企画案を新年度早々、部長会議の議題にねじ込んだ。

大翔製菓はまだネット戦略に疎《うと》い。会議では炎上間違いなしだ。

「部長、サイトはもう完成しています。ぜひともよろしくお願いします」

柿崎はべっ甲のメガネを指で押し上げ、静かにゲキを飛ばす。もう退路は断たれている。

みんな揃《そろ》いも揃って上司の使い方を覚えてきた。

さあ会議だ、戦いだ。会議では相変わらず敵が多い。敵ばかり作ってきた。

しかしここ一、二年、戦い方が少し変わってきた。

「目指すところは皆同じ！　長く愛される商品作りだ。ガリチョコ倶楽部の運営コストは最小限に抑える。まずは〝ＤＯ〟。四の五の言わずにやってみて損はない」

敵を倒すのではなく、味方に変える。目指すところはみな同じだと信じて。

会議は予想どおり紛糾した。しかし琴平の〝思い〟も通じた。ガリチョコ倶楽部の企画は次回の検討課題として残った。

大会議室を出て休憩室でひと息。

営業部の同期、白浜が若い衆を連れて外回りへと出動してゆく。

楽しそうだ。営業の連中を見ると未だに胸の古傷がうずく。

若い頃は営業でずっとやっていきたいと思っていた。

しかし酒が飲めない琴平は接待の席で無理をして酒を飲み、何度か粗相《そそう》をした。

営業から外された原因は他にも色々あるだろうが、酒も間違いなく原因のひとつだ。

そんな失意の異動から間もなく、当時業界紙の記者だった妻と出会った。

取材で訪ねてきた彼女に励まされ、広報宣伝部で頑張ってみようと思えた。

もしもお酒が飲めたなら。

全く違う仕事、全く違う人生もあったかもしれない。

今日は広報宣伝部に移ってから十八回目の四月一日。例年通り慌《あわ》ただしく過ぎた。

夜の歓迎会、主役の新田は少しくつろいだ笑顔でビールを飲んでいた。

静かなる宴会部長、柿崎が絶妙のタイミングで新田に次の酒を勧める。

新田は楽しく酒を飲める男のようだ。チームに早く馴染《なじ》めそうでよかった。

「部長、お久しぶりです」

一年前に大阪の商品開発部へ異動した水嶋里美が顔を出しにきた。出張で東京に来ている。明日の新入社員研修で講師として体験談を話すらしい。

新入社員の頃から厳しく育てた。負けん気が強く、でも気立てのよい子だ。

妻の美里と名前がさかさまという点も奇妙な縁だ。

「明日は何を話す」

「もちろん、ガリチョコカプセルのことです」

水嶋は得意げに握りこぶしを作り、隣に座るアホの山田と視線を交わす。

「ああ、明日のこと思い出したら急に緊張してきちゃった」

「大丈夫だよ。あの時の経験を楽しくそのまま話せばいい。フルスイングで」

山田が水嶋を励ます。出た、フルスイング。まったく、彼氏風を吹かせやがって。

社内で〃ガリチョコカップル〃と呼ばれるこの二人、生意気にも遠距離恋愛で一年しっかりと続いている。山田は隙あらば大阪出張を入れようとする。要注意だ。

二人が結婚する時に備えて式のスピーチを考えてあることは、秘密の中の秘密である。

「みんなの〃戦友〃水嶋ちゃんも来たことだし、乾杯」

胃腸も絶好調の峰がジョッキを掲げ、乾杯。さらに宴のボルテージが上がる。

ここはひと口ぐらい飲んでおこうか、と口を付けた。いや、コップ半分ならいけそうだ。お、コップ一杯いけてしまった。

もはやこれまで。ビール一杯で呼吸が苦しくなる。こうなると中座する他ない。

市村のおばちゃんが「大丈夫？」とこっそりまた『ショルマック』をくれた。

酔っぱらった山田が、新田にビールを注ぎながらしみじみと呟く。

「新田さんの異動も何かのご縁。広報宣伝部は本当に人に恵まれています」

実は琴平も思っている。「部下に恵まれている」と。

酒が飲めない男として積み重ねてきた数々の選択や転機の全てが、今に繋がっている。

酒が飲めなかったからこそ、今ここにいるのだ。

「おい、新田。ひとりじゃないぞ」

大いに酔った。我ながら説教臭い言葉を掛け、多めの会費を市村のおばちゃんに手渡す。

少し後ろ髪ひかれる思いで歓迎会の場を中座し、家路を辿った。

ああ、二日連続で飲んでしまった。妻と顔を合わせるのが怖い。

恐る恐る玄関のドアを開けると、奥から足音が聞こえてくる。

「パパおかえり！」

パジャマに着替えた明日香が玄関まで駆けてきた。

「早かったわね。明日香は『パパに会いたい』って、待ってたのよ」

妻の美里も素っ気ないながら上機嫌のようだ。

ああ、早く帰ってきてよかった。長居したってどうせ飲めないのだ。

それに何より、酒が飲めないからこそ美里と出会い、明日香が生まれた。

酒が飲めない人生もまた、悪くない。
琴平竜二、四十七歳。
大翔製菓が誇る広報宣伝部長である。
下戸である。夫である。父である。

この作品は、二〇一四年二月に小社より刊行されました。

|著者|安藤祐介　1977年、福岡県生まれ。早稲田大学政治経済学部卒業後、学習塾に入社するも過労で倒れて退職、２社目の酒類業界新聞社では試用期間で解雇通告を受ける。その後は営業職としてITベンチャー３社を渡り歩き、現在公務員。2007年、『被取締役新入社員』でTBS・講談社第１回ドラマ原作大賞を受賞。同書は森山未來主演でドラマ化された。'12年に文庫化された『営業零課接待班』は、サラリーマン読者を中心に熱い支持を集め、刊行後わずか１年で10刷を達成。他の著書に『1000ヘクトパスカルの主人公』『宝くじが当たったら』『ちょいワル社史編纂室』がある。

大翔製菓広報宣伝部《たいしょうせいかこうほうせんでんぶ》　おい！　山田《やまだ》

安藤祐介《あんどうゆうすけ》

講談社文庫

定価はカバーに
表示してあります

2015年２月13日第１刷発行

発行者——鈴木　哲

発行所——株式会社　講談社

東京都文京区音羽2-12-21　〒112-8001

電話　出版部（03）5395-3510
　　　販売部（03）5395-5817
　　　業務部（03）5395-3615

デザイン—菊地信義

本文データ制作—講談社デジタル製作部

印刷———豊国印刷株式会社

製本———加藤製本株式会社

Printed in Japan

ISBN978-4-06-293036-9

講談社文庫刊行の辞

二十一世紀の到来を目睫に望みながら、われわれはいま、人類史上かつて例を見ない巨大な転換期をむかえようとしている。

世界も、日本も、激動の予兆に対する期待とおののきを内に蔵して、未知の時代に歩み入ろうとしている。このときにあたり、創業の人野間清治の「ナショナル・エデュケイター」への志を現代に甦らせようと意図して、われわれはここに古今の文芸作品はいうまでもなく、ひろく人文・社会・自然の諸科学から東西の名著を網羅する、新しい綜合文庫の発刊を決意した。

激動の転換期はまた断絶の時代である。われわれは戦後二十五年間の出版文化のありかたへの深い反省をこめて、この断絶の時代にあえて人間的な持続を求めようとする。いたずらに浮薄な商業主義のあだ花を追い求めることなく、長期にわたって良書に生命をあたえようとつとめるところにしか、今後の出版文化の真の繁栄はあり得ないと信じるからである。

同時にわれわれはこの綜合文庫の刊行を通じて、人文・社会・自然の諸科学が、結局人間の学にほかならないことを立証しようと願っている。かつて知識とは、「汝自身を知る」ことにつきていた。現代社会の瑣末な情報の氾濫のなかから、力強い知識の源泉を掘り起し、技術文明のただなかに、生きた人間の姿を復活させること。それこそわれわれの切なる希求である。

われわれは権威に盲従せず、俗流に媚びることなく、渾然一体となって日本の「草の根」をかたちづくる若く新しい世代の人々に、心をこめてこの新しい綜合文庫をおくり届けたい。それは知識の泉であるとともに感受性のふるさとであり、もっとも有機的に組織され、社会に開かれた万人のための大学をめざしている。大方の支援と協力を衷心より切望してやまない。

一九七一年七月

野間省一

講談社文芸文庫

太宰 治
男性作家が選ぶ太宰治
年譜＝講談社文芸文庫
奥泉光・佐伯一麦・高橋源一郎・中村文則・堀江敏幸・町田康・松浦寿輝。七人の男性作家がそれぞれの視点で選ぶ、他に類を見ない太宰短篇選集。
たＡＫ１
978-4-06-290258-8

太宰 治
女性作家が選ぶ太宰治
著書目録＝柿谷浩一
江國香織・角田光代・川上弘美・川上未映子・桐野夏生・松浦理英子・山田詠美。七人の女性作家がそれぞれの感性で選ぶ、未だかつてない太宰短篇選集。
たＡＫ２
978-4-06-290259-5

野田宇太郎
新東京文学散歩　上野から麻布まで
解説＝坂崎重盛　挿画＝織田一磨
東京――そこは近代文学史上に名を刻んだ主だった作家たちの私生活の場がある。近代文学の真実を捜して文学者と土地と作品に触れる、文学好きの為の文学案内。
のＧ１
978-4-06-290260-1

日本文藝家協会編
現代小説クロニクル1985〜1989
解説＝川村湊
現代文学は四〇年間で如何なる変貌を遂げたのか――。時代を象徴する名作シリーズ第三弾。村上春樹・島田雅彦・津島佑子・村田喜代子・池澤夏樹・宇野千代・佐藤泰志。
にＣ３
978-4-06-290261-8

講談社文庫　目録

講談社文庫　目録

講談社文庫　目録

上田秀人　秘闘〈奥右筆秘帳〉
上田秀人　隠密〈奥右筆秘帳〉
上田秀人　刃傷〈奥右筆秘帳〉
上田秀人　召《めし》抱《かかえ》〈奥右筆秘帳〉
上田秀人　墨《ぼっ》痕《こん》〈奥右筆秘帳〉
上田秀人　天下〈奥右筆秘帳〉
上田秀人　決戦〈奥右筆秘帳〉
上田秀人　軍師の挑戦〈上田秀人初期作品集〉
上田秀人　天主信長〈表〉〈我こそ天下なり〉
上田秀人　天主信長〈裏〉〈天を望むなかれ〉
上田秀人　波乱〈百万石の留守居役㈠〉
上田秀人　思惑〈百万石の留守居役㈡〉
上田秀人　新参〈百万石の留守居役㈢〉
上田秀人　遺臣〈百万石の留守居役㈣〉
内田樹　下流志向〈学ばない子どもたち　働かない若者たち〉
内田樹　釈徹宗　現代霊性論
上橋菜穂子　獣の奏者〈I闘蛇編〉
上橋菜穂子　獣の奏者〈II王獣編〉
上橋菜穂子　獣の奏者〈III探求編〉
上橋菜穂子　獣の奏者〈IV完結編〉
上橋菜穂子　獣の奏者〈外伝　刹那〉
上橋菜穂子原作　武本糸会漫画　コミック　獣の奏者　I
上橋菜穂子原作　武本糸会漫画　コミック　獣の奏者　II
上橋菜穂子原作　武本糸会漫画　コミック　獣の奏者　III
上橋菜穂子原作　武本糸会漫画　コミック　獣の奏者　IV
上田紀行　ダライ・ラマとの対話
上田紀行　スリランカの悪魔祓い
ヴァシィ章絵　ワーホリ任侠伝
内澤旬子　おやじがき〈絶滅危惧種中年男性図鑑〉
We are 宇宙兄弟！編　宇宙小説
嬉野君　妖怪極楽
遠藤周作　ユーモア小説集
遠藤周作　ぐうたら人間学
遠藤周作　聖書のなかの女性たち
遠藤周作　さらば、夏の光よ
遠藤周作　最後の殉教者
遠藤周作　反逆(上)(下)
遠藤周作　ひとりを愛し続ける本
遠藤周作　深い河《ディープ・リバー》
遠藤周作　周作塾〈読んでもタメにならないエッセイ〉
遠藤周作　『深い河』創作日記
遠藤周作　新装版　海と毒薬
遠藤周作　新装版　わたしが・棄てた・女
永六輔　矢崎泰久　バカまるだし
永六輔　矢崎泰久　ふたりの品格
永六輔　矢崎泰久　はははハハハ
江波戸哲夫　小説盛田昭夫学校(上)(下)
江波戸哲夫　ジャパン・プライド
衿野未矢　依存症の女たち
衿野未矢　依存症の男と女たち
衿野未矢　依存症がとまらない
衿野未矢　「男運の悪い」女たち
衿野未矢　男運を上げる15歳ヨリウエ男〈悩める女の厄落とし〉
衿野未矢　恋は強気な方が勝つ！
江上剛　頭取無惨
江上剛　不当買収
江上剛　小説　金融庁

講談社文庫　目録

江上　剛　絆
江上　剛　再　起
江上　剛　企　業　戦　士
江上　剛　リベンジ・ホテル
江上　剛　起　死　回　生
江上　剛　瓦礫の中のレストラン
江上　剛　非　情　銀　行
江上　剛　東京タワーが見えますか。
江國香織　真昼なのに昏《くら》い部屋
R・アンダーソン　江國香織　訳　荒井良二　画　レターズ・フロム・ヘヴン
江國香織・文　松尾たいこ・絵　ふ　り　む　く
江國香織他　彼　の　女　た　ち
遠藤武文　プリズン・トリック
遠藤武文　トリック・シアター
遠藤武文　パワードスーツ
大江健三郎　新しい人よ眼ざめよ
大江健三郎　宙　返　り　(上)(下)
大江健三郎　取り替え子《チェンジリング》
大江健三郎　鎖国してはならない

大江健三郎　言い難き嘆きもて
大江健三郎　憂い顔の童子
大江健三郎　河馬に噛まれる
大江健三郎　M/Tと森のフシギの物語
大江健三郎　キルプの軍団
大江健三郎　治　療　塔
大江健三郎　治　療　塔　惑　星
大江健三郎　さようなら、私の本よ！
大江健三郎　水　死
大江健三郎・文　大江ゆかり・画　恢復する家族
大江健三郎・文　大江ゆかり・画　ゆるやかな絆
小田　実　何でも見てやろう
大橋　歩　おしゃれする
大石邦子　この生命ある限り
沖　守弘　マザー・テレサ　〈あふれる愛〉
岡嶋二人　七年目の脅迫状
岡嶋二人　あした天気にしておくれ
岡嶋二人　開けっぱなしの密室
岡嶋二人　とってもカルディア

岡嶋二人　ビッグゲーム
岡嶋二人　ちょっと探偵してみませんか
岡嶋二人　記録された殺人
岡嶋二人　ツァラトゥストラの翼　〈スーパー・ゲーム・ブック〉
岡嶋二人　そして扉が閉ざされた
岡嶋二人　どんなに上手に隠れても
岡嶋二人　タイトルマッチ
岡嶋二人　解決まではあと6人　〈5W1H殺人事件〉
岡嶋二人　なんでも屋大蔵でございます
岡嶋二人　眠れぬ夜の殺人
岡嶋二人　珊瑚色ラプソディ
岡嶋二人　クリスマス・イヴ
岡嶋二人　七日間の身代金
岡嶋二人　眠れぬ夜の報復
岡嶋二人　ダブルダウン
岡嶋二人　殺　人　者　志　願
岡嶋二人　コンピュータの熱い罠《わな》
岡嶋二人　殺人！　ザ・東京ドーム
岡嶋二人　99％の誘拐

2014年12月15日現在